東西南北あやかし後宮の生贄妃

琴織ゆき

STARTS
スターツ出版株式会社

目次

東西南北あやかし後宮の生贄妃

冥幕　白黄紫桃の宝玉妃

これは、人と妖《あやかし》の世──冥世《めいよ》が生まれるまでのお話です。

──むかし、むかし。


かつて現世《うつしよ》に人が生きていた頃、世界は天変地異に見舞われておりました。

各地での蝗害《こうがい》に、干ばつ。平民も貴族も関係なく飢饉《ききん》に追い込まれ、いよいよ人類の滅亡を悟った人々は、泣く泣く幽世《かくりよ》に住まう妖王《ようおう》へ助けを乞《こ》いました。

すると妖王は、〝対価〟として人にひとりの娘を求めました。

それは一種の〝生贄《いけにえ》〟にも等しいものでしたが、娘は人の未来を救うために犠牲となる道を選び、妖王のもとへ嫁ぐことを決めたのです。


──妖王はまず、新たな世界〝冥世〟を創り上げ、人に与えました。

ですが、この冥世は、東西南北に配置された四つの宝玉──〝四宝玉《しほうぎょく》〟の力により成り立つ世界。

天地万物を司る四つの力の天秤《てんびん》が崩れれば、たちまち世界は消滅してしまうという、捨て置くことのできない欠点がありました。

宝玉の力の根源は、妖と人の生命力。

とりわけ、〝運命〟が生み出す縁の力です。

そこで妖王は、縁をより多く紡ぐため、東鬼国《とうき》、西虎国《さいこ》、南蛇国《なんだ》、北龍国《ほくりゅう》という四つの国と、それに属する後宮《こうきゅう》を作りました。

そうして宝玉に己の意思の欠片《かけら》を宿し、とある〝理《ことわり》〟を定めたのです。

『冥世四国の帝と后は、宝玉の意思によって選ばれるものとする』

各国を統治する帝には、妖王が信頼を置く幽世の四大妖《しだいよう》から、相応《ふさわ》しき者を。

妖帝《ようてい》を支える皇后には、帝の願いにより、もっとも結ばれるべき人の娘を。

この理のもと、四国の帝と后は宝玉によって選定されるようになりました。

縁の力が尽きるたび、宝玉の守り手は次代へと継承されてゆきます。

冥世という世界を守る柱石《ちゅうせき》である守り手は、たとえどのような立場にあろうとも、宝玉に選ばれた時点で運命を定められ、決して逃れることは叶いません。

――〝運命〟を共にする者の額に浮かぶ宝玉印は、鎖も同然。

繋《つな》がりの証《あかし》。結びを示すそれが顕《あらわ》れたとき、皇后として選定された娘はすべからく妖帝と生涯を添い遂げ、冥世を背負わねばならないのです。

世界のため、未来のため、現在《いま》を生きる人のため。
この逃れられない運命を名誉と捉えるか生贄と捉えるかは、きっと人それぞれ。
けれど、どうか憶えていてください。
その運命は、いつでもあなたのそばにあるということを……――。

東幕　白睡蓮

——幸福がなにであるかなんて、雪麗《せつれい》は知らない。

湿気で練られたじっとりとした地面が、霞《かす》んだ視界の半分を埋め尽くす。全身に痛みが走っているはずなのに、もはやその感覚すら曖昧《あいまい》だった。鼻腔《びくう》を満たす黴《かび》のにおいは、鉄錆《てつさび》のようなにおいと混ざって、汚臭をもたらしている。

『ああ、忌々《いまいま》しい……！　なにもかもうまくいかん！』

『おまえがそのように薄気味悪い見目をしているから客が来んのだぞ！』

『まさかおまえが我が林《りん》家を呪っているのではあるまいな⁉』

今回の折檻《せっかん》はいつにも増してひどいものだった、と雪麗は他人事《ひとごと》のように思う。

(叔父様、よほど鬱憤《うっぷん》が溜まっていたのね。感情の色が混沌《こんとん》としていたもの)

——両親亡き今、この世で誰ひとりとして知る者はいないけれど、雪麗は〝相手の感情を視る能力〟を持って生まれてきた身だった。

視えるのはなにも、喜怒哀楽だけではない。その者が感じている後ろめたさや気まずさといった、言葉には表しづらい曖昧な感情もである。

だが、便利な能力かといえば、答えは否。むしろ雪麗にとってこれは、いつだって己の心身を傷つけ蝕《むしば》む、鋭利な刃でしかなかった。

相手が仮面に隠した嘘《うそ》を感じ取ってしまうのも、笑顔の裏に隠された蔑《さげす》みに気づいてしまうのも、ただ、苦しいだけ。

とりわけ今日の叔父のような、こちらを傷つけんとする激情は苦手だ。知らず心が呑まれて麻痺してしまう。痛みが、わからなくなる。

（蔵へ閉じ込められてから、どのくらい経《た》ったかしら……）

まるで宙から自分の屍《かばね》を見下ろしているような気分で、ぼんやりと考える。

東鬼国の都——蘇京《そけい》において、叔父が主人を務めるこの林家は、昨今まで城市一の評判を得る商家だった。かつては伸び悩んでいた稼業が急成長したのには、先帝の頃に後宮入りしたひとり娘、林雹華《ひょうか》の功績が大きかった。端麗な容姿と商家の娘らしい強《したた》かさを気に入られ、雹華は一時、寵妃の座まで上り詰めたのだ。

帝の寵愛を受ければ、当然、妃の実家も蔑《ないがし》ろにはできない。その恩恵を賜《たまわ》ったことで、林家はぐんと業績を伸ばし、都に大店《おおだな》を構える商家と相成ったわけである。

だが一年前、先帝が突如崩御したことで状況が一転した。

宝玉の選定により即位した新鬼帝《きてい》は、まず先帝の後宮を解体し、新たに小規模な後宮を作り直した。その際、現帝の妃となるために一度出家してから再び後宮入りする者も少なくなく、雹華もまたその道を辿《たど》ったのだが——。

（寵妃でなくなったことによる影響が、余計に叔父様を苛立《いらだ》たせているのよね）

現帝は後宮にさほど興味がないらしく、妃の寵愛もほぼない状態だという。後宮においで、帝の寵愛は権力に直結するものだ。その天秤が傾いた者にのみ恩恵があるのは当然のことで、それがなくなれば同時に失うものも多い。

林家はまさにそうして株を落としつつあるため、叔父は焦っているのだろう。

その苛立ちを、鬱憤を晴らすのに、雪麗はちょうどいいのだ。

なにせこの家での雪麗は、ただの奴婢《ぬひ》。使用人以下の存在なのだから。

(わたしの老婆のような白髪も、血で塗り染めたような紅い瞳も……気味が悪いと感じるのは当然のことだもの。呪いだって言われたら、その通りだわ)

生まれたときから、雪麗は奇異な外見を持っていた。

色素のない真っ白な髪と、それに対照的な紅色の瞳──。

ただ真っ当に生きることすらも許されない容姿など、まさしく呪いでしかない。

(このまま……眠ったまま、目を覚まさなければいいのに)

きっと二日か三日ほど放置されたあと、働けと外に出されるのだろう。それまでに息絶えていなければ、また変わらず奴婢として役目をこなすだけ。

繰り返し、繰り返し。この地獄は、雪麗の身と心を蝕み続ける。

ならばいっそ自ら命を絶つことができたらいいのに、その勇気さえ持てないまま十六年も生きてしまった。そんな臆病な自分が、雪麗は大嫌いだった。

(………?)

──冷たい地面に横たわったまま、どれほどの時間が経ったのか。

突如として、蔵の外が妙な喧騒《けんそう》に包まれた。

夢と現《うつつ》の曖昧な境を揺蕩《たゆた》っていた雪麗は、ぼんやりと瞼《まぶた》を持ち上げる。

（なに……？）

ひどく焦燥の滲《にじ》む叔父の怒声、叔母の甲高《かんだか》い悲鳴。おびただしいほどの足音が地面を揺らし、なにかが激しく割れる音が相次いで鳴り響く。

「悪い子、悪い子、見ィつけタ。どうすル？　夜鈴《イーリン》」

「お后サマを虐《いじ》めるなんて悪い子ネー。妖王サマにお送りしなきゃネー、月鈴《ユーリン》」

そして、そんな混沌には馴染まない幼子の声が、空気を割った。

「っ、ここには誰もいないっ！　なんなんだ、おまえたち！」

叔父らしき声に対し、くふくふと場違いな笑い声が転がる。

「変なノ、変なノ。月鈴たちヲ、知らないなんテ」

「夜鈴たちは冥世の導妖《どうよう》だヨー。お后サマを迎えに来たのヨー」

特徴的な声はふたつ。限りなく似てはいるが、先手をいくほうがより片言でわずかに低音だ。続くもうひとりには、どこか無邪気さが混ざり込む。

「「ねえ。そこ、どいテ？」」

それらが見事に重なった瞬間、鼓膜を突き破るような破壊音が轟《とどろ》いた。頑丈に施錠されていた蔵の扉が、一瞬にして木端微塵《こっぱみじん》に吹き飛んだのだ。

薄汚れた地面に転がっていた雪麗にも、砂埃と木屑《きくず》が激しく降り注ぐ。

思わず雪麗は薄く開けていた目を瞑《つぶ》ってしまったが、やがてどこからか聞こえてきた叔父の苦悶《くもん》に満ちた呻《うめ》き声に、再び瞼をこじ開けた。

(叔父様……?)

視界の端に転がったまま動かない叔父を見て、思考が停止する。

扉もろとも吹き飛ばされたのだろうか。肥えた身体は力なく地に伸び、右腕は折れでもしたのか、おかしな方向に曲がってしまっていた。

どこか非現実的な気持ちでぼんやりとその光景を認めたあと、雪麗は視線だけを動かして前方を見遣る。

「見つけタ、見つけタ、鬼ノ皇后サマ。よかったネ、夜鈴」

「迎えに来たヨー、鬼の皇后サマ。やったネー、月鈴」

並んで自分を見下ろす、ふたりの幼子。

顔立ちは瓜《うり》ふたつ。どちらも可愛らしい丱髪《かんぱつ》姿だが、夜鈴と呼ばれた娘の髪は玉緑色で、月鈴の髪は桃紅色をしていた。加えて、夜鈴は右耳に、月鈴は左耳に翡翠《ひすい》が連なる特徴的な耳飾りをつけている。

(……冥世の、導妖)

心の内で呟《つぶや》いて、雪麗は怪訝《けげん》に思う。

それは、妖王――妖の世界〝幽世〟を治めている、神妖の眷属《けんぞく》を指す言葉だ。

妖王はかつて、天変地異で滅亡しかけた人のために、現世に代わる新たな世界〝冥世〟を生み与えた者の呼称。まさしく世界の創造主ともいえる存在であり、人はみな妖王を天に住まう神も同然に崇《あが》め奉《たてまつ》っている。そんな妖王の手となり足となり冥世を導く眷属〝冥世の導妖〟も、人にとっては崇敬《すうけい》の対象だ。

東鬼国、ひいては冥世の人間はみな幼い頃より絵巻で創世について教え込まれるため、彼女たちの存在を知らない者はいないと言ってもいい。

（どうして導妖様たちがここに……？）

偉大なる妖王の眷属が、自分のような下賤《げせん》の者の前に現れたのはなぜなのか。

鬼の皇后。

自分を見下ろして告げられたその言葉の意味も、わからない。

「白后《はくこう》サマ、白后サマ、安心してネ。月鈴、怖くないヨ。ネ、夜鈴」

「夜鈴たちハ、誰の味方でも敵でもないのヨー。ネ、月鈴」

意識が朦朧《もうろう》としていた。

もはや吐息を漏らすことしかできない雪麗に、月鈴と夜鈴は互いの両手をぴったりと合わせながら、無邪気な笑みを漏らす。

りん、と。彼女たちの髪に挿さった小鈴が、軽やかな音を鳴らした。

「でモ、月鈴と夜鈴の言葉は主様《ぬしさま》のお言葉だから、しっかり聞いてネ」

彼女たちがそうして声を重ね合わせると、妙な迫力があった。

気圧《けお》される。決して逆らってはならないと、本能が察するかのようで。

まるで、彼女たちを通して他の何者かの声を映しているかのように感じられて。

実際、そうなのだろう。彼女たちが言うところの『主様』とは、おそらく妖王のことだ。今このときも、妖王の意思はすぐそばに控えているのかもしれない。

「……この者が、宝玉の選んだ守人《もりびと》か？」

不意に、双子の背後から声が発された。地を這《は》うように低い。だが同時に、鼓膜に優しく染み込むようなしなやかさを纏《まと》う声音だった。

空気がより緊張感を孕《はら》んで、ぴんと張り詰める。

そうして現れた男の姿を捉えた雪麗は、思わず息を呑《の》んだ。

「そだヨ、鬼サマ。運命、運命、守人だヨ」

「鬼サマの望んだお后サマだヨー。運命のお后サマだヨー」

双子は合わせていた手を離し、漆黒《しっこく》の袍《ほう》に身を包んだ男へ道を譲った。

「…………」

切れ長の双眼《そうがん》に嵌めこまれた本紫の瞳。どこか妖艶《ようえん》さを秘めるそれが、横たわったまま起き上がることのできない雪麗を真っ直ぐに捉えていた。

形のいい眉は顰《しか》められ、不快さを隠しもしない。

男はいかにも上質な衣が汚れるのを気にするふうもなく、地面へ膝をついた。

知らぬ間に彼の背後に控えていたべつの男たちが、慌てたように「主上《しゅじょう》！」と声をあげる。だが彼は無言で片手をあげただけでそれを制し、瞬時に黙らせた。

「おまえが、俺の后か」

雪麗に伸びてきた、男の手。それが暴力を振るう叔父の手と重なって、意図せずびくりと身体が震えてしまった。

その反応を訝《いぶか》しく思ったのか、一瞬だけ男の動きが静止する。

「……心配するな。傷つける気はない」

やや声音を和らげて告げ、彼はそっと雪麗の髪に触れた。労《いたわ》るような手つきで目許を覆う長い前髪が避けられたかと思えば、こめかみを指先が這う。

「──なるほど。確かに俺と同じ印だ」

身体が熱っぽいからだろうか。その手はひどく冷たく感じたけれど、むしろその無機質さが心地よかった。

思わず力を抜くと、彼はふっと笑みを漏らして頭を撫《な》でてくれる。

「もうなにも心配はいらない。安心して眠れ」

それはまるで、幼子に言い聞かせるような優しい声で。

もう、抗えなかった。

鉛のように重たい瞼を伏せた瞬間、急速に眠りの世界へ誘われる。やがて何者かに抱えられたことがわかったけれど、確認する気力はもう残っていなかった。

そうして深淵《しんえん》の渦に沈みゆく意識のなか、雪麗は聞いた。

「――林家の者を捕らえよ。誰ひとり取り逃がすな」

嵐の前の雷鳴が轟くかのごとく放たれた命令――否、勅命《ちょくめい》を。

◆

次に目覚めたとき、雪麗の目にまず映り込んだのは瓜ふたつな相貌《そうぼう》だった。

異なる部分といえば、玉緑と桃紅の髪色と、それと同じ目尻の隈取《くまどり》のみ。どちらも瞳の色は定まらず、不思議な色合いで常に変化し続けている。

「おはヨ、おはヨ、白后サマ。月鈴だヨ」

「御寝坊さんだネー、白后サマ。夜鈴だヨー」

月鈴、夜鈴。妖王の眷属である冥世の導妖だ。

気を失う前のことをぼんやりと思い出した雪麗は、ひとまず横たわっていた身体を起こそうとした。けれど、褥《しとね》についた手の感触にがちりと硬直してしまう。

絹だろうか。滑らかな高級素材で設《しつら》えられた褥だ。硬い床板か地面に直接眠ることが多かった雪麗からすれば、それは触れるのも烏滸《おこ》がましい代物だった。

（柔らかい……？）

「え……っ、あっ？　いたっ……！」

顔面を蒼白にしながら慌てて起き上がろうとした瞬間、全身に痛みが響く。

「ああっ！　起き上がっちゃいけませんよう、白后様！」

褥に逆戻りし呆然《ぼうぜん》とする雪麗のもとに、女官《にょかん》服を纏った娘が駆けつけた。

「まだ怪我が治っていないんですから！　安静に！」

「あ、あなたは……？」

「はい、万明明《ばんめいめい》と申します。気軽に明明とお呼びください、白后様」

にこにこと懐っこい笑みを浮かべながら名乗り、明明は恭しく拱手《きょうしゅ》する。

「勅命により、此《こ》の度《たび》、白睡宮《はくすいきゅう》付き女官となりました。今後は侍女頭《じじょがしら》として、こちらの宮にてお世話になります」

白睡宮。その言葉に雪麗は耳を疑った。

「白睡って、白い睡蓮のこと……？」

この世界において、睡蓮の花は極めて象徴的な天上花だとされている。

ゆえに、睡蓮を纏うことが許されるのは、各国当代の皇后のみ。

冥世には東西南北に位置する四つの国があり、それぞれに異なる皇后の色が定められている。ときには、睡蓮そのものを皇后と見なすこともあるらしい。

（……白睡宮は皇后の住まう宮殿の名よね。ならここは、後宮——？）

ふと目を向ければ、傍らに睡蓮の花を模した珍しい形の薫炉《くんろ》が置かれていた。寝台の横に敷かれた毛氈《もうせん》にも、鮮やかな睡蓮の紋様が織り込まれている。

なるほど、と雪麗は静かに納得した。確かにここは〝白睡宮〟であるらしい。

「……わたしは、なぜここに連れてこられたのでしょうか」

おそるおそる尋ねる。すると、明明ではなく、月鈴と夜鈴が反応を示した。

「なぜモなにモ、あなたが鬼ノ皇后サマに選ばれたからだヨ」

「白后サマ、白后サマ、宝玉印ハね、運命を示すノ」

「額の宝玉印がその証だヨー。鬼帝が求めた運命のお后サマだヨー」

双子は息ぴったりに小さな両手を合わせると、くふふと妖艶に笑う。

「——運命とは、実に曖昧で形なき表現だが」

そのとき不意に、低く艶《つや》を孕んだ声が割り込んだ。

明明がはっと振り向くと同時、双子がぴょんと左右に分かれ、中央に道が開く。その間から現れたのは、気を失う前に『主上』と呼ばれていた男だった。

「目が覚めたと聞いてな。気分はどうだ」

雪麗を見下ろした美丈夫は、あくまで穏やかな声音で問う。どこか気怠さを纏いながらも、その凛《りん》とした眼差しは心を奥底まで見透かすかのように澄《す》んでいた。

「あ、あなたは」

「宵嵐《しょうらん》だ。東鬼国の現鬼帝、といえばわかるか」

うすうす感じていた。が、はっきりと示されて戦慄《せんりつ》する。身体の痛みなど気にする余裕もなく、雪麗はその場で両手を組み合わせて礼を尽くす。

「た、大変失礼いたしました……っ」

よりによって、帝から名乗らせてしまった。

斬首《ざんしゅ》もいいところだ。ややもすると八つ裂きかもしれない。そう蒼白になる雪麗に対し、宵嵐は苦笑を滲ませながら「いや」と首を横に振った。

「そう硬くならなくていい。身体がつらくないよう楽にしていろ」

「い、いえ。そういうわけにはまいりません」

「意外に頑固者か？　しかしな、そう伏せていては顔も見えないだろう」

次の瞬間、思いがけないことが起きた。

（っ……!?）

雪麗の頬をするりとなぞった宵嵐が、顎に指を添え、そのままついと持ち上げてきたのだ。上向かせられ、雪麗は全身を強張らせながら呼吸を止める。

まず視界に入ったのは、宵嵐の非の打ち所がない美貌だった。

涼やかな印象を受ける切れ長の双眸《そうぼう》に、本紫の瞳。筋の通った鼻梁《びりょう》と薄い唇。形のいい眉の上、額の中心には不思議な形の印が浮かんでいる。夜を映したような艶のある髪は簪《かんざし》でまとめていた。見るからに背丈は高いが、武官ほど屈強ではなく、かといって文官ほど線が細いわけでもない。

(この御方が、現鬼帝……)

泰然《たいぜん》とした空気感は、確かに帝だと思わせられる。だがそれだけではなく、不思議と背筋を正したくなるような──嘘を呑み込みたくなるような風格があった。

「やはり、美しいな」

「えっ……」

「初めて見たときから思っていた。なんと美しい娘なのかと」

またも思考を停止させた雪麗が返答する前に、宵嵐は雪麗の寝台に腰掛けた。それを見た明明が、なにかを察したように立ち上がりかける。

だが、宵嵐はすぐに「気にするな」と制し、そのままでいるよう言い置いた。

「今宵は見舞いに来ただけだ。侍女も共にいたほうが安心するだろう」

「はっ、はい。かしこまりました、主上」

明明は緊張したように答えると、再びその場に控えた。

先ほどまでの爛漫《らんまん》さはどこへやら、表情も動きも硬くぎこちない。

「これは……、夢ではないのですね」

ぽつりとそう呟くと、宵嵐は小さく笑って双眸を細めた。

「夢では困るな。待ち望んだ俺の后がようやく選定されたというのに」

(待ち望んだ……?)

その言葉に引っかかりを覚え、戸惑いながら顔を上げる。図らずも宵嵐と視線が絡んでしまい焦るものの、吸い込まれるような眼差しに目が逸《そ》らせない。

「――宝玉は帝と后を選定するものだが、その時期はまちまちだ。帝の即位と立后《りっこう》が同時にあることも珍しくはないし、反対に帝の選定のみ行われ、いつまでも后が選ばれないこともある。言うまでもないが、俺は後者だった」

宵嵐が即位してから、すでに一年以上。確かにその期間を考えれば、今回の皇后の選定はずいぶんと時期の空いたものだった。

「先帝の力が残っているからだとか、皇后なくとも後宮で生まれる縁の力のみで宝玉を保つに値するからだとか、まあ諸説あるが……。なんにせよ、民を不安にさせぬためにも后の存在はあったほうがいい。これで現王朝も安泰というものだ」

(だけれど、どうしてわたしなんかが……)

宝玉は〝もっとも相応しい者〟を選ぶと言われている。

立場や身分など、その者の地位は関係ない。とりわけ皇后の選定は帝の願いに呼応するため、たとえ後宮入りしていない庶子《しょし》や賤民《せんみん》でも資格は有しているわけだ。

そういう意味では、雪麗も候補のうちではあるのだろうが──。

「恐れながら、陛下……。陛下は宝玉になにを願われたのでしょうか……？」

「知りたいか？」

「……い、いえ、あの、無理にとは」

しん、と。わずかな間、静寂《しじま》の帳《とばり》が降りる。一点だけ灯された燭台《しょくだい》の火が風もないのに揺らぎ、雪麗は返答を間違えたのかと不安を覚えてしまう。

だが宵嵐は、とりわけ怒っているわけではないのか、やがて思案気に口を開いた。

「宝玉は陽の主体である天子に属し、陰の主体である相手を求める。その際、天子が真に求めた運命の番《つがい》を在るべき場所に位置づけるという」

「在るべき、場所……？」

その説明が理解できず目を瞬《しばたた》かせると、宵嵐はくつりと笑った。

「ようするに、運命の相手だということだ。世界で唯一無二の、な」

そう言うや否や、宵嵐は身を乗り出した。雪麗を褥に優しく沈め、上から覆い被さる形で顔の横に肘をつく。

「先の質問に答えよう。──俺の願いは〝俺が幸せにすべき者を〟だ」

端正な相貌には妖美な笑みが浮かんでいる。けれど、不思議と威圧感はない。

「幸せに……？」

「抽象的だろう？　ゆえにこそ、俺はおまえに興味がある。あまたの後宮妃たちを差し置いて、なぜおまえが……雪麗が選ばれたのか。その意味を知りたい」

思いもしなかった願いを明かされ、雪麗は虚を衝かれる。

（……幸せにすべき者が、わたし？）

冥世の四国——東鬼国、西虎国、南蛇国、北龍国において、帝の座に君臨する者はみな人ではない。総じて〝妖帝〟とされる妖だ。本来は妖王が統治する幽世に住まうべき者たちであり、異類である人とは根本的に考え方も文化も概念も違う。

（てっきり、わたしの力を求めているのかと思ったのに……そうではないの？）

雪麗は他国の妖帝を知らない。だが少なくとも、この東鬼国を統治する〝黒鬼〟という妖は、苛烈でときに残忍な、心を持たない種族だと噂《うわさ》に聞いていた。

自分のような者は、視界に入った瞬間に不快だと殺されてもおかしくはない。

そう本気で思っていた手前、さすがに狼狽《うろた》えてしまう。

「陛下、は……わたしのこの外見を、不快に思われないのですか」

「不快？　先も言ったはずだ。俺は雪麗を、とても美しく思っていると」

宵嵐の言葉に、嘘はなかった。

むしろ清々しいほど澄んだ言葉を返されて、雪麗は唇を引き結んでしまう。

（……どうして）

その反応をどう受け取ったのか、宵嵐はくつくつと喉を鳴らすと起き上がった。

「まったく。これは懐柔《かいじゅう》しがいがあるな」

「へ、陛下……」

「ともあれ、だ。今はゆっくりと休んで身体を治すことだけ考えろ。起き上がるのもつらい状態ではなにもできないからな。俺もまた見舞いに来る」

寝台から立ち上がり背を向けた宵嵐に、咄嗟《とっさ》に雪麗は手を伸ばした。帝の袖の端を掴《つか》むという無礼にも気づかず、縋《すが》るように見つめてしまう。

「どうした」

驚いたように振り返った宵嵐は、怒ることなく尋ねてくれる。だからだろう。いつもなら決して口にしない心の思いを――願いを伝えてしまったのは。

「わ、わたしは、陛下のご期待に応えられる人間ではございません。ですが、どのような理由であれ、そんなわたしを求めてくださると仰《おっしゃ》るなら――」

ひとつ呼吸を置いて、雪麗は蔑まれてきた紅の瞳を再び宵嵐へと向けた。

「すべて、陛下の仰《おお》せのままにいたします。わたしの身も心も、どうかお好きにお使いくださいませ」

「……ほう？　己のすべてを捧げると？」

「はい。たとえ喰われようが、覚悟の上です」

──たとえば、生を置く場所があの家からこの後宮に変わったとして、雪麗の在り方も同時に変わるのかと問われれば、それは否であろう。

けれども、もし。

もし、生きている価値もない自分のような者が、この国でもっとも尊ばれる御方に求められたというのなら、それは間違いなく幸せなことなのだ。

たとえどのように扱われたとて、帝の役に立てるのなら迷うことなどなにもない。

「……喰われようと構わん、か」

低く呟いた宵嵐は、雪麗に向き直ると、嘆息しながら眉根を押さえる。

「おまえのその自己犠牲《ぎせい》は、あの家の者たちによるものか」

「え？」

「いや……まあ、今はいい。俺のためと思うのなら、まずはしっかりと療養することだ。もっと自分を大事にしろ。喰うも喰わんも不健康ではどうにもならない」

そう言うと、宵嵐は雪麗の頭をそっと撫でた。

戸惑いを隠せない雪麗に、「わかったな？」と念を押すような眼差しを送ってくる。

（なにをするにも、この身体じゃだめ、ってことね）

それはその通りだと思い、雪麗は小さく首肯《しゅこう》した。

「いい子だ。――では、また来る」

満足したように言い置き、今度こそ宵嵐は踵《きびす》を返した。その後ろ姿をじっと見送りながら、雪麗は胸の前で冷えきった手をきゅっと握りしめる。

宵嵐の姿が見えなくなると、こちらを見守っていた導妖たちへ視線を向けた。

「月鈴様、夜鈴様」

「「なぁニ?」」

「これは、わたしの天命。そういう認識で間違いありませんでしょうか」

途端に静謐《せいひつ》さが占めた空間に、雪麗の震えた問いかけが響く。

すると、導妖たちは大きく口角を上げて、にいっと笑みを浮かべた。

「天メイ、天メイ、そうかもネ?」

「でもそれハ、白后サマ次第だヨー」

なるほど、と雪麗は浅く頷いて瞑目《めいもく》した。

深く思考を巡《めぐ》らせられるほど、身体は回復していない。それでも、これだけはわかるのだ。定められてしまったこの運命は、決して逃れられないものだと。

ただ、きっと、これは恵みだった。誰かの役に立ってこの呪われた命を終えられるのなら、それは雪麗にとって、間違いなく幸運なのだから。

──現鬼帝により作り直された後宮は、先帝の後宮と比べると約半分の規模まで縮小したらしい。寵《ちょう》を受ける内官、つまり妃嬪《ひひん》として迎え入れられたのは、有権者による伝手や蔭位《おんい》の制により恩恵《おんけい》を賜った者など、なるべくしてなった姫君のみ。宮官《きゅうかん》や宦官《かんがん》は先帝時からほぼ変わらず引き継ぎ、官職を持たない奴婢たちも、おおむね残留しているという。

妃嬪の少なさは後宮として異常なくらいではあるが、解体直後に急遽《きゅうきょ》構成された後宮であることを考えれば致し方ないのだろう。

どんな形であれ、華麗な仮面を被った後宮という場所が、その実、陰謀と愛憎がどろどろと渦巻く女の戦場であることに変わりはない。

帝の寵愛を求めるがあまり、人の道を外れてしまう妃嬪も少なくない世界だ。

そんな妃嬪同士の蹴落とし合いが日常的に起こるこの場所で、〝皇后〟という立場は間違いなく針の筵《むしろ》だろう──と、本気でそう思っていた雪麗にとって、後宮入りしてからの療養生活は拍子抜けするほどに平和だった。

「無理して起きる必要はないのですよ？　白后さ……雪麗様」

なんでも皇后は、睡蓮の色を冠とした呼称があるらしい。しかし、自分にはあまりにも畏《おそ》れ多いような気がして、雪麗はなるべく名で呼ぶようお願いしていた。

なかなか慣れないようで、明明はしょっちゅう言い直している。

「そうでし、寝てるでし」

「寝るのが一番でしっ」

「なんなら我ら小鬼隊が寝かしつけてあげるでし！」

明明に続いて三拍子を放ったのは〝小鬼〟だ。手のひらほどの大きさの彼らは、自分たちを〝小鬼隊〟と称して白睡宮に棲《す》みついているという、小物の妖である。

ぴょこぴょこと順番に跳ねる様は、それだけで非常に可愛らしい。

「もう、大丈夫です。問題ありません」

まだ痛みの残る身体を無理やり起こした雪麗は、浅く息を吐き出した。

どうにも気怠さは消えないが、起き上がれないほどではない。それに、こうも日々褥に沈んだままでいると、さすがに焦りが募ってくるのだ。

後宮入りする前は、どれだけ体調が悪くても休むことさえままならなかった。

もしこの堕落した生活を叔父に知られたらと思うと、ぞっとしてしまう。

「なにか、ありませんか？　皇后としての仕事などは……」

「休むことですね」

真顔で即答した明明に、今度は雪麗が情けない顔をすることになる。

「主上からも無理はさせないようにと申し付けられておりますし……。なにより雪麗様は庶子の出でございますから、まずは妃教育からはじめる必要があるかと」

「っ……そう、ですよね」

暗に後宮に相応しい気品がないと言われたようで、雪麗は肩をすぼめる。

「わたしのような賤民が皇后なんて……口にするのも烏滸《おこ》がましいのに」

「あっ、いえいえ！　申し訳ございません、言葉選びを間違えました！　決してご出自を蔑んでいるわけではなくてですね……っ！」

雪麗の反応に焦りを滲ませ、明明は慌てたように弁解《べんかい》した。

「そのようなこと仰らないでくださいませ。そもそも皇后の地位に家柄は関係ありません。宝玉が選定した時点で、雪麗様はこの後宮の主。四妃でさえ雪麗様より下位の者なのですから、もっと堂々と胸を張ってよろしいのですよ！」

「…………」

「なにより、雪麗様はお美しいのですから！」

耳を疑う言葉に、雪麗は「美しい、ですか？」と戸惑いを滲ませる。

「はい！　雪のような髪と透き通った肌。そこに花開く澄んだ紅の瞳……。お顔立ちも儚《はかな》く端正で、それはもう秘めた原石です！　磨き甲斐《がい》がありますっ！」

「髪は結うべきでし」

「結わないで下ろしたほうがいいでしっ」

「どっちでもきっと似合うでし！」

明明は、いかにして雪麗の美しさを際立たせるかを考えるのが楽しいらしい。ああしたほうが、こうしたほうが、と小鬼たちとはしゃぐ姿は年相応だ。

「とにかく明明は、そんな雪麗様の侍女になれて幸せなんです！」

明明はもともと、淑妃《しゅくひ》・胡桜綾《こおうりん》が主を務める牡丹《ぼたん》宮付きの女官だったという。それ以前は、なんと一年ほど娘子兵に就いていたというから驚きだ。齢十八でありながら各方面からの評価が高いのも、豊富な経歴のおかげなのだろう。

此度の雪麗の立后でも、〝護衛も兼ねられるから〟という理由で、白睡宮付きの女官に推薦されたのだそうだ。

「後宮は特殊なところですから……せめて侍女は肩の力を抜ける存在であるべきでしょう？　明明は早く雪麗様に信頼してもらいたいので、頑張るのですよ」

「まあ確かに後宮は怖いでしね。蹴落とし合いでし」

「寵愛がすべてでしから、仕方ないでしょ」

「どこもかしこもバチバチでし」

──妃嬪の地位は常に争奪戦。皇后の空位時は〝宝玉に願われるほどの寵愛を求めて〟妃嬪はみな己を磨き、選ばれようと切磋琢磨する。というと聞こえはいいが、実質それは命を天秤に乗せた駆け引きだ。毒花はそこらじゅうに咲いている。

「妃嬪同士、表面上は仲よくしていても、裏ではなにを企んでいるかわかりませんし。善意も悪意もごちゃ混ぜで、裏切りは日常茶飯事。信用も信頼も一瞬にして粉砕される世界です。人間不信になりがちですよねぇ」

「では、嘘も……、たくさんありますか」

「もちろん。というかもう、妃嬪は誰もが〝嘘〟という名の仮面を被っていらっしゃいますからね。いつだって疑って然《しか》るべきです」

（わたしは、疑わなくてもわかってしまうけれど……）

複雑な気持ちで目を伏せると、明明はそれに気づいてからからと笑った。

「あっ、明明は大丈夫ですよ？　なんてったって驚異的に嘘が下手ですから」

「下手？」

「全部顔に出ちゃうんですよねぇ……。でも、きっとそういう甘さも含めて、主上は明明を雪麗様の侍女に据えたのかと」

なるほど、と雪麗は相槌《あいづち》を打つ。確かにこうして話している限り、明明は裏表のない娘だ。おかげで、会話中に不快さを覚えず接することができている。

「不安要素は、可能な限り減らしておきたいんじゃないでしょうか。立后直後の今、後宮内はより物騒ですからね。雪麗様を大事になさっている証ですよ」

宵嵐が自分を大事にしている――。

その言葉が素直に呑み込めるほど、雪麗はまだ宵嵐とは関わっていなかった。

顔を出してくれることはあるが、あくまで見舞いの範疇だ。いくら感情が視える雪麗でも、その程度の触れ合いで彼を形作るものを汲み取るのは難しい。

「雪麗様はもっと自信を持ってくださいな。こんなにお美しいのですから！」

白と薄紅を基調とした華やかな襦裙《じゅくん》を身につけた雪麗に、背後から透き通った披帛《ひはく》を纏わせながら、明明は満面の笑みを浮かべた。

「大丈夫、明明はいつだって雪麗様の味方です。頼ってくださいね」

「……ありがとうございます、明明」

誰かに与えられる無償の優しさには、まだ慣れない。

それでも雪麗の心には、ほんのわずかに温かな感情が芽吹きはじめていた。

身綺麗《みぎれい》にされたあと、雪麗は寝台に腰掛けながらぼうっとしていた。

窓の外には薄い白膜が張った蒼穹《そうきゅう》が広がっている。太陽が徐々に傾きだすこの時間帯は、後宮内も一日の終わりを目指してそわつきはじめる頃だ。

(どこかに出かけるわけでもないのに、こんなに綺麗な格好をして……。働いていないのに、怒鳴られることもないだなんて)

泥土に塗《まみ》れていた日々を考えれば、後宮での生活はあまりにも快適だった。

だからこそ、だろうか。日々がひどく非現実的だった。

いつまでも違和感が消えないのだ。ここで目覚めるたびに夢を見ているのかと思ってしまうし、こうしていても、心はどこか焦燥に駆られてそわついている。

(慣れない、というよりも、慣れてしまうのが怖いわ。せめてなにか、陛下のお役に立てるようなことができれば、とは思うのだけれど……)

自分の手のひらを見下ろしながら、唇を一文字に引き結ぶ。その直後、白睡宮付きの侍女がひとり、慌てた様子で雪麗の部屋へとやってきた。

なんでも、事前の連絡なしに白睡宮を訪ねてきた妃がいるらしい。こちらを振り返った明明は、あからさまに不服そうな表情をしている。

「雪麗様、いかがされますか？　まだ体調も万全ではありませんし、本来は予定にないことですのでお断りもできますが……。お相手が、貴妃《きひ》様でして」

どくん、と心臓が嫌な音を立てた。

「雪麗様？」

さっと血の気を引かせる雪麗に、明明が心配そうな表情を浮かべる。

「あ……会います。お通ししてください」

「ですが、お顔の色が……」

「大丈夫です。問題ありません」

早口で答え、雪麗は纏っていた披帛をぎゅっと握りしめた。

その様子に違和感を覚えたのか、明明は食い下がろうとする。けれど、これぱかりは雪麗も譲らなかった。……否、正確には譲れなかったのだ。

なにせ現在の貴妃は、林家のひとり娘——雪麗の従姉妹である林雹華なのだから。


「皇后陛下にご挨拶申し上げますわ」

応接間にて数年ぶりに雹華と対面した雪麗は、自分に礼を尽くす雹華を前に、なおのこと顔面を蒼白にさせていた。そばに控える明明は雪麗が倒れないかひやひやしているようだが、大丈夫だと会釈してみせる余裕もない。

(確かに、皇后のほうが立場は上、だけれど)

赤の襦裙で全身を彩った雹華は、とにかく派手な印象を受けた。服装も髪型も化粧もなにもかもが濃い。美麗さよりも苛烈さの方が勝っているように見える。

雪麗と並んで立てば、間違いなく雹華のほうが目立つだろう。

「お、お久しゅうございます……。雹華さ——林貴妃」

「ええ、本当に。まさかあなたが皇后として後宮入りするなんて夢にも思っていなかったから驚いてしまいましたわ」

派手な扇《おうぎ》で口許を隠しながら笑う雹華は、複雑な感情の色を纏っていた。

どす黒い。もはや、どの感情が根底にあるのかすらわからないほどに。激しい怒りからはじまり、嫉妬、怨嗟《えんさ》、恨み……まるですべての負の感情を一緒くたに煮詰めたような色だ。思わず雪麗は顔を伏せ、目を逸らしてしまう。

「それに、なに？　この殺風景な部屋。陰気《いんき》すぎて息が詰まるじゃない」

「っ……恐れながら、雪麗様はまだ療養中の身でございます。事前のお約束もなく来訪されたのはそちらの方でしょう。こうしてご無理をなさってまで応対されているのがどれだけ寛容《かんよう》なことか、おわかりでないのですか？」

雰囲気に圧し負けた雪麗が返答するよりも先に、明明が割って入った。

「なんなの、おまえ？　侍女のくせに生意気な」

「侍女、というのは、ただそばに侍っていればいいというものではございません。主をお守りするのが一番の侍女の務めです」

毅然とした明明の態度に、雹華はさらに苛立ちを募らせたらしい。手に持った扇子を指先でこつこつと叩《たた》きながら、細筆で描いたような眉尻を吊り上げる。

「ふん。しょせん下賤の民ってわけね。侍女ともども品のなさに呆《あき》れるわ」

「っ……白后様に向かってなんて不敬な」

さらに食ってかかろうとした明明を、雪麗は反射的に止めた。

「明明、わたしは平気ですから」

「こんなおぞましい見た目の者が皇后だなんて、陛下も本当に気の毒だわ」

「なっ……！」

さすがにそこまで言われるとは思っていなかったが、雪麗は動じなかった。わなわなと唇を震わせる明明を宥《なだ》めながら、零《こぼ》れそうになったため息を呑み込む。

(大丈夫。おぞましいなんて、お優しいくらいだもの)

この特殊な見目を蔑まれるのは日常茶飯事だ。

あらゆる類の暴言を投げられてきた手前、ある程度の耐性はある。今さら外見を詰《なじ》られたところでなにも思わない。甘んじて事実として受け入れられる。

「……林貴妃。本日のご用件を伺ってもよろしいでしょうか」

今にも飛びかかりそうな明明を止めるため尋ねると、雹華は両目を眇《すが》めた。

「数年ぶりですもの。ふたりきりでお話をと思って」

「っ、恐れながら！　いくら貴妃様とて侍女の付き添いなしに——」

「ああもう、さっきからうるさいわね！　侍女は黙っていなさいっ！」

突如として声を張り上げた雹華に、雪麗は思わず身を竦《すく》めた。

ひゅっと息が詰まり、だんだんと呼吸が苦しくなってくる。傍らの明明はぐっと言葉を呑み込んだようだが、その顔にはありありと不満が表れていた。

(これ以上、怒らせるわけには……)

「っ、わかりました。明明、少しだけ部屋の外で待機していていただけますか」

「ですが、雪麗様……」

「わたしは問題ありません。その……旧知の仲、ですから」

「ふふ、そうなの。あなたたちも出ていってちょうだい。心配しなくても、すぐに話し終えるから大丈夫よ」

雹華は、自分で引き連れてきた侍女たちを下がらせる。だがひとり、指示に従わず残った宦官がいた。その者に訝しげな目を向け、雹華は苛立ちを募らせる。

「空燕《くうえん》？　あなたも下がっていて」

「承知しております」

そのとき、空燕と呼ばれた宦官と視線が交わった。

（……っ、え？）

初めて顔を合わせる相手、であるはずだ。けれど彼は、雪麗と目が合った瞬間、確かに口許にわずかな笑みを浮かべた。同時に視えた〝色〟に雪麗は戸惑う。

「空燕！」

「申し訳ございません。……明明、あなたも行きますよ」

知り合いだったのだろうか。空燕は渋る明明の腕を掴んで退室する。

応接間の扉が閉まる寸前、明明は今にも泣きそうな眼差しを投げてきたけれど、雪麗は大丈夫だと頷いてみせるのが精一杯だった。

「……さて、と」

ふたりきりになった瞬間、雹華の顔からすべての表情が削げ落ちる。卓子《つくえ》を回り込んでこちらにやってきた雹華は、雪麗の背後に立った。

「本当に、まさか後宮で再会することになるなんて思ってもみなかったわ」

固まることしかできない雪麗の耳許で、雹華は囁く。頭がくらつきそうなほどの甘香が漂ってきて、雪麗はぞっと怖気立った。

「よりによって、あんたが皇后だなんてねえ……。なにかの間違いかと思ってわざわざ確かめに来てやったのだけれど、本当にいるんですもの。ふふ、もう腸《はらわた》が煮えくり返りすぎて気が狂いそうよ？」

「っ……!?」

後ろから首を掴まれ、そのまま力を込められる。

「しかしまあ、相も変わらず気味が悪い姿だこと。老婆《ろうば》みたいな髪も、血みたいな瞳も、本っ当に気持ちが悪いわ。よくもそんな姿で生きていられるわよね？　身の程知らずも大概にしておかないと、うっかり殺してしまいそう」

雪麗にのみ聞こえる囁き声。じわじわと毒を放つ雹華に、雪麗は唇を噛みしめる。

（苦し、い……っ）

正直、たとえふたりきりになっても、外にこれだけの人の目があれば手を出してくることはないだろう、と油断していた部分はあった。ときおり力を緩めながら——しかし確実に苦しむ絶妙な力加減で、雹華は雪麗の首を絞めてくる。

「ねえ……あんた、協力しなさい」

「きょう、りょく……？」

「今の帝はねえ、先帝と違ってちっともわたくしのお相手をしてくださらないの。こんなに美しい娘が貴妃の座にいるのにおかしな話でしょう？　だからね、あんたに皇后として誘導してほしいのよ」

ふ、と雹華の手の力が弱まり、思わず雪麗は何度か咳《せ》き込んだ。

「ゆ、誘導って」

「お渡りの誘導に決まっているでしょう？　わたくしね、一度お手つきになれば陥落《かんらく》させる自信があるの。あんたは後宮の主として、帝に平等なお渡りを薦めるのよ」

お渡りとは帝が妃の宮へ足を運ぶことを指す。

後宮は本来、お世継ぎ問題の解消のために存在するものだ。だが、宝玉の選定により帝と后が選ばれるこの冥世において、実質〝夜伽《よとぎ》〟は必須事項ではない。次帝だろうと見込まれていた太子が帝に選定されなかった例も、過去にはままある。

なにせ鬼の血を引く者は、押しなべて次帝候補だ。

それはつまり、後宮で生まれた鬼の男児でなくとも候補になり得るということ。

現鬼帝——宵嵐は、まさにそうだった。

彼は鬼と鬼の間に生まれた、いわば純血の鬼。遠縁ではあるようだが、先帝の実子ではなく、彼の母もまた後宮の妃嬪ではない。

それでも宝玉印を有する以上、彼は〝帝〟なのだ。如何《いか》なる者でも——たとえ当事者とて文句をつけることは許されない、唯一の天子。

(帝の代替わりで地位が一瞬で失墜してしまうのも、珍しいことではないもの。再び同じことにならないよう、雹華様は必死なのね)

形ばかりの後宮でも、帝に侍ることができるのは名誉とされ、妃嬪はみな一様に寵を求める。どんな思惑があろうが、雹華が宵嵐の寵を得ようとしているのは、決しておかしなことではない。それは雪麗とて理解はできる。

「言っておくけど、皇后の座はいらないわ。わたくしがほしいのは寵妃の称号だけ」

「寵妃の……」

「そうよ。どうせあんたなんか見向きもされないでしょう？　だってその呪われた見た目ですもの。宝玉がなにを間違ったのか知らないけど、お手つきになることなんて一生ないんだから、せめてそれくらいの仕事はしなさいよね」

ようやく離れた雹華は、再び卓子を回り、雪麗の対面へと戻る。

「ふふ。よろしくお願いいたしますわ、白后様」

貼り付けられた笑顔に、ぞっとした。室内の温度が一気に氷点下まで下がったのではないかと思うほどの鳥肌が立ち、雪麗は震えながら俯《うつむ》く。

（ああ、わたし……叔父様より雹華様のほうが恐ろしいのかもしれない。気を抜くと、心をまるごと喰われてしまいそう）

雪麗は、本来の雹華がどんな人物なのか知っている。たとえ数年会っていなかったからといって、彼女の本性が変わりはしないということもわかっていた。

――下手に抵抗すれば、どんな目に遭うかも、想像に容易い。

「……善処、いたし、ます」

「ええ。それじゃ、わたくしはこれで」

雪麗は震えを抑えながら頷き、赤くなっているであろう首元に披帛を添えて隠した。

雹華が応接間を出ていくと、入れ違いに明明が飛び込んでくる。

「雪麗様……っ！」

「あ……心配をかけてごめんなさい」

べそをかきながら縋りつく明明を受け止めたそのとき、思いがけずもうひとり応接間に入ってきた者がいた。その者は明明の様子を見るなり苦笑する。

「明明、気持ちはわかりますが無礼ですよ」

「ううっ……だって、だって、雪麗様をおひとりに……！」

「林貴妃はああなると止まらないですから。大丈夫でしたか、白后様」

空燕という名らしい宦官は、雪麗に優し気な眼差しを向けてくる。

「は、はい……」

「安心しました。――改めて、皇后陛下にご挨拶申し上げます」

空燕は雪麗の前までやってくると胸の前で両手を組み合わせて、礼を尽くした。

「空燕と申します。度重なる無礼をどうかお許しください」

「空燕様は以前、牡丹宮の宦官としていらっしゃって……。そのときに明明もいろいろとお世話になったんです。ほんの一時でしたけど」

なるほど、やはり知り合いであったらしい。親し気なのも納得だ。

「現在は芙蓉宮に身を置いておりますが、私は基本的に主上の命で各宮に派遣される……まあ、小間使いのような宦官ゆえ、定住することはないのです」

この後宮は、皇后をはじめとした帝の妻が生活する〝内廷〟と呼ばれる場所。つまり、帝の私的空間だ。それゆえ基本的に男子禁制ではあるが、身体の大切なものを失った元男性、宦官だけは唯一入宮を許されている。

宦官の仕事は幅広い。職務地は内廷に限らず、外廷で官吏《かんり》に就く者もいる。

だがそれでも、帝から直接命を受ける宦官の官職は限られるだろう。よくよく見れば上等な身なりをしているし、空燕は意外にも大物なのかもしれない。

「そう遠からず、こちらの白睡宮にもお世話になることになるかと思います」

「えっ、そうなのですか……？」

「はい」

空燕の言葉に嘘はない。感情も乱れてはおらず、ひどく波が穏やかだ。こちらに不快感を覚えているわけでもなさそうで、その事実に雪麗は戸惑ってしまう。

（そう、さっきもそれで驚いたのよね……。わたしを見てもいっさい感情を乱さなかったから。驚くことすらないなんて、初めてかもしれないわ）

八割の人間は、この雪麗の容姿に対してなにかしらの感情を抱くのだ。

もっとも多いのは嫌悪で、次に驚愕《きょうがく》、そして恐れ。その負の流れに慣れている身としては、常に心穏やかな状態が崩れない空燕は新鮮だった。

「私にできることは少ないやもしれませんが……。なにか困ったことがありましたらお声をかけてくださいませ。これでもわりと顔は広いほうですので」

「あ、ありがとうございます」

「いえいえ。それでは、私はここで失礼いたしますね。いないことがばれたら林貴妃にまた怒られてしまいますから」

茶化すように言い置き、しかしいっさい急ぐ様子もなく空燕は立ち去った。

どこまでも不思議な雰囲気を持つ人だと思っていると、明明が洟《はな》を啜りながらどこかほっとしたように胸を撫で下ろす。

「よかった、少しだけ顔色が戻ってきましたね」

「え？」

(言われてみれば……呼吸ができるようになってるわ)

嫌な音を立て続けていた心臓や鳥肌も収まり、気持ちもだいぶ落ち着いていた。

雹華がいなくなったからというのも、少なからずあるのだろう。けれど、おそらくは空燕のおかげだと、雪麗はこれまでの経験から察する。

「……空燕様がとても穏やかな方だったから、安心したのかもしれません」

視える感情は、多少なりともこちらに伝染するのだ。どうしても視覚から直接感じてしまう以上は影響を受けやすい。

ゆえに雪麗は、叔父や雹華の纏う激情がひどく苦手なのである。呑まれてしまえば最後、心が真っ黒に染まって感情をすべて失ってしまうから。

(それにしても――わたしが陛下を誘導する、なんて)

思い返せば憂鬱が押し寄せる。絞められた首元がまだ痛むような気がして、雪麗は披帛をきゅっと握りしめたのだった。

◆

「で、どうするんだ？　林家は」

そろそろ太陽が頂点に差し掛かろうという頃。

傍らで報告書を面倒そうにめくっていた男が、おもむろに尋ねてきた。

宵嵐はちらりと目をやりながら、「どうもこうも」と鼻白む。

「殺したいのは山々だがな。そう簡単に殺してやっても罰にはならないだろう」

「じゃあ殺さないのか」

「私怨のみで処せるのならばあの場で殺していたとも」

片眉を上げ、男――劉帆《りゅうほ》は呆れ交じりの視線を投げてきた。

傍から見れば、帝に対してあまりに不遜《ふそん》な態度である。

だが、劉帆は帝になる前から付き合いがある仲であり、現在は中常侍としてそばに置いている者。加えて人間ではなく、宵嵐と同じ黒鬼だ。帝である宵嵐が全面的な非礼に許可を出している以上、誰も劉帆の態度を咎《とが》めることはできない。

「いや……実際、殺すのは容易《たやす》いが。それで解決することではないからな」

ふぅん、とどうでもよさそうな返事をする劉帆に、宵嵐は淡々と尋ねる。

「おまえはどう思うんだ、劉帆」

「んー、俺はべつにどちらでも？　ただまぁ、あの家での皇后の扱いを聞いている以上、いい気はしないね。単純に胸糞が悪い。喰ってもまずそうだけど」

そうだろうな、と宵嵐は頷く。

宵嵐とて、雪麗を迎えに行ったときのことを思い返すたびに、腸が煮えくり返るような不快感が湧き上がる。劉帆は直接見たわけではないが、あの家の者が起こした所業と雪麗が耐えていた苦痛を慮《おもんぱか》れば、気分を害すのも当然だろう。

「しっかし、まさか庶民から皇后が選定されるとは……。妃のなかで誰が選ばれるかこっそり賭けてた奴もいるくらいなのに、まったく大穴が過ぎるね」

「無礼者め。皇后をなんだと思っているんだ」

「だよなあ。ちなみに俺は胡淑妃に賭けてたんだけどさ」

おまえもか、と心底呆れた視線を送ると、劉帆はからからと笑った。

「実際、どうなんだよ。白后様は」

「どうとは」

「おまえの〝望んだ相手〟だったのかって」

ようやく宝玉のことだと察し、宵嵐は手を止めて嘆息する。

「さあ……わからんが。宝玉が選んだのだからそうなのだろう」

「じゃあ通わんのはなんだ。顔や身体の好みが合わなかったのか」

「違う。どいつもこいつも、どうして俺が宮へ渡るとそういう話になるんだ。ただ会いに行っているだけだというのに、寵愛だのなんだの……」

思わず吐露した日頃の鬱憤を途中で呑み込み、宵嵐は額を押さえる。

「とにかく、そういうわけじゃない。夜に渡りはしないが、明るい時間帯には何度か顔を出しているしな。外見の心配など無用だろう」

「普通じゃない、とは聞いたけどな」

「ああ、美しい限りだ。この俺が数瞬見惚《みと》れた。間違いなく後宮一美しい」

「なんだ、結局べた惚《ぼ》れか」

透き通るような長い白髪。小ぶりで儚い、白皙《はくせき》の面。

名の通り雪のように溶け消えてしまいそうなのに、ふたつの紅い瞳が雪麗の存在を象っていた。まるで、雪原に一輪の紅花が咲いているかのように。

「見ればわかる。幽世でもあれほどの者はなかなか見ないぞ」

佳人揃《かじんぞろ》いの後宮でも埋もれぬ美しさだ。あれほどの器量を持つ娘ならば庶子とて妃として召し上げられそうなものだが、おそらく環境がそれを許さなかったのだろう。

埃や砂に塗れた灰被りの状態では、どれほど美しい玉でも曇り、光を喪《うしな》う。

「まあ、当の本人は己を醜いと信じて疑わぬようだが……あの環境ではな。さんざん蔑まれてきたことを考えれば自己肯定感が皆無なのも致し方ない」

否、だからこそ——なのかもしれない。

彼女が皇后に選ばれたのは。

（くだらぬのは変わりないにしろ、多少なりとも意味はあったと考えられるか）

宵嵐は逡巡《しゅんじゅん》すると立ち上がった。

竹簡や資料の積み重なった卓子を軽く片しながら、口を開く。

「触れを出しておいてくれ。今宵、白睡宮へ渡ると」

「……水を差すようで悪いが、あまり他の宮へ行かないと荒れるぞ？」

「胡淑妃のところへはそのうち行く」

後宮において帝の渡りが意味するところなど、たかが知れている。

帝の寵愛度合いが云々《うんぬん》、后の容姿が云々と、さまざまな噂が尾鰭《おひれ》をつけて広がっているようだが、娯楽の少ない後宮内では否定したところで無駄であろう。

なんにせよ、宵嵐としては后となった雪麗との正しい関わり方を模索するほうが優先なのである。後宮のあまたの妃嬪に構っている余力はない。

『——俺は俺の唯一に、興味がある』

そう言ったとき、確かに彼女の心は揺らいだ。

感情がないのかとすら思っていた宵嵐は、あの光を失った紅い瞳に戸惑いが上塗りされるのを見て、少なからず安堵《あんど》したのだ。

ああ、これなら――と。まだきっと間に合う。そう思ったから。

「後宮妃たちの望みはなるだけ叶えているつもりだ。文句があるのなら家に帰っていいとすら言っているんだぞ。俺にしては破格の扱いだろう」

「殺さぬだけましだと？」

「そこまでは言っていないが」

さらりと受け流すと、劉帆はげんなりしたように口をへの字にする。

「帝の匙《さじ》加減ですべてが左右される世も考えものだな。人間は妖に逆らえぬのだから、いっそ後宮制度などなくしてしまえばいいんじゃないか？　ほら、妖王のように」

「それが容易にできたら苦労しない」

形ばかりの後宮ではあるが、その〝形ばかり〟が重要なのである。

鬼族と人間。異種族を繋ぐ関節部分と言ってもいい。鬼帝が人の娘を娶《めと》ることで縁が生まれると――それが冥世の成り立ち、ひいては理において、もっとも最適な形であると人々に周知させるためのものだ。

この世界を創った妖王が定めた在り方は、そう簡単に歪《ゆが》められない。

冥世を治める四国が同時に後宮制度を廃止したいと望めば、あるいは可能かもしれないが、まあ現状、それは難しいだろう。宵嵐と違って、存分に後宮制度を堪能している国もあるのだ。説得するために戦が勃《ぼっ》発《ぱつ》すれば元も子もない。

「こちらは幽世とは違い、四宝玉の天秤により成り立つ境の世。どこかひとつが崩れれば瞬く間に冥世は消失する。その礎《いしずえ》である後宮を廃止するなど、妖王が望まぬ限りはあまりに非現実的な話だろう」

「はー、おまえも甘っちょろい奴だなぁ。変えようと思えば変えられるくせに」

「できるか否かの問題ではない、という話だ」

この地で天子として君臨しながら、宵嵐の――四大妖の上には妖王がいる。王とは名ばかりの、理そのものである神妖が。彼の意に逆らうことは、どんな大妖でさえもできやしない。ゆえにこそ、甘んじて宵嵐もこの任を請け負っているのだから。

ふう、と深く息を吐き出したそのとき、扉の鈴が控えめに鳴らされる。

「失礼いたします。――主上、ご報告が」

◆

雪麗が後宮にやってきてから、半月ほど経った頃だった。突如として後宮内に触れが出された。何事かと思えばなんのことはない、〝お渡り〟の前触れだ。

内容は『今宵、白睡宮へ渡る』という端的なものである。

(見舞いではない、ということよね)

　――帝が渡る、というのは、ようするにそういうことだ。

　怪我の具合もだいぶよくなり、体力も戻りつつある今日この頃を考えると、時期的にはおかしくないのだろう。むしろ正式なお渡りとしては遅いくらいかもしれない。

（勤め、ですもの）

　とはいえ、雪麗は皇后だ。

　避けては通れない道であることは重々承知している。

　けれどそんな価値が自分にあるのかと――正直、自信もなかった。

「雪麗様、浮かない顔でしね？」

「どうされたでし？」

「お渡りは嫌なのでしか？」

　明明が「雪麗様を磨き上げなければ！」と張り切っているのを横目で見ながらぼんやりとしていた雪麗のもとへ、小鬼たちがわらわらと集まってくる。

「嫌というわけではないのですけど……」

「ふむふむ。気乗りはしない、ってやつでしね！」

　察してくれた小鬼に、雪麗は浅く頷く。おそらくそのように思うこと自体がすでに不敬にあたるのだろうが、嘘をつくこともできない。

「しょうがないでし。雪麗様はまだ後宮に来たばかりで慣れないことだらけでしね」

「でし！　拒絶したくなるのも当たり前でしょっ」

「我ら小鬼は雪麗様の味方でし！」

雪麗の両肩と膝の上に飛び乗った小鬼たちは、得意げに胸を張ってみせる。そこは鬼の味方をするべきではと思わなくもないが、可愛いので受け入れるしかない。

「ありがとうございます、小鬼さんたち」

「「でしっ！」」

小鬼の合唱が響いたそのとき、部屋の外から侍女の声がかかった。ぱたぱたと片付けに専念していた明明が「はぁい！」と走っていく。

「あっごめんなさい、小姐。あの、お客様がいらっしゃっていて」

「お客様？」

「それが……」

明明が対応しているのは、白睡宮付きの侍女のひとりだ。明明はまだ若いが、白睡宮では侍女頭の立場でもある。宮付き侍女を率いるのも仕事のうちなのだろう。

「……わかった。ありがとうね。あなたは自分の仕事に戻って」

侍女を送り返した明明は、すぐさま「雪麗様」とこちらを振り返る。

「お客様がお見えになっているそうですが、いかがしましょうか？　見舞い品を献上されにいらっしゃったようで、面会をお望みのわけではないようですが……」

「えっ」

予定にない客人の来訪。その既視感に思わず身体が強張ってしまう。

「まさか、林貴妃……？」

「あ、いえ！　本日は桜綾様……胡淑妃様です」

「淑妃様？　確か、明明が以前仕えていたという……」

「はい！　明明が言うのもなんですが、桜綾様は信頼できる御方ですよ。雪麗様さえよろしければ、この機に少しだけお話しされてみてはいかがでしょうか」

普段から明るく天真爛漫な印象を受ける明明だが、声音にも感情にもより嬉々《きき》としたものが交ざっていた。よほど元主のことが好きなのだろう。

明明がここまで言うのだから、上級妃らしく相当な人格者なのかもしれない。

（どちらにしても、いずれはご挨拶しなくてはならない相手だものね）

現状、雪麗は療養中ということで、公務は免除されている。無論、茶会をはじめとした妃同士の交流も例外ではない。断ったとて問題はないだろう。

それでも、と雪麗は逡巡すると、明明へ向き直った。

「……明明。身支度を手伝ってもらってもいいですか」

「かしこまりました。あの、でも、ご無理はなさらず大丈夫ですからね？」

「わかっています。けれど皇后は妃嬪をまとめるのが仕事でしょう？　わたし、皇后とうしてお役目をこなしたいのです。逃げてはいられません」

生きている価値すら見出せなかった頃に比べれば、そうして〝背負うべきこと〟がある今はわずかばかり希望が胸にある。

まだ生きていてもいいのかもしれない、と。

この呪われた容姿を受け入れてくれる者たちがいるからこそ、せめて与えられた役目をこなして恩返しをするまでは――と。

ここで過ごしているうちに、少しずつそう思えるようになってきたのだ。

「め、明明は、いつでも雪麗様のおそばについておりますからね……！」

「我ら小鬼隊もでし！」

「全力でお守りするでし！」

「万全で出迎えるでしー！」

基本的に明明は雪麗から離れない。他の侍女は宮内のあちこちに散らばっているので、おそらく侍女頭には側付きの役割もあるのだろう。

ひとりではないのなら、それだけで心強い。少なくとも明明は、信用しても大丈夫な相手だと、雪麗のなかではすでに位置づけられている。

（……わたしは、皇后なのだから。頑張らなくては）

「ご機嫌麗しゅう、白后様。わたくし、胡桜綾と申します。本日は突然お伺いしてしまい、誠に申し訳ございません」

応接間に柔らかな声を響かせたのは、白緑色の襦裙を纏う淑妃である。

貴妃である雹華と比べると、桜綾はなにもかもが正反対の印象だった。上級妃らしい華やかさはあれど、物腰も装いも落ち着いており、威圧感はまるでない。

それでいて、はっとするような見目麗しさがある。

付き従う侍女もまた、みな所作に品があった。

「謁見は白后様の快復を見て、と陛下が仰っておりましたので、公的な場を待つつもりだったのですが……。風の噂で林貴妃が白睡宮を訪れたと耳にして、ついわたくしもと欲が出てしまいました。歓迎いただき、感謝いたします」

「い、いえ、そんな。たいしたもてなしもできず、心苦しいのですが……」

「もてなしなど、どうかお気になさらず。突然押しかけたのはこちらですし、白后様とこうして対面できただけで、わたくしは嬉《うれ》しゅうございます」

挙措《きょそ》ひとつとっても無駄がなく、どこまでも上品で洗練されている。まさに妃の手本のような方だと圧倒される一方、雪麗は自分の至らなさが気まずかった。

庶子どころか奴婢として生きてきた自分には、とても真似できない。これほどの境地に達するまでは、きっと長い年月が必要となるだろう。

（それでも……わたしも、こうならなければ）

帝の后として、後宮を率いる者として、恥ずかしくないように。

そう思うと並々ならぬ重圧が押し寄せてくるけれど、目を逸らしたところで現実からは逃げようがない。この立場は、すでに運命に雁字搦めにされてしまっている。

「その……淑妃様のことは、明明からときおり伺っておりまして。わたしもお会いしたいと思っていたのです」

「まあ、ありがたきお言葉ですわ。明明はよく働いておりますか？」

「は、はい。とても。日々感謝しかございません」

「そうですか。それはよかった」

柔和に微笑んだ桜綾は、明明にも穏やかな目を向けて続ける。

「わたくしが推薦したのです。明明ならば、きっとよい侍女になると思いまして」

「え～？　えへへへへ、それほどでも」

明明はよほど嬉しいのか、いつにも増して表情が緩い。雪麗に視えている感情の色も〝喜〟で埋め尽くされていた。やはり彼女はどこまでもわかりやすい性質らしい。

その様子を見て苦笑しながらも、桜綾はどこか安堵した様子を見せる。

「相性が悪かったら、と心配しておりましたが、大丈夫そうですね」

「大丈夫ですよう、桜綾様。でも、雪麗様は本当にお優しいので、明明は日々『守らなければ！』と娘子兵魂を燃え上がらせています。侍女ですけどっ」

「ふふ。あなたのそういう屈強なところ、わたくし大好きよ」

穏やかに笑い合う明明と桜綾からは、ふたりがよい関係を築いていたことが手に取るように伝わってきた。たとえ主従でなくなってもこうして気心知れた会話を交わせるというのは、この謀《はかりごと》が渦巻く後宮ではきっと稀少なことだろう。

(同じ上級妃でも……こうまで違うのね)

桜綾は侍女にも分け隔てなく接する。

一方、雹華は見るからに横柄な態度を取っていた。侍女は侍女。自分に仕える者としての線引きがはっきりしているという点では、ある意味、主君としての自覚はあるのかもしれない。けれど、雪麗はやはり桜綾のようになりたいと思ってしまう。

「あ、話が逸れてしまいましたね。申し訳ございません、白后様」

「いえ、構いません。……あの、もしよろしければ名でお呼びください。白后というのはどうにも慣れず、違和感が強くて」

「まあ、そうなのですか？」

白という色自体は受け入れられるのだ。空っぽな、なにも持たない色。色のない色とも言える。それを皇后として冠に被るのならば、まさしく雪麗には相応だ。

ただその立場が、いまだに畏れ多くてたまらない。

「では、今後は雪麗様とお呼びいたしますわ」

「は、はい。お願いいたします」

後宮では、基本的に、許しがない限り目上の者は官職をつけて呼ぶという不文律《ふぶんりつ》があるそうだ。ゆえに近しい者以外にまで名呼びを強制するわけにはいかない。

その点、桜綾は、雪麗を名で呼ぶ明明の元主だからと理由をつけられる。

「ふふ、嬉しいです。よろしければ、わたくしのことも名で呼んでくださいまし」

桜綾は朗らかに告げる。

後宮の妃嬪はみな笑顔の裏にあらゆる負の感情を押し隠している、と明明は言っていたけれど、少なくとも桜綾の感情は乱れていなかった。嘘もない。心から雪麗に笑顔を向け、親しくなろうとしてくれているようだった。

どうしてと戸惑いを覚えてしまうのは、きっと当然のことだろう。

「ときに、雪麗様。ひとつだけお伝えしておきたいことがございます」

「は、はい」

「――先日の林貴妃の訪問の際のことです。あの御方が雪麗様に不敬な態度を取っていたと、とある筋からわたくしのもとへ報告が入っております。対して雪麗様は言い返されることもなく、甘んじてその態度を受け入れていた、とも」

まさかここで雹華の話をされるとは思わず、雪麗は硬直する。とある筋とやらはわからないが、あのときの会話はすべて桜綾に筒抜けだということだろうか。

（さすがに、ふたりきりになったときのことではないわよね……？）

雹華は侍女たちの前では慇懃無礼《いんぎんぶれい》な態度を取っていた。それでも明明は不敬だと噛みついていたけれど、彼女とふたりきりになった際とは比べようもない。

桜綾の言う〝態度〟が、どちらを指しているかによって話は変わってくる。

「あ、あの……ですが、林貴妃はその、一応、縁者でして」

「関係ありません。わたくしはもちろん、林貴妃も他の妃も下位にあたります。その時点で、舐《な》めた物言いを許してはいけないのですよ」

桜綾の表情に、幼子を咎めるような厳しさがわずかに混ざる。しかし、彼女が纏う感情は怒りではなく憂慮《ゆうりょ》だった。どうやら心配してくれているらしい。

「……でも、わたしは、ただの奴婢で……」

「出自がどうあれ、今の雪麗様は〝後宮の主〟。額に無二の宝玉印を据えた白后様でしょう。その価値を甘く見ている者もなかにはおりますが、陛下のご寵愛が真のものだと知れ渡れば、評価は在るべき形へ正されるはず。ですがそうなったとき、主たる白后様が下手に出ていれば、後宮の格そのものが下がってしまいかねません」

帝の寵愛は、後宮内における権力に直結する。

しかし現在の後宮では、そもそも寵妃と呼べるほどの存在はいない。

強いて挙げるのなら、まさに彼女、胡淑妃だ。桜綾の住む牡丹宮にのみ、帝は数回ほど通われているという。もしこれがもう少し頻繁になれば、桜綾が寵妃となり、林貴妃の権力を覆すことになるだろう。

そこに自分は必要なのか、と雪麗は考えてしまう。

宝玉に選ばれたとて、皇后が帝から寵愛を受けるとは限らないというのに。

「あの、雹華さ……林貴妃は、おそらく牽制に来られたのだと思うのですが」

「ええ。そうでしょうね」

「桜綾様は、違うのですか」

雪麗なりに勇気を出して尋ねたことだった。

にもかかわらず、桜綾は途端にきょとんとして目を瞬かせる。なぜそのようなことを訊くのかと言わんばかりの表情に、むしろ雪麗のほうが困惑してしまう。

「桜綾様のもとには、陛下も何度か通われていると伺ったので……」

「あぁ……。つまり立場が危ぶまれるのではと危惧したわたくしも、林貴妃と同じく牽制に来たのでは、と。まあ、確かにそんな流れのほうが自然ですわね」

桜綾はなぜかおかしそうに吹き出した。そしてくすくすとひとしきり笑ったあと、涙の浮かんだ目尻を拭いながら「そうねぇ」と続ける。

「誤解されぬように、雪麗様にだけはお伝えしておきましょうか。——じつはわたくし、故郷に想い人がおりまして。陛下のご寵愛はまったく望んでいないのです」

「えっ……」

「陛下もそれをご存じで、あえてわたくしのもとへ足を運んでいらっしゃいます。実際はなにをするわけでもない、ただの茶飲み仲間ですけれど。まあ世を謀《たばか》るにはちょうどいい相手なのでしょう。わたくしと陛下は、俗に言う悪友ですから」

一瞬、桜綾の瞳に悪戯《いたずら》な色が灯る。

それがよいことなのかはさておき、桜綾の言葉に嘘はない。なんだか知らない世界を覗《のぞ》き込んでしまったようで、雪麗は反応に困ってしまった。

「そういうわけですから、わたくしは雪麗様の味方ですし、応援もしております」

「応援、ですか？」

「ええ。後宮での諸々もちろんですけれど、雪麗様と陛下の恋に関しても。だってほら、宝玉が繋げる運命の相手だなんて、あまりにも素敵でしょう？」

「さっすが桜綾様！　明明もそう思いますっ！」

夢見る乙女の色を纏わせながら明明ときゃあきゃあ話しだす桜綾を横目に、雪麗は面食らいながら考えた。

（恋……？）

ただでさえ喜怒哀楽に疎《うと》い雪麗が、そんな未知の感情を知るはずもない。

誰かが誰かを想う気持ちの色は知っていても、それがどんな過程を辿って生まれるのかまではわからないのだ。あまりにも、自分には無縁のものだったから。

しかし、ふと、帝――宵嵐から賜った言葉が脳裏を過《よぎ》る。

『俺の願いは〝俺が幸せにすべき者を〟だ』

皇后は帝が宝玉に願った相手に相応しい者が選ばれる。その結びはこの冥世の存在を支えるほどの力を持ち、ときに運命の番と称されることもある関係だ。

なぜ、雪麗が選ばれたのだろう。かの鬼帝に与えられる幸せなど、呪われた容姿を持つ雪麗にはあまりにも贅沢《ぜいたく》だというのに。

◆

その日の夜、明明によって隅々まで磨き上げられた雪麗は、閨《ねや》で宵嵐を迎えた。燭台の火が照らす部屋には香が焚《た》きしめられ、窓から差し込む月明かりを雅《みやび》に纏う。

帝を出迎えるための準備は万全。

あとは雪麗が清めたこの身を捧げるのみ――だったはずなのだが。

「美しいな、雪麗」

やってくるや否や開口一番にそう告げられた雪麗は、呆然と立ち尽くした。

きっと緊張も相まっていたのだろう。その慣れない褒め言葉に、雪麗の思考は完全に停止する。何度も練習した出迎えの口上も頭から吹き飛んでいた。

（う、美しい……？）

それが、自分に対しての言葉だと受け止めるのに、時間がかかった。雰囲気作りのための嘘を宣《のたま》ったわけではないことにも衝撃を隠しきれない。

なにせ宵嵐が纏うのは幸福に満ちた色なのだ。なにをどうしたらその色が生まれるのか理解が追いつかないまま、目の前にいる帝が顕す真意に狼狽えてしまう。

「どうした。そのように惑うことではあるまいに」

「い、え……。陛下は……その、とても、お優しいのだなと思いまして」

「優しい？」

「わたしのような者に……う、美しいだなんて仰ってくださる方は、稀《まれ》ですから。おぞましいと言われたばかりですし、どうにも落差が激しく……」

動揺につられてつい零れてしまった言葉を受け、宵嵐の眉間に皺《しわ》が寄る。その瞬間、雪麗は自分がやらかしたことを悟ったが、すでに遅い。

「おぞましいだと？　誰に言われた」

「っ……いえ、なんでも」

「いいから言え」

息苦しいほどの威圧感に萎縮《いしゅく》しながら「林貴妃に……」と答える。それは蚊の鳴くような声だったが、しっかりと聞き取った宵嵐は舌打ちをかました。

「やはりあの女も林家の出か……。貴妃の器ではないな」

「あ、あの、ですが、事実ですので……っ」

「そんなわけあるか。世辞でもなんでもなく、おまえはこの後宮一美しい娘だ。帝の俺がそういうのだから、誰も否定はできない」

なんて横暴な、と雪麗は内心目を白黒させながら思った。けれども、やんごとなき御方——帝とは往々にしてそういうものなのだろうとも思う。

天子の言葉は、この世の理にすらなり得るものだ。否定したら最後、それは帝自身をも否定していることになり、最悪、首が飛びかねない。

「まあ、いい。あんな女のことは考えるだけ無駄かつ不快だ。俺は今宵、雪麗のことだけ考えたい。そのためにこうして訪れたのだからな」

言うや否や雪麗を抱えた宵嵐は、そのまま迷うことなく寝台へと向かう。さすがに体を強張らせた雪麗だが、予想に反して宵嵐は雪麗を組み敷くことはなかった。

代わりに——。

「へ、いか?」

「なんだ」

「この体勢は、どういう……」

なぜか雪麗は、寝台に腰掛けた宵嵐に横抱きにされていた。

小柄ゆえか、胸と腕の間にすっぽりとはまりこんでしまっている。

「どうもなにも。動けるようになったとはいえ、まだ療養中だろう。痛みに顔を歪ませる相手を無理やり暴く趣味は持ち合わせていないのでな」

「……よ、夜伽《よとぎ》はしない、と？」

「なんだ。したいのか？」

試すように問われて、雪麗はまたも石像のごとくびしりと固まった。

帝相手に否定もできない。だが、それを認めてしまうのもまた問題があるような気がした。なによりも宵嵐の感情の色は完全に面白がっている。

「ふ、冗談だ。いちいち愉快な反応をする」

押し殺したように笑われるが、いったいなにがそんなにおかしいのだろう。とにかく不興を買わないようにと思っても、これでは埒《らち》が明かない。

「っ……か、からかわないでくださいませ……」

「俺はなにも、おまえの肉体がほしいわけじゃないからな。そんなもの今後いくらでも機会はあるだろうし、焦らずともいい。だが愛でるのは許せ」

宵嵐は雪麗の髪を指先で梳《す》きだした。優しく、慈《いつく》しむように。一本一本を確認するかのごとく何度も繰り返す。ときおり口許へ運んでは、おもむろに口づけた。

(愛でる、と言われましても)

下手に抵抗もできないため、まるで人形にでもなった気分で雪麗はそれを受け入れていた。心のなかは羞恥《しゅうち》と虚無が綯《な》い交ぜになっている。

「しかし綺麗な髪だな。いつまでも触っていられる」

「そ、そのような甘言を仰るのは、陛下だけだと思いますが……」

「この髪もなにか言われてきたのか」

一瞬、答えに窮した。

それが最近あまり己の容姿を気にしなくなっていたからだ、と気づくと同時、心に鉛を落とされたかのような重みが増す。

「……その、わたしの髪も瞳も不吉の象徴とされておりましたから」

「不吉、な」

「はい。呪いだ、とも。なんにせよ、よいものに喩《たと》えられたことはありません」

明明も宵嵐も過保護なくらいに優しく触れてくれる。

それが、どうにもこそばゆい。後宮に入る前は、引きちぎらんばかりに乱暴な扱いをされることはあっても、こんな風に慈しまれることは一度だってなかったのだ。

物心ついた頃には、あの林家で奴婢として下働きをさせられていた。両親は雪麗が生まれてすぐに火事で命を落としたと聞いているが、真相はわからない。

「ならばそうだな。雪麗の髪と瞳は国宝だと国中に触れを出そうか」

「へ」

「すると、どうなると思う？　これまでおまえの髪や瞳を蔑んだ者たちはみな処刑対象だ。なにせ国宝を貶《おとし》めたのだから、まあ斬首じゃ足りんだろうな」

嘘、は言っていない。冗談にも聞こえなかった。まさか本気でやるつもりかと雪麗がたちまち顔を青くすると、宵嵐は不敵な笑みを浮かべながら続ける。

「俺の妻になるとはそういうことだ。雪麗」

「っ……」

「おまえのすべては俺のもの。つまり雪麗に向けられるすべての攻撃は、俺に対しての反逆と同義になる。──ああ、となれば先ほどの林貴妃の発言も危ういな？」

耳許を這うように低く囁かれ、雪麗は身体を強張らせた。まるで金縛りにでもあったかのように、ぴくりとも動かせなくなってしまう。

宵嵐の艶を孕んだ妖美な声は、あまりにも毒だ。

「自覚を持て、雪麗。己が運命を背負い、東鬼国の皇后となったことを受け入れ、逃げずに律しろ。でなければ、どんどん人が死ぬぞ」

「ですが、わたしのこの見た目では……」

「その認識がまず違う。先も言っただろう？　おまえはこの後宮一美しいと」

宵嵐は立ち上がると、動転する雪麗を寝台へ下ろした。

そのまま軽く肩を押されたかと思えば、いとも簡単に組み敷かれる。

「わからぬのなら、教えてやってもいいが」

「よ、夜伽はしないのでは」

「なにも、したくないわけではないからな。それに、あんまりわからず屋だとどうにも腹に据えかねるというものだろう」

そう言って、宵嵐は雪麗の額に口づけた。思わずぎゅっと目を瞑る。

その反応がまたおかしかったのか、宵嵐は玉顔に艶《あで》やかな笑みを含ませる。

「――雪麗。あえて言葉を選ばず言うが、おまえはよくも悪くも目立つ。だからこそ毅然と胸を張り、未来だけを見据え、みなの前に立て。誰も口さえ利けないほどの唯一無二の存在になれば、楯突く者は自然といなくなる」

宥めるように、言い聞かせるように。

先ほどとは打って変わって、その声音は偽りなく優しかった。

「世を……世界をその身に背負わねばならぬ立場は、ある種、生贄にも等しいかもしれないがな。嘆いたとて運命は変わらん。この手に落ちてきた力をどう扱うかは己次第だ。定められた未来の在り方を変えてゆくのも然りな」

「未来の、在り方」

「ああ。世の常を俯瞰《ふかん》しながら清濁併《せいだくあわ》せ呑み、それらしい正義を振りかざす帝の隣でどう生きるか。それを決めるのはおまえ自身なんだ、雪麗」

おそるおそる、瞼を持ち上げる。

（……どうして）

なぜすべてを持ちながら自分を求めるのか。なぜそんなにも、愛おしそうな目をしているのか。わからない。わからない、けれども。

（陛下は、わたしに生きる道しか示してくださらないのね。求めて、欲して、こんなわたしをここに自分の力で立たせようとしてくる）

もしかしたら、見方によっては残酷なことなのかもしれない。

それでも、他に替えの利かない存在として扱われるのは、こんなにも胸が温かくなるのかと思う。なんだかくすぐったかった。嫌だとは、思わなかった。

——結局、宵嵐はそれ以上なにかをすることはなかった。

にもかかわらず、雪麗がよく眠ることができなかったのは、白睡宮を立ち去る前に彼が置いていった言葉が、どうにも心に残ってしまったからだろう。

『……ひとつ訊いておきたいのだが。雪麗は林家の者たちを罰したいか』

『えっ……』

『これまでおまえを苦しめ続けてきた者たちだ。刑に処すのは容易い。だが、なにかしらの沙汰を下すにしても雪麗の意志が優先かと思ってな』

林家──叔父や叔母のことはなるべく考えないようにしていた。

捕らえられたとは聞いていたけれど、後宮入りしてしまった以上、雪麗が彼らに会うことはもうない。代わりに雹華とは再会してしまったが、正直なところ彼女を含めて雪麗のなかではそれほど重要な存在ではなくなっている。

けれど、宵嵐がそのとき、ほんのわずかな嘘をついたことに、雪麗は意図せず心をざわつかせた。そしてその些細《ささい》な変化を、宵嵐は敏感に読み取ってしまった。

『俺が恐ろしくなったか』

端的に尋ねられ、雪麗はすぐに首を横に振った。

『滅相もございません』

『だが俺は、そうして命を殺《あや》めることを厭《いと》わない男だぞ。必要あらばおまえのことも殺すかもしれない。怖がっても当然だと思うが』

なぜそんなことを訊いてくるのか、と。雪麗は戸惑わずにはいられなかった。

先ほどまでの距離が嘘のように、強く突き放されたような気がした。しかし同時に、それは雪麗に逃げ道を作るためだとも気づいてしまった。

嘘と真。それが手に取るようにわかってしまう雪麗だからこそ、宵嵐の距離を測るような自分への接し方は、少しだけ、苦しかった。

『陛下が嘘をつくときは……、決まって人の心が絡むときなのですね』

だから、つい、そんなことを言ってしまったのだ。

誰にも明かしたことはなかったのに。どうしてか、口が止まらなかった。

『……信じてもらえないかもしれませんが、わたしのこの瞳は感情を視る力がありま す。善悪関係なく、相手の本質を浮き彫りにしてしまう』

『感情を、視る——？』

『わたしになにか陛下に返せるものがあるとすれば、この力くらいです。……陛下にとっては諸刃《もろは》の剣かもしれません。この力は、いつも、傷を生むから』

それでも必要ならば、どうか使ってほしい。

そう雪麗は静かに訴えながら、ずくずくと痛む自分の心にかっちりと蓋《ふた》をした。

たぶん、近づきたかったのだ。

離された分を取り戻したかった。

けれど結局、雪麗もまた、臆病に負けてしまったのである。

『すべては陛下の仰せのままに。その思いはずっと変わりませんから』

◆

（感情が視える、か）

月桂が美しさを増す夜半――宵嵐は白睡宮の宝形《ほうぎょう》屋根の上に腰を据えていた。寂寞を孕んだ静寂に浸りながら、雪麗から打ち明けられた秘密を頭に巡らせる。

ときおり見廻りの者が持つ手燭《てしょく》の火が眼下をちらつくが、宵嵐の存在には気がつかない。まさかこのような場所に天子がいるとは誰も思いもしないのだろう。

「……月鈴、夜鈴。いるか」

「「はぁイ」」

深く息を吐き出しながら呟くと、すぐに宙から導妖たちが現れた。ぐにゃりとした空間の歪みから瓜二つの顔を覗かせた双子は、揃って首を傾げる。

「鬼サマ、鬼サマ、どうしたノ？」

「もう寝る時間なのヨー。夜鈴たちは寝ないけド、いい子は寝る時間なのヨー」

導妖たちは、いつでもどこでも呼べば現れるというわけではない。

だが、なにか重要な仕事中でない限りは、呼べばだいたいこうして反応がある。世界を渡り仲介する存在、それが冥世の導妖というものなのだ。

「おまえたちに訊きたいことがある」

「なぁニ？」

屋根の上へ降り立った導妖たちを一瞥《いちべつ》し、宵嵐は闇に溶けるような声で尋ねた。

「人とは……なにか、力を持つことがあるのか？　妖が用いる妖術のように」

「あるヨ、あるヨ。特別な力。ネ、夜鈴」

「珍しいけド、たまにそういう人間モ現れるヨー。ネ、月鈴」

月鈴と夜鈴は手を合わせると、くふくふと揃って笑みを転がした。

「感情を視る、という能力もか？　いや、そもそも感情を視るという感覚が俺にはわからないんだが、ようするに心が読めるという認識でいいのか」

「うーン？　白后サマのことだネー？」

「そうだ。というかその反応、知っていたな？」

どうにも解せずに顔をしかめると、月鈴と夜鈴は口許に人差し指を立てた。

「知ってル、知ってル。だって月鈴たちハ、導妖だもノ」

「知らないことはないんだヨー。だって主様ハ、ぜーんぶ見ているかラ」

「ふん。妖王から流れる情報か」

「白后サマが見えているのハ、感情の色だヨー。心は読めないけド、相手の感情の大きさとカ、嘘の有無ハ、わかるかナー？」

夜鈴の言葉を思案しながら、宵嵐は日頃の雪麗の様子を思い返す。

(感情がわかる……。便利なようでいて、苦行だな)

人も妖も、心がある。

感情というのは、決して一筋縄で構成されるものではない。

常に多くの感情の欠片《かけら》が交錯して生まれるものだ。喜びと同時に哀しみを抱いていたり、怒りの裏では愛しさに溢《あふ》れていたり――ときに本人ですら知り得ない複雑な感情を芽生えさせていることだってある。しかし、それらは往々にして、相手にわからないからこそ成り立つものだ。心の深層に潜り込む真意が表に浮き彫りになればなるほど、それは嘘や真の域をも凌駕《りょうが》する、ただの刃となりかねないのだから。

(とりわけ雪麗は、負の感情を抱かれやすい。己に向けられるそれらを衣も着せず直接的に感受しているとなれば、心が疲弊するのも道理だ)

いつだって、真実は鋭利な一面を持っている。

もし、相手から自分に向けられる感情のすべてを知ってしまったら――もしそこに後ろ向きな感情が交ざっていることを知ってしまったら。相対する裏と表の感情を同時に受け止め、その痛みを覚えず流せる者は、きっとそう多くないだろう。

宵嵐は重々しい頭痛を覚えながら、深くため息をついた。

「……なるほどな。わかった。そういうことか」

(それは確かに、願いが反応するはずだ)

雪麗は林家で長らく虐げられてきた。身も、心も。けれどもおそらく、その過程で与えられる痛みに鈍感になってしまっているのだろう。

なにせ彼女は、傷つくことをはなから受け入れている節がある。

その麻痺《まひ》は傍から見れば恐ろしくさえ思えるものだが、彼女はもしかしたらその麻痺すらも自覚して諦めているのかもしれない。自分はそうあるべき、と。

だからこそ、そんな状態の彼女を守るのに天子の力は最適だ。周囲から与えられる嘘も真も、言葉ひとつで制することができる。正義を生み出すことができてしまう。

身動きが取れなくなってしまった雛を掬《すく》い上げることなど、容易い。

（それで雪麗が救われるのかといえば、また違う話だろうが）

林家へ迎えに行ったとき、雪麗は生きる希望すらなくしていた。今にも生を手放そうとしていた。きっとその選択は、あのときの彼女にとって救いだったのだろう。

手放したほうが楽だと、もう傷つかなくていいのだと。そんな死という救済を選ぼうとしていたのなら、それは宵嵐が希望を取り上げたも同然だったのではないか。

つい、そんなことを考えてしまう。

「鬼サマ、鬼サマ。いいことを教えてあげル」

「いいこと？」

「いいこトハ、いいこト。あのネ、月鈴たちハ、人の力をもらうことができるノ」

「対価ハ必要だけどネー。力そのものをなくしてしまえるんだヨー」

希望が垣間見える返答に「そうか」と短く答え、宵嵐は立ち上がる。

(それが〝いいこと〟なのかは雪麗次第だ。俺がどうこう言えることじゃない)

すでに運命を背負わせてしまっている以上、宵嵐ができるのは雪麗の心の声を聞いて望みを叶えてやることくらいだろう。それでも、彼女がなにかを望むのなら、どんなことでも手を尽くしたいと宵嵐は思っている。

(願いがあるからだと言い訳するのは、もう難しいか)

きっと初めて彼女と対面したときから惹かれていたのだ。見目や特殊な力に惹かれたわけではない。彼女の存在の曖昧さに惹かれたわけでもない。それでも確かに、雪麗と初めて視線が絡み合ったあの瞬間、宵嵐は心を奪われていた。

(女になど、興味もなかったはずなのにな)

それはある種、同じ運命を背負う者同士の依存に近いのかもしれないが――。

なにより、この運命を〝生贄〟にはしたくない。

(人を統べる帝になどさらさらなる気がなかった俺にとっても、雪麗の存在は指針となっている。間違いなく、帝としての意識は変わったからな)

傷を抱えながらも懸命に生きようとしている彼女を支えることは、すなわち天子としての意識にも結びつくのだ。雪麗と共にいると、弱き者を護り導く――上に立つ者としての意識の在り方を考えさせられるからだろう。

思いがけず降りかかったこの運命を煩《わずら》わしくさえ思っていたが、今は〝帝〟としての力があることに感謝すら覚える。

おかげで、心から愛しいと思える者を守るために振るうことができるのだから。

◆

帝のお渡り以降、雪麗の後宮内における評価は格段に上がった。

桜綾の言葉通りになったわけだ。それまで雪麗のことを悪く言っていた者たちが揃って手のひらを返し、あろうことか媚《こ》びてくる者まで現れる始末である。

さすがにこれには明明が憤り、隙を見ては白睡宮を訪れようとする妃たちを片っ端から追い返すようになった。小鬼隊も当然のように参戦している。

「また来たでし！」

「三十七番記載あり！　追い返すでしっ！」

「でしー！」

なんでも、以前雪麗を悪く言っていた者の名は漏れなく控えているらしい。その者たちはすべからく白睡宮への立ち入りを禁じ、宵嵐にも報告済みだという。

──一方、後宮全体ではどうにもきな臭さが漂っていた。

「また、ですか」

「また、ですわ。ちなみに今回は、突然花瓶が割れたのだそうです。単純に、ひびでも入っていたのではないかと思うのですけれど」

白睡宮にて胡淑妃と共に茶を嗜《たしな》むようになったのは、ここ最近のことだった。

きっかけは、後宮をざわつかせている〝不可解な事象〟である。

というのも、ここ最近、後宮の各所で事件にするほどでもない奇妙な事象が立て続けに起こっているのだ。

花瓶が割れる、扉が壊れる、物がなくなる、夜ごと奇妙な声が聞こえる──そんな小さな不可思議の連続。後宮内はどこもかしこもこの話題で持ちきりだが、白睡宮ではそれ自体というよりも二次被害について頭を悩ませていた。

「相も変わらず、皇后の呪いなのでは、なんて意味のわからないことを抜かしている者もいますからね。なんって無礼な!」

鼻息荒く憤慨する明明に、小鬼たちが「そうだそうだ」と跳ねながら続く。

「みんなまとめて名前追加でしー!」

「無礼者、くたばれでしっ」

「白睡宮には近づけないでしょー!」

偶然か否か、この不可解な事象が起こりだした時期は、ちょうど雪麗の評価が後宮内で一転しはじめた頃と重なっていた。それも相まって謂《いわ》れなき噂が尾をつけ広まり、雪麗はまたも〝呪いの子〟扱いされるようになってしまったわけだ。

これに憤ったのは雪麗、ではなく、桜綾や明明、小鬼たちのほうだった。

(慣れているし……実害がない以上、大したことはないと思うのだけど)

奇異な見目である以上、どうしてもそういった話は吹っかけられやすい。

今さら多少増えたところで、と正直なところ雪麗は思ってしまう。

「よいですか、雪麗様。決して鵜《う》呑《の》みにしてはなりませんよ。そもそも後宮なんて日々七不思議で満ち溢れているのですから、こじつけもいいところですわ」

「だいたい呪いっていうわりに、起きてる事件がちまっこいんですよ！　本当に呪いなら、もっとど派手な呪いをかけるってもんです！」

「わたくしもそう思うわ。殿舎ごと破壊するとか、それくらいじゃなきゃ」

「ええ、もっともです。桜綾様」

とはいえ、こうして自分以上に憤ってくれる存在がいるのは不思議な心地だった。

なにか柔らかいものに包まれているかのような。どこか夢見心地な気分になってしまうのは、こちらを傷つけようとする刃から守られることに慣れていないからか。

(わたしひとりなら……きっと、泣き寝入りしていたわね)

孤独ではないのだと感じられる。だからこそ、どんな噂を立てられてもなんとも思わないのかもしれない。桜綾も明明も、その噂を微塵も信じないから。

「なんにせよ早く落ち着いてくれるのを願うばかりですねえ。白睡宮でそういう被害が報告されてないのはまだ幸いですけど」

「わたくしの宮もないわ。結構分布に偏りがあるみたいだけれど、そのあたりも調査はしてくださっているでしょうから、陛下にお任せするしかありませんわね」

桜綾の言葉に一瞬固まってしまいながらも、小さく頷いて返す。

──その〝調査〟に自分が加担していることは、どうしても言えなかった。


「どうだった、雪麗」

「半々、といったところでしょうか」

ここ数日、後宮では夕刻頃になると、とある聴取が行われていた。

場所は内侍省が置かれている東門のほど近く、今は使われていない旧宮正司の殿舎である。後宮内の不正を取り締まる宮正司自体はすでにべつの殿舎に完全移転しているため、普段は宦官の待機場所として開放されている場所だ。

宵嵐いわく、この東門近くには外廷及び帝の皇居である鬼妖宮への抜け道があるようで、なにかと勝手がよかったらしい。

(宮正が介入する前段階の調査を陛下自ら、というのも、普通はあり得ないことだけれど……。まさかここでわたしに白羽の矢が立つなんて)

聴取対象者は後宮に滞在する者。聴取内容は〝後宮内の不可思議な事象について知っていること〟だ。その情報の優劣や大小は問わない。

後宮は大きく、妃嬪たちの内官、六尚で構成された宮官、宦官を統制する内侍省の三部門に分けられるが、今回の聴取ではあえてその壁を取り払った。

ようするに、とにかく情報を持っていれば話を聞くという体を取ったのだ。

当然、官職を持たない宮女も邪険にはしない。ときに賤民と称されることもあるけれど、縁の下で支えてくれている彼女たちでなければ得られぬ情報もあるからだ。

(むしろ有力な情報を持っているのは、宮に囚われず広い目を持つ下女のほうだったりするのよね。女官や宦官はどうしても情や忖度《そんたく》が入ってしまうし……)

書類を照らし合わせながら、雪麗は複雑な気持ちでため息を呑み込む。

聴取人は中常侍の劉帆が務めている。彼が座る後ろに衝立をひとつ挟んで雪麗が待機し、適宜能力を用いて情報の精査をする、といった形だ。

(……まさか保身のための〝嘘〟が筒抜けで、それもすべて陛下の目に留まるだなんてきっと誰も思いもしていないでしょうけど)

感情の色というのは声にも顕れる。供述内容の嘘を見抜くのは容易い。

嘘は嘘でも、意図的な嘘か否かが重要なのだろう。好き勝手に尾鰭《おひれ》をつけて散らばった情報を篩《ふる》いにかけることで、闇に隠れた真実を導き出す——。

そうした手段を取る時点で、宵嵐はこの不可思議な事象がなにかしら作為的《さくいてき》なものだと確信しているに違いなかった。

「話を聞いていて違和感を覚えるときは、やはり妃嬪ないし、妃嬪周りの侍女や宦官が多いかと……。宮女も一部、怪しい者はおりますが」

「なるほど。ホラ吹きが多いな」

宵嵐は多忙を縫って後宮へやってくるため、常に共にいるわけではなかった。

ここに顔を出しても、形としては〝お忍び〟だ。聴取中に混乱させないよう、みなの前に姿を現すことは控えている。聴取を受ける者たちは、まさか帝に直接聞かれているとは思いもしていないだろう。

今日は珍しく初めから立ち会っているけれど、聴取中は余計な口は出さず、むしろ声ひとつ発することなく気配を完全に消していた。

「又聞きゆえに確信がない供述《きょうじゅつ》も多いですし、意図的な嘘ではない場合もありますから、なにもすべてがわざとではないと思うのですが……」

「それでも雪麗のおかげで情報が精査できる。宮正に回すにも作為的な可能性が低いと捜査に手間取るからな。……無論、その力が外部に漏れぬよう配慮は徹底するゆえ心配は無用だ。劉帆にも当然固く誓わせている」

「は、はい。ご配慮感謝いたします」

肩を竦めながら返事をして、雪麗は申し訳ない気持ちで眉尻を落とした。

（とはいえ、こう見ると結構ばらつきがあるかしら……？）

場所によって噂の固まり方、広まり方が違う。噂自体が曖昧で象られていないものもあれば、細部まで正確に記録されている事象報告もあった。

分布を見ている限り、やはり噂の出処《でどころ》は妃嬪であるようなのだが――。

「なにか、わかりそうでしょうか」

「ああ。これだけ裏付けがあれば、こちらも色々とやりようはある。聴取はそろそろ切り上げてもいいかもしれんが……。なんにせよ助かった、雪麗」

宵嵐はそう言うと、おもむろに雪麗の頭を撫でた。髪型を崩さぬようにか、そっと触れるだけのものだったが、雪麗はびしりと身体を強張らせてしまう。

（へ、陛下にとっては、大したことではないのかもしれないけれど）

内心戸惑いと羞恥で溢れかえっている雪麗に気づかず、宵嵐はそのまま聴取結果をまとめた紙面を劉帆のもとへ持っていってしまった。

ひとり残された雪麗は、自分の頭に手を添えて撫でられた余韻に浸る。

林家では、手を上げられたことはあれど、こんなふうに褒められることも慈しまれることもなかった。幼子の甘えすら許されない場で育った身としては、いつまでも宵嵐から与えられる優しさに慣れない。過分だと、ついそう思ってしまうのだ。

「雪麗？」

視線が鬱陶しかったのだろうか。宵嵐が心配そうにこちらを見遣った。

「どうした。体調でも悪いか」

「えっ……、あ、いいえ。問題ありません」

この能力を用いると多少なりとも疲労するのは確かだ。視える感情を受け止め続けていると、その感情に雪麗の心まで呑まれて干渉《かんしょう》されてしまうことがある。

しかしこれは、いわば雪麗の意思とは関係なく、常日頃どんなときも発動しているものだ。人と対峙中に視えるものに対しての耐性はある程度ついている。

とりわけ雪麗は自分に対する負の感情を多く視てきたこともあり、噂の確認程度ならそこまで心的負担にはなっていなかった。

(皇后の呪いだ、なんて噂くらいは許容範囲だもの)

少なくとも自覚している限りでは、まだ思考を巡らす余裕は残っている。

そう思い首を横に振るが、宵嵐は劉帆に断って足早にこちらへと戻ってきた。

「……少し、顔が白い気がするな」

「そ、そんなことは」

「おまえが『そんなことは』というときは、だいたいそんなときだろう。――無理をさせてすまない。白睡宮へ帰るぞ」

言うや否や宵嵐に抱えられた雪麗は、慌てて宵嵐の紺藍の袍を掴む。

「へ、陛下……！　わたし、歩けますので……っ」

「いいから暴れるな。大人しくしていろ」

あえなく一蹴《いっしゅう》され、雪麗は頬を赤らめながら羞恥に唇を噛んだ。

「いやあ。いいねえ、新婚ってのは」

「喧《やかま》しいぞ。おまえは仕事に戻れ、劉帆」

生暖かい目で見つめてくる劉邦を突き放し、宵嵐は雪麗を抱えたまま踵を返した。

「あ、ありがとうございました、陛下。ここまで運んでいただいて」

「なに、後宮内に皇后の寵愛度合いを見せつけるついでだ」

雪麗を抱えたまま宵嵐が白睡宮の大門をくぐると、本殿のほうから帰りを待っていたらしい明明が駆け寄ってきた。その顔にはひどく心配そうな色が滲んでいる。

「なにかあったのですっ⁉」

「あ、いいえ、大したことはないのですが……」

「大したこと、とやらがあるらしい。このまま運ぶから身綺麗にしてやってくれ」

「かしこまりました！　すぐに！」

目にも留まらぬ速さで前庭を走り戻っていく明明に、宵嵐は苦笑した。

「あれはなかなか遣り手だな。やはり女官ではもったいないかもしれん」

「え……。まさか、明明を妃に？」

「いや、妃というタマでもないだろう。万一後宮でなにかあったときには外廷に回せるやも、とな。心配せずとも明明を取り上げたりはしないから安心しろ」

くつくつと喉を鳴らした宵嵐が向かったのは、寝殿だった。寝台の前で降ろされた雪麗は、ようやく地上に足がついてほっと安堵する。

「雪麗、ひとつだけ断っておくが」

「……？　はい」

纏っていた綾絹の披帛を取りながら見上げると、本紫の瞳が真っ直ぐにこちらを向いていた。からかうような色はない。むしろ真剣な眼差しに心臓が小さく跳ねる。

「俺は、雪麗が好きだ」

「へ」

あまりにも突然の告白に、雪麗の思考は急停止する。動揺で手先から力が抜け、披帛が床にひらりと落ちた。

ほぼ同時、部屋の外からなにかが激しく扉にぶつかるような音が響く。

「もっ、申し訳ございません……！」

ひどく慌てた明明の謝罪が飛び、次いで駆けていく足音が聞こえてきた。折り悪くちょうど戻ってきたところだったのだろう。偶然とはいえ、あまりにも気まずい現場に居合わせてしまったらしい。

雪麗と宵嵐はしばし無言で視線を交わし合う。やがて、宵嵐が咳ばらいをした。

「……もう一度言うが」

「は、はい」

「俺は雪麗を好いている。体裁上、この後宮にはあまたの妃嬪がいるが、俺の心があるのはおまえのもとだけだ。ゆめゆめそのことを忘れないでくれ」

他の妃嬪が――とくに貴妃が聞いたら発狂しかねないことを超然と宣う宵嵐に、雪麗は大いに狼狽えた。頬が赤らむのを感じながら、しどろもどろに返す。

「突然、どうされたのです……？」

「いやなに。俺が今後、なにか不可解な行動をしても気にしないでほしくてな。そのためには、気持ちをしっかりと提示しておくべきかと思っただけだ」

不可解な行動、とやらはもちろん気になる。だが、まさかこんな突拍子もなく想いを告げられるなど思っていなかった雪麗は当惑するばかりだ。

「視えているのだろう？　そんなに驚くことでもあるまいに」

「それは……べ、別問題といいましょうか。視えているものと口にして伝えていただく感情では、やはり違いますし。お、驚かないほうが、難しいと思います」

おろおろと披帛を拾いながら答えた雪麗は、漂う宵嵐の感情を直視できずに四方八方へ目を泳がせる。こういうときが一番困るのだ。なにか、見てはならないものを覗き見てしまっているようで、たちまち罪悪感が募っていく。

（確かに最近、どんどん陛下の御心に変化が視えるような気がしているけれど……）

「そういうものなのか。まあ、言葉が大事だというのは理解できるが」

寝台に浅く腰掛けたかと思えば、宵嵐はその玉顔《ぎょくがん》に妖艶な笑みを滲ませてこちらに手を差し出した。

「ちょうどいい。ならば今宵は共に過ごすとしよう」

「え……っ」

「無論。おまえが嫌ではないのなら、だがな」

斜陽《しゃよう》の刻を超え、本殿の上階に位置する部屋には控えめな月明かりが差し込んでいる。背後から月光に縁取られた宵嵐は、いつにも増して妖美で魅惑的だった。

（い、嫌だなんて。そんなこと言えるはずもないのに……陛下ったら）

林家では生き地獄だった。あの場から救い出してもらったときから、雪麗の心はいつでも宵嵐へと向いている。それは否定しようもなく、自覚さえしていた。

けれども、そこには常に壁があるのだ。

どちらが作っているものなのかはわからない。あるいはお互いに、一定の距離以上近づかないように牽制し合っているのかもしれない。想いではなく宝玉が結んだ縁だからこそ、ただの運命だけでは越えられないなにかが確かにあった。

それを今、宵嵐は越えようとしている。

――越えておかなければならないと思っている。

（でも、こんな、なし崩しのような……）

ずるずると先延ばしにしていた初夜を、今迎えたところで問題はない。

帝と后という関係上、そもそも宵嵐がこの白睡宮に足を運んでいる時点で、まだ一線を越えていないことのほうがきっと不自然なくらいだろう。

それでも、と。雪麗は我儘《わがまま》にも思ってしまうのだ。

「わ、わたし」

「ああ」

「あの……わたしの心の拠り所を作るために迎える初夜は……嫌、です。陛下」

耳を澄ませなければ聞こえないほどの小声だった。けれど、宵嵐はしっかりと聞き取ったらしい。わずかにその双眸を見開く。宵嵐もまさか、雪麗がそうまではっきりと拒絶するとは思っていなかったのかもしれない。

（ここへきたばかりの頃のわたしなら、きっとなにも考えることなく受け入れていたけれど……。今は自分でも呆れるくらいに欲だらけね）

いつからだろうと考えてみても、わからなかった。

これは、宵嵐に受け入れられ、桜綾や明明、小鬼たちと後宮という居場所で過ごすうちに少しずつ芽生えていった自我なのか。それとも、最初から雪麗の奥底に眠っていた感情がここへきて緩んだことで解き放たれてしまったのか。

なんにせよ、今の雪麗は宵嵐へわがままを言ってしまうほどには欲深い。

拒絶したら嫌われてしまうかもしれないのに、どうしてもそれは嫌だと思ってしまった。宵嵐を大切に思う気持ちがあるからこそ、このあとに待ち構えているという不可解な行動とやらを、そんな初夜の記憶で慰めるなんてきっと耐えられないと。

「わたし、陛下のことが大切です。とても。だからこそ、今は、まだ」

「……そうか」

わずかな間を挟んで深く息を吐き出し、宵嵐はゆっくりと立ち上がった。そのまま雪麗に歩み寄ると、腰に手を回し、ふわりと優しく抱き寄せてくる。

腕のなかに閉じ込められた雪麗は、申し訳ない気持ちで宵嵐を見上げた。

「すまなかった。今のは、確かに俺が悪い。誰より大切だからこそ、おまえとの初夜は蔑ろにしてはいけなかった。……わかってはいたんだがな」

どこか重々しく言うと、宵嵐は雪麗の後頭部に手を添えて引き寄せる。額が宵嵐の胸元に当たり、さらりと流れた彼の髪が鼻先をくすぐった。

視界は覆われ塞がれるが、雪麗は恥じらいを噛みしめながらも身を任せる。

「……名で呼んでくれないか、雪麗。陛下ではなく、宵嵐、と」

「宵嵐、様？」

「ああ……」

今度はいったいどうしたというのだろう。雪麗を抱きしめたまま離さなくなってしまった宵嵐に、いよいよ雪麗は頭がついていかなくなる。

「……すべてが終わったら、そのときはお預けしないでくれるか。雪麗」

「お、お預けをしているつもりは」

「なにを言う。俺はおまえを妻に迎えたときから、ずっと我慢しているというのに」

どこか拗《す》ねたような口ぶりに、雪麗はうっと言葉に詰まってしまった。宵嵐が雪麗の傷ついた身体を気遣い、いつも憂いてくれていたことはわかっているのだ。

今さらながら、なんて身の程知らずな我儘を口にしてしまったのかと後悔が募る。

「とにかく、そういうことだ。これからなにが起きても、俺の唯一は雪麗だけ。そう信じていてくれ。おまえなら嘘ではないことはわかるだろう？」

「は、はい」

これから宵嵐がなにを行うつもりなのかは、正直、想像もしたくない。わざわざ事前に断わっておくくらいのことだと考えると、むしろ気鬱《きうつ》になるくらいだ。

けれど雪麗はそれ以上なにも言わず、こくんと頷いて返した。返す他なかった。

(……すべてが、終わったら)

はたしてそのときまで、雪麗のほうが耐えられるのか。胸に湧いた一抹の憂慮と危惧を呑み込み、雪麗はぎゅっと宵嵐の袍を握ったのだった。

――雹華が主を務める芙蓉宮にお渡りの触れが出された。

そう報告が入ったのは、宵嵐が白睡宮へ渡ってからわずか三日後のことだった。

(なるほど……。これが宵嵐様が仰っていたことなのね)

明明からそれを聞いた雪麗は、腑《ふ》に落ちると同時に複雑な思いに駆られた。

胸の奥からじわじわと嫌なものが染み出してくるかのような、漠然《ばくぜん》とした不快感。

それがなんという感情を言い示すのか、雪麗にはわからない。

怒りとも、哀しみとも違う。ただ、とても呼吸がしづらい。どちらかといえば心細さに近いだろうか。初めてのことに雪麗自身も戸惑うしかない。

「よりによって、陛下はなんで芙蓉宮に……!」

一方で明明は、報告してきたときからずっと不満を剥《む》き出しにしていた。仕事をしながらも常にその類が膨らんでいるのを見ると、よほど納得がいかないらしい。

（……そう、よね。どうして宵嵐様は、芙蓉宮へ……）

なにもおかしいことではないのだ。けれども、違和感が拭えない。

先日宵嵐から心配するなと言われたことも、余計に引っかかっているのだろう。

（今回のこと、雹華様はもしかしたらわたしが上奏したって思っているかもしれないけれど……。結局できなかったのだもの。わたしは関係ないってことよね）

心にはずっと引っかかっていたのだ。

もし平等なお渡りをするよう帝に進言することが皇后としての役割ならば、雹華の命令とは関係なく、宵嵐と向き合うべきなのかもしれないと。

けれど、結局、言えなかった。何度か機会はあったはずなのに、どうしても他妃へのお渡りについて自ら触れることができなかった。

宵嵐は帝であり、この後宮にはあまたの妃嬪がいる。決して誰かひとりを選ぶことはなく、心が移ろい変わる可能性だって否定はできないのだ。

無条件に愛される、など――そんなことはありえない世界なのだから。

（たとえ皇后でも、それは変わらない）

後宮にいる以上、きっと今後もこのような機会はごまんとやってくる。自分ではなく他の妃嬪のもとへ通う宵嵐を、見守り、受け止めていかなければならない。

それもまた、皇后としての務めのうちなのだろう。

（……ああでも、わたし、わかりたくなかった）

嫌というほどに感じている。

後宮という特殊な籠《かご》のなかで、妃嬪同士の蹴落とし合いが起こる理由も。

妬みや恨み、嫉《そね》みといった負の感情が跋扈《ばっこ》する理由も。

（ただ、権力を欲しているからだけじゃない。本気で宵嵐様を想っているからこそ、その想いが暴走して人道から外れてしまう方もきっとなかにはいるんだわ）

後宮は終身制。一度入宮すれば、基本的に出ることは許されない。

その間、もし一度もお手付きになることなく——誰にも愛されることなく、どうしようもない孤独を背負いながら生涯を終えることになったら。

（……そんなの、あまりにも淋しい）

唯一の希望である夫に愛されたいと願うのは当然だ。同じ妃という立場で差が明らかになれば、そこに妬みが芽を出しても不思議ではない。

理解したくなかったと思うのは、傲慢《ごうまん》なのだろう。他妃からしてみれば、運命に選ばれた雪麗の立場は、喉から手が出るほどに欲しいものなのだから。そんな嫉妬の延長線上に生まれる妃嬪同士の諍いから、当の雪麗が目を逸らすわけにはいかない。

（わたしなんかが、誰かを慕うことも、慕われることも、決してあってはならないと思っていたのに……。わたしはここで、愛されることを知ってしまった……）

髪も瞳も、呪いだと蔑まれていた頃からなにも変わっていない。

それでも雪麗を、雪麗の存在を、認めて受け止めてくれる者たちがいる。

たとえ籠のなかの鳥だとしても、少なくとも雪麗にとっては居場所になっている。

冥世の犠牲――生贄となっただなんて、とても思えない。

（……だからこそ、わたしは）

強く手を握りしめた雪麗は、ひとつの決意を胸に、腰掛けていた寝台からゆっくりと立ち上がった。こちらに気づいた明明が振り返り、「雪麗様？」と首を傾げる。

その手には湯気の立つ花巻《ホアジュアン》を添えた盆を持っていた。きっとこれから茶でも用意してくれようとしていたのだろう。

申し訳なく思いつつ、雪麗は意を決して口を開いた。

「――明明。わたし、芙蓉宮へ行ってきます」

「ご機嫌麗しゅう、白后様。歓迎いたしますわ」

雪麗が明明や侍女たちを引き連れて芙蓉宮を訪れると、心底機嫌のよさそうな霓華が出迎えた。先立って宦官に使いを出してはいたが、唐突な来訪には違いない。

あの霓華がいっさい罵倒することなく芙蓉宮のなかへと通してくれたことに、雪麗は正直少し虚を衝かれた。明明は明らかに怪訝そうな表情を浮かべている。

「なんとなく来られるのではないかと思っていましたのよ？」

「っ……」

「白后様もたまには役に立つのだと感心していたところでしたの。まあ、遠からずお役御免で捨てられてしまうでしょうけれど……ふふ、ごめんあそばせ？」

芙蓉宮の院子《なかにわ》には、その名の通り芙蓉が絢爛《けんらん》に咲き乱れていた。

しかし、本殿内へ入るとがらりと雰囲気が変わる。絢爛さは変わらずだが、とにかく高価な装飾物がひしめいた華美な内装だ。宮殿内の雰囲気は宮の主である妃の在り方を顕著に表すというけれど、なるほど確かに派手物好きな雹華らしい。

香油と脂粉の混ざった強い香りが鼻腔をついて、一瞬、雪麗は眩暈《めまい》を覚える。

(うちとは、まさに真逆ね……)

白睡宮はもっとも神聖な皇后の宮だが、その実、派手さはない。本殿を囲む水堀に浮かぶ白睡蓮をはじめ、白を基調とした装飾や外観はいつでも控えめな美しさを纏っている。むしろ丹塗りの建築物が多い後宮内では異質で目立つくらいだが、こうして他宮と比べて初めて雪麗は清灑《せいしゃ》な自宮が好みなのだと気がついた。

雹華らしいとは思うが、これほど派手で香の濃い場所は長居できそうにない。

(……落ち着いて、とにかく皇后らしくいなければ)

煽《あお》られていることは雪麗とて感じているけれど、今ここで下手に反抗して彼女を怒らせれば話し合いができなくなる。それでは元も子もないのだ。

応接間へと通された雪麗は、促されるまま卓子を挟んで椅子に腰を下ろした。雹華もまた、向かい側の席につく。

「ふふ。白后様が御身自ら徒歩《かち》で足を運んでくださるなんて、大変光栄ですわ」

「っ……芙蓉宮と白睡宮はそう離れておりませんし、輿を使うまでもないかと」

妃が他宮へ赴く場合、往々にして輿を用いることが多いという。

後宮内は広い。徒歩ではそれなりに距離がある場合もある。とりわけ上級妃とあらば、矜持《きょうじ》を保ち、立場を誇示《こじ》するためにも、使用するのが常なのだろう。

つまるところ、これは遠回しに煽られているわけだ。背後に控える明明がまた噛みついていかないか内心ひやひやしながら、雪麗は努めて冷静に対応する。

（落ち着いて……しっかりと、目的を果たすのよ）

今日も侍女たちを追い出すかと思われたけれど、雹華にその様子はない。それどころか、いつもよりもそばに控えている者の人数が多いような気がした。

侍女だけではなく、宦官もいる。だが、空燕の姿はなかった。

「……突然の訪問、どうかお許しくださいませ。本日は林貴妃にお話ししたいことがございまして、足を運ばせていただきました」

雪麗にとっては、敵陣のど真ん中に身を投じているような感覚だ。震えっぱなしの手を握り込み、相手に隙を見せないよう表情を取り繕う。

「歓迎いたしますわ。わたくしも、白后様とぜひお話ししたいと思っていたところでしたの。——例の件、うまくやっていただいたようでなによりですわ」

思いがけず雹華のほうから切り出され、雪麗はぐっと息を詰まらせた。

間を開けながらも、雪麗は小さく、しかしはっきりと首を横に振ってみせる。

「いいえ。わたしは、なにもしておりません」

その瞬間、雹華の顔から表情が削げ落ちた。代わりに苛立ちと疑念《ぎねん》、こちらに対する憎悪の色が格段に増幅する。

その激情一歩手前の不穏さに、思わず怯《ひる》みそうになる。だが、雪麗は視えているものから目を逸らさず、意識して背筋を伸ばして続ける。

「なにもしていないのです。わたしは、林貴妃の願いに応えることはできませんでしたから。よって今回のお触れは、わたしの進言によるものではありません」

「……どういうことかしら。ならばなぜ急に陛下は御心変わりを？」

「それは……わたしにもわかりかねますが」

これまでいっさい他妃に見向きもしなかった宵嵐が、突然、それも芙蓉宮へ渡ると言い出した。そのことに雹華自身もなにか引っかかりを覚えているらしい。

「理由がなんであったとしても……。今回の陛下のお渡りはわたしの進言によるものではないと、それだけお伝えしておきたかったのです」

「ふうん。で、それを伝えてなにになるのかしら？　やっぱり使えないあなたに失望するほかは、わたくしにとって願ったり叶ったりな状況でしょう？」

「……そう、ですね」

失望もなにも、元から雹華は雪麗に希望など抱いていないだろう。心の内ではそう思いながらも、雪麗は控えめに同意を示して卓子の上へ視線を落とす。

罵倒《ばとう》や非難が増さぬうちに、このまま帰ってしまいたい。そんな逃げたい気持ちに駆られる一方で、先ほどからずっと、宵嵐の言葉が脳裏を過っている。

『――雪麗。あえて言葉を選ばず言うが、おまえはよくも悪くも目立つ。だからこそ毅然と胸を張り、未来だけを見据え、みなの前に立て。誰も口さえ利けないほどの唯一無二の存在になれば、楯突く者は自然といなくなる』

あのときは、その言葉の意味がはっきりとわからなかった。

自分のような存在が、唯一無二になんてなり得ぬと――この呪われた容姿である限りは、どれだけ毅然としていても状況が変わることなどありえない、と。

そう信じて疑わなかったから。

けれども、今ならなんとなくわかるのだ。

宵嵐の言いたかったことが——雪麗に、求めていたことが。

「……林貴妃。わたしは、今後も林貴妃の願いに応えることはできません」

「なんですって……？」

「ここは後宮ですから、妃嬪はみな誰もが陛下のご寵愛を求める立場にあります。それは、宝玉に選ばれた皇后とて同じことです。どれだけわたしの容姿が醜《みにく》くとも、求めてしまう気持ちは他の妃となにひとつ変わりません。なればこそわたしは……わたしは陛下に、他の宮へ渡るように上奏するなどできないのです」

仮にそれが皇后の役目だったとしても、だ。

宵嵐が他宮へ渡る——それ自体は致し方ないことだとわかっている。帝の大切な仕事のひとつであることも理解している。だから、やめてほしいとは言えない。

けれど、雪麗の本心は受け入れたくないと訴えているのだ。

雹華のもとへ宵嵐が渡るのだと考えたとき、ひどく靄《もや》つきを覚えるほどには。

「……あなたそれ、自分の立場がわかっていて口にしているのよね？」

林貴妃、としてではない。林雹華としての素の顔で、雹華は低く問う。

室内の空気が張り詰めるのを感じながら雪麗が頷いた、そのとき——。

突如、扉の近くに控えていた女官が短い悲鳴をあげた。同時にパリン、となにかが割れる音が響く。

はっとして見れば、飾り棚の上に設えられていた陶器が真っ二つに割れていた。かと思えば、今度は吊り燈籠《とうろう》の火がぽっぽっと相次いで消えていく。

急激に暗さが増したことで、応接間はたちまち騒然とした空気に包まれた。

（これは……例の不可思議な現象？）

「雪麗様！」

血相を変えた明明がよりそばに控え、雪麗を護るように立った。キッと周囲を睨みつけながら警戒を露わにする。さすが元娘子兵らしく切り替えが早い。

「……ああ、呪いだわ」

雹華がおもむろに立ち上がりながら、ぽつりと落とす。

「やっぱりこれは間違いなく白后様の呪いなのよ――っ!!」

いったいなにを言い出すのか。

雪麗がぎょっとして目を見開くと、雹華は大げさに近くに控えていた侍女たちのもとへ身を寄せる。その拍子に彼女が腰掛けていた椅子が勢いよく倒れ、その衝撃音にまた誰かが悲鳴を上げた。混乱の波がさらに広がっていく。

「わたくしが怒らせてしまったからだわ！　あの髪も瞳も呪われている証拠……ああどうしましょう、怒らせたらわたくしたちまで呪われてしまう……っ！」

「はああ？　なにでたらめ言っちゃってくれてるんですか!?」

雹華のわざとらしい演技に雪麗が呆然とする傍らで、明明が眉を吊り上げた。

「雪麗様が呪われているだなんて、そんなわけがないでしょう！」

不敬罪に問われそうな口調だ。しかし、明明は止まらない。

「呪い呪いって、明明は毎日一緒にいますけど、こんな馬鹿げた現象が起きたことは一度もありませんよ！」

「それはあなたが侍女だからよ！　現に今ここで起きていることはいったいどう説明するつもり⁉　ああ、恐ろしいわ！　誰かあの女を――」

「下妃の分際で、国母たる皇后陛下を拘束でもなさるおつもりですか？　林貴妃」

決して声を張り上げているわけではない。しかし、雹華の声を呑み込み、場の空気を一瞬にして攫《さら》ったその者は、持っていた手燭を静かに卓子へと置いた。

「空燕、さん……？」

いつの間に現れたのか、雪麗のそばに立った空燕の雰囲気に気圧される。雹華を白眼視する彼は、以前受けた穏やかな印象とはまったく異なる空気感を纏っていた。

視える感情も仄暗《ほのぐら》い。冷然《れいぜん》とした態度で臆《おく》することなく雹華に対峙する。

「なっ……、あ、あなた、今なんて」

「身の程知らずな言動も大概《たいがい》にしたほうがよろしいのでは、と。この場合、不敬罪に科されるのは林貴妃のほうでしょうが、今のうちに弁解でもしておきますか？」

「な、なにを言っているの!? 身の程知らずはその下賤の女よ！　あげく、呪いでわたくしたちを傷つけようとして！　拘束するのは当然のことじゃないっ」

「……言っておきますが、私は忠告いたしましたよ。林貴妃」

空燕が額を押さえながら深く嘆息した次の瞬間、再び衝撃音が轟いた。

応接間の扉が勢いよく蹴り開けられたのだ。侍女たちが悲鳴をあげ、震えながら部屋の隅に身を固める。もはや呪いなど関係なく状況に怯えているらしい。

「おーおー、やってんねえ」

姿を現したのは劉帆だった。混沌とした場にそぐわない軽妙さである。その後ろには、もはや混じりけのない暗黒色《あんこくしょく》の感情を纏わせた宵嵐の姿もあった。

「ど、どうして……」

宵嵐は劉帆を追い越し、大股でこちらにやってきた。

空燕がさっと退き、宵嵐と立ち位置が入れ替わる。そのどすの利いた威圧に震えながら雪麗が恐々と宵嵐を見上げれば、次の瞬間、強く抱き竦められた。

「っ、しょ、宵嵐様……!?」

「俺は、すべて終わるまで大人しく待っているように言ったはずなんだが」

「は、はい？」

憶えのない雪麗が困惑を見せると、宵嵐は深く嘆息した。それから雹華へ射殺すような目を向け、地を這うかのごとく低い声を発する。

「……これはいったいどういうわけか、説明してもらおうか」

「へ、陛下っ……」

まさか雹華も帝が現れるとは思ってもみなかったのだろう。

顔面を蒼白にさせながら後ずさり、しかしすぐにはっとしたような顔をする。

「き、聞いてくださいませ、陛下！　は、白后様がわたくしを……わたくしを、呪い殺そうとしていたのですわ！」

「ほう……？」

「陶器が割れたり、灯りが消えたり……後宮で起こっている不可思議な現象は、すべて白后様の呪いによるものなのです！　今日だって陛下のお渡りをいただくわたくしに嫉妬した白后様が、わたくしを貶めようとして——！」

鼻息荒く早口でまくしたてる雹華に、雪麗は血の気が引く思いだった。

でたらめを言われているからではない。自分を抱きしめる宵嵐の感情の色がまるで雷雲のごとく変化していたからだ。雹華が口を開けば開くほど、宵嵐の心は荒みを増して感情の原形を留めなくなっていく。今にも爆発しかねない勢いだ。

（しょ、宵嵐様……っ）

どうしたらいいのかわからず、雪麗は宵嵐の腕を掴んでおろおろしてしまう。それをいったいどう勘違いしたのか、宵嵐はなおのこと強く雪麗を抱きしめてきた。

「陛下も思いますでしょう⁉　そのおぞましい髪も瞳も呪いの証だと――」

「黙れ。……いい加減、目障りだ」

低く唸《うな》るように宵嵐が呟いた瞬間、応接間の花窓《はなまど》がすべて砕け散った。

同時に卓子の上に置かれた手燭の火がごうっと燃え盛り、空間を熱く照らす。

「ひっ……⁉」

「俺の雪麗を侮辱《ぶじょく》する者は、俺自身を侮辱していると見なす。まだ殺されたくなければ口の利き方には気をつけろ」

宵嵐はそれだけ告げると、空燕のほうを振り返る。

「――空燕。その不可思議な現象とやらを、説明できるな？」

「はい。仰せのままに」

空燕は手を組み合わせて深く拱手すると、ちらりと雹華へ目を遣った。その温度のない冷ややかな眼差しは、どう見ても仕える主に対するものではない。

「結論から申し上げれば、ここ最近後宮を賑わせている不可思議な現象はすべて林貴妃の差し金によるものです。此度の件も、すべて自作自演でございます」

「はあっ？　な、なに言ってるのよ！」

「林貴妃の手駒である侍女や宦官は、今この場にいる半数程度。彼らは芙蓉宮の内外でそれらしい不可思議な現象を起こし、自ら『白后様の呪いのせいだ』と噂を広めていました。主上が噂の出処を調査してくださったので裏付けも済んでおります」

おそらく、雪麗も協力した聴取のことだろう。淡々と報告する空燕の言葉を聞きながら、やっぱり、と雪麗は密かに納得を示した。

（わたしも、あの現象は芙蓉宮の者たちによるものだと思っていたのよね）

聴取中、感情の動きに違和感を覚えたのは、すべて芙蓉宮に関わりのある者たちだった。変な嘘をついていたり、妙に誤魔化している者が多かったのだ。

加えてその者たちは、総じて雹華に対する信仰心が厚く、同時に雪麗に対しての負の感情を強く抱いていた。雪麗としてはほぼ確信に近かった、とも言える。

今回の訪問は、それを確かめる意味でもあった。

「本日の現象についても同様です。陶器は事前にひびが入ったものを割っただけにすぎませんし、吊り燈籠の火は最初から短い蝋燭《ろうそく》を入れていただけ。不可思議もなにもありません。林貴妃はこうなるとわかった上で白后様を貶めたのです」

「そ、そんなのでたらめよ！」

「残念ですが、こちらに関しても裏付けは取れています。言い訳は無用です」

そのとき、いつの間にか部屋を出ていたらしい劉帆が戻ってきた。彼は縄で拘束した宦官を引き連れており、どさりと転がすように雹華の前に差し出した。

「ほい。全部吐いたぞ、こいつ」

「あ、あんた……いったいなにを考えてるの⁉」

「ひぃぃぃぃ、申し訳ございませんっ！」

小柄な宦官は、雹華に怒鳴りつけられ頭を抱えて地面に縮こまる。

その反応は、もはや追及せずとも疑いようもない。すべての元凶が雹華であったことが明るみになった瞬間だった。

雹華も逃げられないと悟ったのか、その場に膝から崩れ落ちる。

「なによ、なんなのよ……っ！　なんでわたくしが、下賤の！　おぞましい見た目をしたこんな女に！　負けないといけないわけっ⁉」

「……今一度言ってみろ。その言葉、そっくりそのまま貴様に返してやる」

宵嵐は雹華を睥睨《へいげい》し、忌々しそうな表情で吐き捨てる。

「もはや貴様など話す価値もないな。劉帆、触れを撤回しておけ」

「はいよ。もう手配済みだけどな」

ひょいっと肩を竦めた劉帆は、雪麗を見て苦笑する。

「せっかく主上自ら敵陣に身を投じて本格的に潰してやろう、ってときだったのになあ。まさか白后様が自分から乗り込んでいくとは思ってなかったね」

「えっ……」

（それはつまり、お渡りと称して雹華様を追い詰めようとしてたってこと？）

雪麗が戸惑いながら宵嵐を見上げると、彼は気まずそうに目を逸らした。

「言葉を選べ、劉帆。まるで俺が非道であるように聞こえるだろうが」

「いんや。黒鬼なんてそんなもんだろ？」

「……ふん」

あえて否定はしなかったのか、宵嵐は劉帆に雹華を拘束するよう指示を出した。雹華はいまだ不満を叫びたてているものの、劉帆はものともしない。

侍女たちも同じく拘束されるのを見ると胸が痛むが、宵嵐は事情聴取のためだと言って雪麗の頭を撫でた。きっと、こちらの気持ちを慮《おもんぱか》ってくれたのだろう。

そうしてあっという間に、芙蓉宮はもぬけの殻となった。

「宵嵐様……？」

先ほどの喧騒《けんそう》が嘘のような静けさに包まれるなか、雪麗は宵嵐に抱えられる。

「明明は先に戻っていろ。少し外の空気を浴びたら、責任をもって連れ帰る」

「は、はい。かしこまりました」

物言いたげな顔をしつつも頷くだけに留めて、明明は雪麗に視線を送ってくる。大丈夫ですか、と尋ねられている気がして、雪麗はこくんと頷いて返した。

宵嵐に抱えられたまま芙蓉宮の外に出ると、すでに陽が沈みはじめていた。

黄昏《たそがれ》に染まる空の下、宵嵐が向かったのは白睡宮の院子だ。透き通った池泉《ちせん》に浮かぶ無数の白睡蓮は、どれも生き生きと花を咲かせている。

「……まさか雪麗が、自ら林貴妃のもとへ向かうとは思っていなかった」

池泉に架かる朱橋《あかはし》で下ろされた雪麗は、宵嵐に不満げな言葉を向けられる。そばにいるだけで呑まれそうだった物々しい感情の色は収まっていた。

今の彼は、不満と安堵、心配といったわかりやすい感情で溢れている。

「わたしも……、宵嵐様が芙蓉宮へお渡りになるとは思っていませんでした」

思わず不満に不満で返してしまったのは、それだけ心に引っかかっていたからなのだろう。自覚している以上に、雪麗は気にしていたのかもしれない。

宵嵐もそんな返答が来るとは思わなかったのか、驚いたように目を丸くする。

「嫌、だったか」

「はい」

考えるよりも前に即答してしまい、遅れて後悔が押し寄せる。けれど、今さら隠しても仕方がないような気もしてきて、雪麗はおずおずと宵嵐を見上げた。

「……胸が、苦しかったのです。宵嵐様が行ってしまわれると思ったら、呼吸がしづらくなって。いてもたってもいられず、勢いで芙蓉宮へ足を運んでしまいました」

「なぜ芙蓉宮に？　行ったところでなにか変わるわけでもないだろう」

「それは、その……ちゃんと意思表示をしたかったのだと思います。白后として」

　きっと以前の雪麗だったら、そんなことは微塵も思わなかった。

嫌だと思っても口に出すことはなかったはずだ。身分不相応だと最初から諦めて呑み込んでいた。傷つくことを許容して、痛みから目を逸らして。

けれど、ここへ来てから——ほんの少し、前を向けるようになったのだ。

今も自分に自信はない。

　この容姿への後ろめたさは、きっと一生抱えていくだろう。

　それでも〝皇后〟としての自覚と責任が芽生えてきたことで、自分を少しずつ律せるようになってきたことは感じていた。

逃げずに、諦めずに、受け止めて、前を見る。

　そうした律し方を教えてもらったからこそ、口にできる言葉もある。

「宵嵐様が前に仰ってくださった言葉が、ずっと胸にあるのです。——『毅然と胸を張り、未来だけを見据え、みなの前に立て』。それがわたしを後押ししてくれたのだと思います。まだまだ、皇后らしくはないですけれど」

　眉尻を下げながら微笑むと、宵嵐は虚を衝かれたように固まった。かと思えばそろりと視線を外し、なぜか身体を翻《ひるがえ》して雪麗に背中を向けてしまう。

「宵嵐様?」

「先《さき》のは……、俺に嫉妬してくれた、と。そういう解釈でいいのか?」

どこか緊張を孕みながら尋ねられ、今度は雪麗のほうがきょとんとしてしまう。

確かにその通りだが、改めて聞くようなことだろうか——と考えた末、雪麗はようやくはっとする。嫉妬、の前に抱いている感情があることに気づいたのだ。

(そ、そうよね……。嫉妬を抱くってことは、やはりそういうことだもの)

自覚はしていた。けれど、いざ向き合うと恥じらいで瞬く間に頬が赤く染まる。

黙り込んだ雪麗に不安を覚えたのか、宵嵐が振り返った。しかし、雪麗の顔を見るや否や、片手で口許を覆って俯いてしまう。先ほどからこれの繰り返しだ。

「あ、あの、宵嵐様。わたしも、その……」

「待て、いい。無理に言わないでも。俺はこの前、流れのままに伝えてしまったが、すぐに返してほしいわけではないんだ。まして強要するものでもないからな」

「そうではなくて……っ」

伝えるのが嫌だというわけではないのだ。

むしろ、伝えたい。伝わるのなら伝えられるだけ——自分の感情の色はわからないけれど、確かに雪麗は、この胸に抱く想いをぶつけたいと思っていた。

ただ……ただ。ほんの少し怖いだけ。

想いを口にしてしまったら、もう後戻りができないような気がして、怖い。欲深くなっていく自分が、望みや願いを抱くようになる自分が怖いのだ。

（初めて抱く想いだから……どうしたらいいのかわからない）

宵嵐の前で唇を引き結び、俯いてしまう。

すると宵嵐は、ひどく優しい手つきで雪麗の手を取り、自分のほうへ引き寄せた。

「すまない。困らせたな」

「い、いえ……」

「いつでもいいんだ。――それでも、なにかしら雪麗が俺に抱いてくれる気持ちがあるのなら、知りたいと思う。俺は雪麗のことを好いているから」

柔らかな黄昏の色が端正な宵嵐の輪郭を縁取る。その掛値《かけね》のない言葉はしっとりと雪麗の胸に染み込み、傷だらけの孤独を打ち消していった。

視界が、潤む。

「おまえは俺の唯一だ、雪麗。愛している。誰よりも」

不思議だった。痛みなどもう麻痺しているはずだったのに、こうして向けられる眼差しの優しさは痛いと感じてしまう。

ひどく温かくて、温かすぎて、喉の奥が締めつけられる。

（わたしは……宵嵐様の、運命の相手）

宝玉に選定されたときは、なにひとつ実感がなかった。

ただ、必要とされるなら役に立ちたいと、役に立たなければと漠然と必死になっていただけ。自分の感情なんて二の次だった。

それでもあの日――運命が訪れた日、確かに雪麗の人生は変わったのだ。

「……宵嵐様、わたし、幸せです。とても」

それだけで雪麗が伝えたい思いを察したのだろう。宵嵐が目を見開く。

『俺が幸せにすべきものを』

宵嵐が宝玉に願ったというその運命を、雪麗は受け取った。

皇后に選ばれた日から今日まで――そしてこれからも受け取り続けることになるだろう。これは定めだ。歩むべき道はすでに目の前に固定されてしまっている。

それでも、迷子にはならない。

真っ直ぐに前さえ見つめていれば、その道筋を照らしてくれる存在がいる。

手を取り、共に歩んでくれる、愛すべき御方もいる。

「わたしも、愛しています。宵嵐様」

「……ああ。好きだ、雪麗」

自然と距離が縮まる。鼻先が触れ、やがて唇が重なった。甘く、それでいて愛に溢れた口づけを交わすなか、雪麗は一筋の涙を流した。

(運命からは逃れられない。けれど、少なくともわたしは贄ではなかった)

願わくは、雪麗も、返していきたいと思うのだ。

想いを、心を。宝玉に選ばれたことを、名誉と誇りながら。

西幕　黄睡蓮

「珠夕《しゅせき》！　珠夕はどこ!?」

刻はまだ、朝を告げる鶏《にわとり》すらも深い眠りの最中にいる夜半《やはん》。西虎国後宮の北東に建つ紫苑宮《しおんきゅう》では、鼓膜《こまく》をつんざくような金切り声が響いていた。

「は、はい！　お呼びでしょうか、徳――」

「その顔を見せないでちょうだいっ！」

床を転がる勢いで駆けつけた珠夕だが、最後まで言い切ることができなかった。

バシン、と左頬に衝撃が走り、視界が大きく揺れる。頬に熱を感じると同時に、体勢を崩した身体が地面に倒れた。まともに受身を取ることもできず、一瞬、呼吸が止まる。痛みがあとから追いかけてくるが、気にしている余裕はない。

殴られたのだ、と理解するまで数秒。理解したその瞬間、ほぼ反射的に飛び起きた珠夕は、紫苑宮の主――徳妃《とくひ》・姚香玉《ちょうこうぎょく》に向かって拱手する。

「申し訳ございません、徳妃様。私をお呼びでしょうか？」

呼んだくせに顔を見せるなとは、なんとも理不尽な要求だ。

しかし、困ったことにこの姫君はこれが通常運転だった。そして珠夕は紫苑宮付き女官、つまり姚徳妃の侍女として仕える身である。反論などできるはずもない。

「鏡が曇っていたのよ！　毎日わたくしが鏡を見る前に磨いておけとあれだけ言っているのに！　本当におまえは使えない侍女だわっ」

正確には、鏡の掃除は珠夕の仕事ではない。が、ここでそんなことを言っても煽るだけだ。感情の線が切れている姚徳妃を前に、下手なことは口にしないほうがいい。

ぐっと呑み込んで、珠夕は再び謝罪する。

「申し訳ございません。ただちに磨き上げますので……」

「もういいわ！　それより今すぐ花茶を用意しなさい。気分が悪いのよっ」

「かしこまりました。すぐに」

珠夕は最低限の返答だけして、ささっと姚徳妃から離れる。

一度あの状態になってしまったら、しばらく手のつけようがない。完全に頭に血が上ってしまっているし、少しでも逆らうようなことを口にすれば地獄を見る。

ほんの数日前も、小さな失態を犯した侍女が杖刑《じょうけい》に処されたばかりだ。あの激痛を伴う屈辱に比べれば、張り手くらいどうってことはない。

「珠夕！」

ご要望の花茶を用意するため、紫苑宮内に設えられた簡易的な厨へ疾駆していた珠夕を、ひとりの侍女が追いかけてきた。足を止めて振り返る。

彼女は珠夕の顔を視界に入れるや否や、さっと表情を曇らせた。

「峰杏《ほうあん》。もう起きてたの？」

「そんなことどうでもいいわよ！　あんた、また殴られたの……!?」

「うぅん。拳じゃなかったよ」

「どっちでも変わらないわよ！　ほら、唇の端切れてるしっ」

彼女の名は峰杏。珠夕よりも頭ひとつ分ほど背が高く、きりりとした目鼻立ちをした紫苑宮付き女官だ。珠夕と同じ侍女服を纏っており、珠夕とは同期に当たる。十七歳と年齢も同じであるため、ここでは珠夕のよき友であり理解者だ。

「で、夜明け前になにをそんなに苛立っていらっしゃったわけ？」

「鏡が曇ってたんだって」

「鏡……？　この時間に？　まだ掃除担当の子だって出勤してないでしょ」

峰杏がげんなりと頭を抱えるのも当然だった。

なにせまだ、朝を告げる鐘すらもその音を鳴らしていないのだ。

夜明け前、夜間勤務の者以外はゆっくりと身体を休めている時間帯。宮中はどこも静まり返っているし、本来ならば侍女も就寝中のはずなのである。

「はあ……まったく。あなた、自分の仕事じゃないって言わなかったの？」

「うん。だってきっと鏡が曇ってなくとも、なにかしら理由をつけて同じことになってたと思うし……。ご機嫌がよろしくないときはいつもそうだもの」

姚徳妃が珠夕に強く当たるのは、今にはじまったことではなかった。

なにかと都合のいい侍女だからか、あるいはただただ気に食わないのか——。

今日のように、激情のまま手を上げられることも、決して珍しくはない。なんにせよ、逆らえば、さらにひどい仕置きが待っているだけ。なるべく穏便に済ませるためにも、大人しく受け入れていたほうがいい。

とにかく平和主義な珠夕は、いつもそう思って耐え忍んでいた。

(私が受け止めていれば、とりあえず他の侍女たちに矛先が向くことはないしね)

本来なら、あの叱責を受けるはずだった清掃担当の者だって、そもそも勤務時間になっていないのだから、寝坊だと責めることはできない。

きっとなにも知らず出勤してから青い顔をするだろうけれど、自分だと申告せず黙っているように伝えなければ。すべては平和のためだ。

「私は大丈夫！　それより早く花茶を準備しなきゃ。遅くなったら大変」

「それは私がやるから！　珠夕はその赤い頬を冷やしてきて」

峰杏にぐいぐいと背中を押されて、珠夕は渋々「はぁい」と答える。

「ね、峰杏も気をつけてね？　今日はいつも以上にご機嫌ななめなご様子だから」

「わかったわ。ほら、いったいった！」

「ありがと」

姚徳妃からどれだけつらく当たられていたとしても、こうして珠夕のことを思いやってくれる存在がいると思えば耐えられた。

痛みなんて些細なものだ。一過性のもので延々と続くわけではない。見て見ぬふりをしていれば受け流すことも容易いし、ある程度ならば許容もできる。

（それに……私はまだ、ましなほうだもの）

宮付き女官となる前、一介の宮女であった頃は明日の命すら知れなかった。

混同されがちだが、女官と宮女には明確な差がある。

まず女官は、科挙を受け合格した者しかなれない。教養は当然のこと、出自や容姿の美醜も加味される。その点、下働きである宮女はその多くが平民や孤児として売り飛ばされてきた者であり、文字すら読めない者が大半だ。下級女官である女孺《にょじゅ》と宮女は扱い的に同等であることも少なくないものの、有事の際に切り捨てられるのは問答無用で宮女だ。やはり官職を持つか否かの差は大きいのだろう。

ちなみに侍女は、妃の位にもよるけれど、女官のなかでは上級にあたる。

——なぜ、元孤児の珠夕が侍女の地位にまで出世したのかといえば、あらゆる奇跡が重なった偶然の産物としかいいようがない。もはや後宮七不思議のひとつだと、珠夕は個人的に恐ろしく思っているくらいだ。

見目のよさを買われ昇格することになったのも、当てずっぽうで科挙に合格してしまったのも、ただ運がよかっただけ。それでも出自を考えたら下級女官止まりだろうと高を括っていたら、なぜか〝使い勝手のいい女官〟として各所をたらい回しにされたあげく、気づけば上級妃の侍女となっていた。

前世で徳でも積んだのか、きっと運には恵まれている人間なのだろう。泥水を啜って生きていた過去を思えば、多少の我慢くらいなんてことはない。

（それでもやっぱり理不尽だよねぇ……）

「あいたた……っ」

切れた頬を指先で拭いながら、珠夕は深くため息をついた。

みなが寝静まった頃に紫苑宮を出た珠夕は、一盞茶《いっさんさ》ほどの時間をかけて、後宮の最東にひっそりと隠れ建つ旧宮へと足を運んでいた。

ここは、かつて徳妃宮だった場所だ。現在姚徳妃が住まう紫苑宮は数年前に新設されたものであり、この旧宮はもう使われていない。周囲には鬱蒼とした木々が生い茂っているものの、宮自体はそのまま放置されているので、独特の閉塞感がある。

そんな環境のせいか、夜になると亡霊が現れるとか、誰もいないはずなのに灯りが見えたとか、なにかといわくつきの場所でもあった。ゆえに現在の後宮内では、もっとも人が寄りつかない敷地と言っても差し支えない。

（ちょっと遠いけど、近道を使えばいけない距離じゃないんだよね）

珠夕はたびたびこの場所までやってきて、息抜きをしていた。

見つかれば怪しい行動をしていると処罰を受けるかもしれないが、なにも悪いことをしているわけではない。いつもそう自分に言い聞かせながら、ここへ来る。

「ん〜〜……。落ち着く」

大きく伸びをして、ついでに数回屈伸をしてから、珠夕はひとり気合を入れた。

そのときだった。

「ぐぁお」

不意に、どこからか獣の鳴き声が響いた。

普通ならここで怯えるべきなのだろうが、珠夕は嬉々として振り返る。そして茂みから頭を出していた黒猫の姿を見つけた瞬間、破顔して駆け寄った。

「猫ちゃんっ」

この黒猫は、旧宮へ息抜きに来るたびに姿を現してくれる野良猫だ。

つぶらな瞳で見上げてくる黒猫を抱き上げて、珠夕はぎゅっと抱きしめる。

普通の野良猫は嫌がって逃げてしまいそうなものだが、この黒猫はよほど懐っこいのか、いくら抱きしめても怒らない。むしろ、自らぐりぐりと頭を動かして擦《す》り寄ってきてくれる始末だ。もふもふ好きな珠夕にはたまらない幸せだった。

「ぐなぁお」

「わっ、あはは。くすぐったいよ」

真っ黒な毛に覆われた身体は平均よりも大きめで、体格もしっかりしている。

おまけにじゃれついてくるから抱えるのは一苦労だ。けれど、懐いてくれるのは素直に嬉しい。どんな話も聞いてくれる珠夕の大事な友だちだった。

「ねえねえ、今日も観ていってくれる？　私の舞」

「ぐわぁお」

「ありがと。じゃあ準備するね」

いったいどこから入ったのか、後宮に棲みついているこの黒猫は、しかし日中見かけることはない。野良猫を見たという噂を聞くこともなかった。

そう考えると、もしかしたらこの周辺から動いていないのかもしれない。

（この猫ちゃん、いつも私の言葉をわかってるみたいに鳴いてくれるから、ついお話ししちゃうけど……。猫ちゃんにしては鳴き声もちょっと野太いよねぇ）

たとえ相手が動物であろうとも、観客は観客。下々の民では披露する機会もなかった舞を見てくれる相手がいることは、それだけで幸せというものだ。

少なからず、ここで大好きな舞を踊っている時間は、珠夕も現実を忘れられる。

「さてと、はじめるね」

夜の深さにそのまま身を溶け込ませるように、足先から柔らかく舞う。

華やかに。けれど、優しく。誰も知らない、誰に与えるわけでも、賞賛されるわけでもない。それでも指先まで意識した舞は、珠夕にとって精神を研ぎ澄ませるために必要不可欠なものだ。自分の本来の姿に戻ることができるから。

「…………」

ただ一心に舞う珠夕の姿を、その一匹の黒猫はただただじっと見つめていた。

数日後。それは、姚徳妃の私室を掃除しているときに起こった。

ガシャン、となにかが激しく割れる音が響き、珠夕は勢いよく振り返る。

「どうしよう……やっちゃったわ」

峰杏は顔面蒼白で床を見下ろしていた。足元には陶磁器の花瓶が粉々に砕けて散らばっている。どうやら掃除中に手を滑らせて割ってしまったようだ。

「峰あ……」

「いたっ」

慌てたように破片を拾おうとした峰杏が、指先を切ったのか小さく悲鳴をあげた。

一瞬で頭を切り替えた珠夕は、彼女のもとに駆け寄って腕を引く。

「大丈夫!?」

「だ、大丈夫よ。でも、どうしよ……この花瓶、徳妃様のお気に入りなのに……っ」

「そんなことより早く医局で治療してきて！　ここは私が片付けておくから」

いつもとは立場が逆だが、だからこそ珠夕は落ち着いていた。

混乱している峰杏を見て、むしろ冷静になったのかもしれない。なんにせよ、流血している以上は怪我の治療が最優先だろう。菌が入ったら一大事だ。

(本当に、徳妃様がいらっしゃるときじゃなくてよかった)

狼狽える峰杏を促し外へ出して、珠夕は手早く割れた破片を片付けはじめる。

茶会に出席していた姚徳妃が戻ってきたのは、散らばったすべての破片を片付け、部屋の掃除を終えた頃——。花瓶が割れた痕跡を完全に消し去ったあとだった。

「おかえりなさいませ、徳妃様」

いつも通り、笑顔で出迎える。当然のように返事はないものの、珠夕は付き従う侍女頭の後ろに続きながら願った。どうか気づかないでと。

しかしそんな願いも虚しく、姚徳妃は花瓶が置いてあった棚の前で立ち止まる。

「——ねえ、わたくしの花瓶は？」

どくん、と。心臓が嫌な跳ね方をした。

(徳妃様が気がつかないわけもない、か)

彼女は、珠夕がなにかをやらかしていないか、常に目を光らせているのだ。異常があればすぐに気がつく。誤魔化そうと思ったのがまず間違いだったのだろう。

珠夕が覚悟を決めたのと、治療を終えた峰杏が駆け込んできたのは同時だった。

しかし峰杏が口を開く前に、珠夕は姚徳妃のほうへと進み出る。

「申し訳ございません、徳妃様。花瓶は先ほど、私が割ってしま――」

その刹那、珠夕の視界に星が散った。

先日とは反対側の頬を張られたのだと気づいたときには、すでに遅い。その衝撃で地面に倒れ込んだ珠夕の上に、姚徳妃が馬乗りになる。

珠夕の細い首に両手をかけながら、彼女はぐわりと血走った目を見開いた。

「いつかやると思っていたけど、とうとうやったのね。本当に使えない子だわ。いつもいつもいつもわたくしの気分を害することばかりして……っ」

「姚、徳……」

「黙りなさい！　あぁ、いらいらする。おまえのその平凡な容姿を見ていると吐き気がするのよ。どうしてこの程度で後宮入りしたのかしらねえ？」

ぎりぎりと首筋に食い込む姚徳妃の長い爪。呼吸ができず喘《あえ》ぐなか、珠夕は頭の隅ではひどく冷静に自分を見下ろす彼女を受け止めていた。

(鬼みたい、なんて思ったら……東鬼国の帝に殺されてしまうかもしれないけど)

まさしくそうとしか言いようがない。

気高く美しい後宮妃――それも上級妃でありながら、今こうして珠夕を殺そうとしている者に淑女の様相は皆無。品格のひとつすらも感じられなかった。

振り乱した髪も、開いた瞳孔も、荒い呼吸も、まさに鬼女である。

このような姿を帝が見たら、どう思うのだろうか。否——見てくれる帝がいないからこそ、ここまで堕ちてしまったのかもしれないけれど。

「徳妃様！　おやめください！　なにをなさっているのです……っ」

ようやく我に返ったらしい峰杏が、無理やり姚徳妃を引き離す。

意識が落ちる寸前で解放された珠夕は、その場で身体をくの字に折り、激しく咳き込んだ。あまりの苦しさに涙が滲む。首がひりひりと痛い。全身に心臓の音が波打っているようで、眼球の奥がひどい痛みを訴えていた。

「……ああ、もう、いいわ」

抑え込んだ峰杏をも突き飛ばし、姚徳妃はゆらりと立ち上がった。

双眸を眇め、地面に転がる珠夕を冷ややかに睥睨する。

「わたくしの大事な花瓶を割った罪は重くてよ。珠夕、おまえには明日、命をもって償ってもらうわ」

全身がぞくりとするほどの憎悪と苛立ちが交錯する瞳。

峰杏が「そんなっ」と悲鳴じみた声をあげるなか、珠夕は撤回してくれと懇願する気力もなかった。きっとそうなるだろうと予期していたことだ。

（あはは……私の人生もここで終わりかぁ。でも峰杏が無事なら、まあいいかな）

ただ——そう、ただ。

胸を支配する空虚のなかには、諦観だけではなく、わずかな痛みもあった。すでに麻痺していたはずのそれを今になって感じることに、珠夕は少し笑ってしまった。

その後、珠夕は気づかぬうちに意識を失っていたらしい。夜が更けた頃に自分の部屋で目を覚ました珠夕は、外の様子を窺《うかが》いながら一度長く息を吐いた。

先ほどの出来事が夢であったら、どれほどよかっただろう。

——珠夕は明日、処刑される。

なんの罰かなど、あの姚徳妃の様子を見れば考えるまでもない。彼女のご機嫌を損ねてしまった時点で、妃でもない者が助かる手段など存在しないのだから。

この後宮では、下女も宮官も有り余っている。その命がひとつ散ったところで、なにも変わらないのだ。主の機嫌ひとつで首が飛ぶことなど日常茶飯事でしかない。

(夜が明ければ……私は、死んじゃうのか)

覚悟はしていた。こうなるとわかっていた。それでもあのとき、峰杏を庇《かば》う以外の選択肢が珠夕のなかに生まれなかった。

善意でも同情でもない。ただ自分が大切だと思う存在をなくすことが、なによりも耐えきれないとそう思っただけ。きっとこの選択を後悔することもない。

けれど、死までの時間を待つのは残酷だ。どうしようもなく湧き上がってくる恐怖に耐えきれず、珠夕はひとり、部屋を抜け出した。

向かった先は旧宮だ。いつも通り人の気配はなく、夜の静寂が広がっている。闇を照らす灯りもなければ、生命の息吹すらここでは感じられない。頬を撫でる冷たい微風《そよかぜ》のみが、まだ珠夕が生きていることを証明してくれる。

今宵ばかりはさすがに舞う気力も湧かなかった。朽《く》ちて蔦《つた》が蔓延《はびこ》る旧宮のそばに膝を抱えて座り込み、珠夕は涙で濡れた顔をうずめる。

それから、どれほどの時間が経ったのだろう。

——珠夕の足もとに、なにかがぐりぐりと擦り寄る感覚が走った。

「猫ちゃん……？」

おずおずと顔をあげた珠夕は、思わず目を見開く。

足に擦りついていたのはいつも現れる黒猫だった。

だが、普段と様子が違う。不思議なことに、こちらを見つめるふたつの瞳は煌々《こうこう》と黄金の光を放っていた。暗闇に浮かぶそれは真っ直ぐに珠夕へと向いている。

『なあ、珠夕』

夢を見ているのかと疑ったそのとき、不意に見知らぬ声が脳裏を掠《かす》めた。

珠夕はぎちりと固まったあと、慌てて周囲を見回してみる。だが、どこにも人の気配はない。限りない夜の静寂が変わらず珠夕を包んでいるだけだ。

しかしながら、またすぐその声は続いた。

『珠夕』

今度はもっと近くから聞こえたような気がした。それこそ、目の前から。信じられずに黒猫を凝視すると、ゆら、ゆらりと長い尻尾が左右に揺れる。

『おれはおまえの涙を見たくないぞ』

「えっ……」

猫にしては大きな体を起こして珠夕の膝に前足をついた黒猫は、ぺろりと目尻を舐めてくる。驚いて身を強張らせていると、今度は鼻先がくっついた。

『悲しい味だ。怖い、痛い、苦しい。そんな味がする。珠夕の心はもう、ぼろぼろなんだな。もっと早くに気づいてやれればよかった』

ここまで言われてしまえば、この声が黒猫のものであることは疑いようもない。

けれど納得すると同時に、珠夕はこれが夢だと確信した。

(……私、本当はまだ眠ったままだったんだ)

夢ならばこの不思議な現象もおかしくはない。瞳を黄金に光らせた黒猫が喋るなど聞いたこともないし、きっと現実の珠夕は自室で寝ているのだろう。

そう思っても、柔くなった心は真っ直ぐに黒猫へと引きつけられる。

『おれは、おまえが悲しむのは嫌だ。おれまで悲しくなるから』

「猫ちゃん……」

『なあ、珠夕』

呼びかけられた刹那、珠夕はその黒猫になにかべつのものを見たような気がした。

――昏冥を照らす鮮烈な瞳に、心の臓を射抜かれるような。

そんな感覚に、ごくりと喉を鳴らす。

『おれは、おまえが好きだ。おまえはどうだ？』

好きかどうかを猫に尋ねられるなんて、なんて面白おかしい夢だろうか。

そう思うと同時に、けれどこの質問は蔑ろにしてはいけないと――心のまま、素直に答えるべきものだと本能が訴えかけてくるのを感じた。

決して目を逸らしてはならない。逸らしたら、きっといずれ後悔する。

曖昧な、けれど確信的でもある予感があった。

「……私ね、猫ちゃん。いつもあなたが心の拠り所だったの」

夢だと思ったことで気が緩んだのか、本心がするすると口から零れだす。

「どんなにつらいことがあっても、ここに来るとあなたがいた。あなたがここで私の舞を見てくれて、どんな話も聞いてくれて。いつでもそばにいてくれた」

ひとりで舞うのも一興《いっきょう》ではある。

けれど、やはり見てくれる者の存在で舞に込める思いも変わる。見える世界も、感じる熱も、孤独に舞ったときとはまったく異なってくる。

感想などなくとも構わなかった。ただじっと、舞い終わるまで見てくれる存在がいるだけで、珠夕にとっては間違いなく救いとなっていたのだから。

「だからね、後宮に来てから今日まで、なんとか踏ん張ってこられたんだよ」

どれだけ前を向こうとしても、苦しいときはある。

珠夕だってそうだ。目を逸らしているだけで、なにも感じないわけではない。

怒鳴りつけられれば恐ろしいと思うし、殴られれば痛いと思う。ただそれを感じないように努めていただけで、傷ついていないわけではないのだ。

そうしてぼろぼろになった心を癒してくれていたのは、いつだって――。

「猫ちゃん。私もあなたが好きだよ。大好き」

嘘偽りのない気持ちを口にした、その瞬間。

くっついた鼻先が離れて、黒猫のまるで星が瞬くような瞳が珠夕を射抜く。

『そっか、そうなんだな。わかった』

とても嬉しそうな声だった。

ぴょんと軽快に後ろへ跳ねた黒猫は、その一瞬、笑ったように見えた。

『――じゃあ、珠夕。おれはおまえを選ぶことにする！』

「脱走とはいいご身分ねえ。珠夕？」

「も、申し訳ございま……」

バシンッ、と緋色の扇子が勢いよく床に叩きつけられる。その音にびくりと身を竦ませ、珠夕は口を噤《つぐ》んだ。どうやらもう謝罪すらも受け入れてもらえないらしい。

（よりによって、旧宮で眠りこけるなんて……）

今朝方、ふと目覚めたら、珠夕は旧宮の前で膝を抱えて眠っていた。

夜はすでに明けはじめ、曙光《しょこう》が黎明《れいめい》を告げていた。普段ならとっくに目覚めて、姚徳妃のご機嫌を取っている時間帯である。

気がついた瞬間、全身の血の気が引いた。眩暈がするほど青ざめながらも、転がるように紫苑宮へ戻ったのが数刻前のことだ。

「まあいいわ、どうせ最期ですもの。……ねえ、どうやって死にたい？　わたくしは優しいから、あなたに選ばせてあげようと思うのだけれど」

「っ……寛大なお心遣い、感謝いたします」

脱走しようとしたわけではない、なんて言い訳しようものなら、死ぬ前に無駄な痛みが増えるだけだろう。さすがにそれはたまらない。

どちらにせよ死ぬのなら同じかもしれないけれど、選べるのなら——そうだ。

せめて、なるべく苦しまない死がいい。

痛みも、苦しみも少なく、気がついたら途絶えているような。じわじわと長く苦しんだ末に訪れる死は、可能なら避けたいところだ。

（……なんて。本当に選ばせてくれるわけではないのだろうけど）

重々しい気持ちのまま叩頭した珠夕が唇を引き結んだそのとき、成り行きを見守っていたひとりの宦官が唐突に口火を切った。

「ふむ。お言葉ですがな……徳妃様」

「なにかしら？　沢明《たくめい》」

「あなた様は少々、上級妃としての自覚が欠けていらっしゃるように見受けられます。本来は守らなければならないはずの侍女だというのに」

この宦官の名は、沢明という。歳は四十そこそこ。宦官としてはそれなりの地位にあるようで、外廷と内廷を頻繁に行き来している人物だ。

他の宦官とは異なる色合いの袍子を身につけており、元武官らしい精悍《せいかん》な相貌と巨躯を持つ。宥和的《ゆうわてき》な物腰ではあるが、宦官らしくない泰然とした余裕が女人には人気があり、後宮内ではいまだ独身の彼を狙っている者も少なくないという。

そういった感情こそないけれど、珠夕も沢明とは旧知の仲だった。姚徳妃に虐げられている際に庇ってくれたことも一度や二度ではない。

とはいえ、いくら沢明でも、この状況でさらに姚徳妃の機嫌を損ねるのはよろしくない。どう考えても、とばっちりを受けるのは珠夕だ。

(沢明さんの気持ちは嬉しいけど、怒らせたら刑が重くなる……っ)

青ざめた珠夕は止めようと顔を上げるが、同時に鷲掴《わしづか》みにされた髪を後ろに強く引っ張られた。頭皮と首に鋭い痛みが走り、珠夕は息を詰める。

今の動きで、珠夕が逃亡しようとしていると勘違いしたのだろうか。珠夕を拘束していた宦官が、より力を強めて押さえつけてくる。

「大人しくしていろ！」

「っ……痛、い」

痛みに思わず声を漏らす。

すると、控える侍女たちに紛れて震えていた峰杏が顔を歪めた。

だが今ここで口を出せば自分も道連れになりかねないと、彼女も経験上わかっているのだろう。唇を引き結びなにも言わないけれど、それが正しい。

そう伝えたくて、珠夕はちらりと彼女を見て微笑んだ。続いて沢明のほうへと視線を動かし、「大丈夫ですよ」と小声で進言する。

「沢明さん。私は平気、です。徳妃様の、大切な花瓶を割ってしまった罪は、しっかりと、この身をもって、償います、から」

途切れ途切れに伝えながら、珠夕は堪えきれずに涙を流した。

(私の死を悼《いた》んでくれる存在があるだけでも、ありがたいことだよね)

頬を流れる涙の感触に、昨日夢で見た不思議な出来事を思い出す。

泣いている姿は見たくないと、あの黒猫は言ってくれた。たとえ夢だとしても寄り添ってくれる存在があっただけで、珠夕の心はいくらか救われている。

けれど、それでも。本当は。

(……死にたく、ないなあ)

湧き上がる恐怖にとうとう思いたわんでしまう。

緩んだ心が灯した希望のない願いを受け入れた、そのときだった。

「っ——!?」

不意に視界が、目も開けていられないほどの眩《まばゆ》い光に包まれた。

「な、なに!?」

「おや……これは」

「額の、印……まさかっ——!」

誰がそう呟いたのかはわからない。周囲がひどく騒然としているのを感じ取りながら、わけもわからず瞑ってしまった両の目をこじ開ける。

それと、ほぼ同時だった。紫苑宮の扉が木っ端微塵に破壊されたのは。

侍女たちの悲鳴。慌てて戦闘態勢を取る宦官たち。重厚な扉が破壊され散り散りになるという混沌とした状況で、あまりにも場にそぐわない呑気《のんき》な声が響く。

「珠夕！　珠夕はどこだっ？」

名を呼ばれた珠夕はといえば、ひたすら呆然とその光景を見つめるしかない。

声の主は、知らない男だった。

濃紫の髪を半分ほど金の笄で纏めた、見目麗しい美青年である。外見年齢は十八、十九くらいだろうか。端正な顔立ちには若干のあどけなさが覗いていた。

見るからに上質な素材で作られた藍色の袍。胸襟《きょうきん》には繊細な金の刺繍《ししゅう》が施され、首には翡翠の玉飾りが輝く。身なりからしても明らかに宦官の類ではない。

「……これはこれは、紫空《しくう》殿下」

騒然とした空気を打ち破ったのは、沢明だった。

すぐさま姿勢を正し、腰を低くして跪礼《きれい》した沢明に対して、紫空と呼ばれた男はきょとんとした。丸くした目を彼へと向けながら「んん？」と小首を傾げる。

「おまえ、沢明か。なんでこんなところにいるんだ」

「なぜと言われましても。私は内侍省に身を置く宦官ですので、必要とある場所におりますよ。ここへは立ち会い人として派遣されております」

　訊いておきながら、紫空はたいして興味もなさそうに会釈を返した。

　しかしすぐに「あ」と思い出したように続ける。

「そうだった。ごめんな、沢明。おれ、もう皇子じゃないんだ」

「はい？」

「帝になったから。ほら」

　紫空が垂れた前髪をおもむろに手で上げてみせた。露わになった彼の額には、確かに不思議な紋様が浮かんでいる。

　わずかに光を帯びたそれは、先ほどから珠夕の額で輝いている光と同じ色だった。

　数秒ほどの静寂が満ちたあと、またもみながざわつきだした。

「まあ、そんなことはいいんだけどさ。珠夕はどこにいる？」

　押さえ込まれている珠夕は、向こうからは見えていないのだろう。珠夕からも、宦官たちの隙間から彼の姿が見えるだけで、額の印の詳しい形すらわからない。

（皇子、とか……帝、とか……どういう状況なのかまったく理解できないけど）

　苛立ったように辺りを見回す彼に、珠夕は口を開きかける。

　しかし、それよりも前に紫空が動いた。

　棒立ちしたまま動かない場の者たちを見回して、不意に目を眇めたのだ。

「――なあ、沢明。ここの奴らは、つくづく礼儀がなってないな」

ひときわ低い声が空間を這うと、みなが一斉に跪《ひざまず》いて拱手した。

珠夕を拘束していた者さえも同様の動きをしたために、放り出された珠夕は体勢を崩して前方へ転がってしまう。

「わっ……」

顎から着地したために、脳に振動が走って目の前にちかちかと星が舞った。痛みよりも衝撃が勝り、激しい眩暈と共に数秒ほど呼吸が止まる。

「……は？」

だが、その様子を見ていた紫空の口から、いっそう低い声が零れ落ちた。一瞬にして空間が凍りつく。重力を数倍増しにしたかのような威圧がその場を支配する。

（ひっ……こ、殺され――）

自分に向かってつかつかと歩み寄ってくる足音を聞き、珠夕は全身を強張らせて頭を丸め込んだ。しかし、予想に反して覚悟していた痛みは訪れない。

代わりに、思いもしなかったことが起こった。

「珠夕」

抱き上げられたのだ。ふわり、と労るような優しい手つきで。たちまち拘束具も外れ、縛られていた身体が唐突に自由を得る。珠夕は両目を瞬かせた。

「え……」

「やっと見つけた。……ああ、また泣いたのか」

片腕で抱えられた珠夕は、いきなり頬に唇を寄せられて硬直するしかない。あろうことか、紫空は頬を流れていた珠夕の涙を舐めとったのだ。珠夕が頬を紅潮させたまま口をぱくぱくさせるなか、紫空はやけに単調な声で問う。

「なあ。今、珠夕を転がした奴、誰？　名乗り出ろ」

珠夕を拘束していた者たちは、決して顔を見せないように深く頭を下げたまま。だが、誰もがあからさまに震えていた。

（……少しでも動いたら、首を刎《は》ねられそう）

不思議と珠夕は〝自分はその対象ではない〟と感じていたけれど、今この場にいる者たちはみな、それこそ処刑台に乗せられているかのような心地なのだろう。首と胴が別れを告げるのを恐れてか、誰も、なにも口を開かない。

業を煮やしたのか、紫空は一歩踏み出した。その視線の先にいるのは、珠夕を拘束していた者たちである。よりいっそう、彼らの震えが増した。

「答えろ。おまえらに珠夕を拘束するよう命を出していたのは、そこの女か」

「はっ……!?」

よりによって〝そこの女〟呼ばわりされたのは姚徳妃だった。彼女もまさか自分がそのような扱いをされるとは思わなかったのか、勢いよく顔を上げてしまう。

その瞬間、空間が弾かれた。

「きゃあああああっ」

「うわあああっ」

――そうとしか言いようがなかった。紫空を中心に強い波動が空間を強く弾き、その場にいた者たちが勢いよく部屋の端まで転がったのだ。

沢明や峰杏、姚徳妃でさえ例外ではない。みなが抗えず地面に転がるなか、誰もが状況を理解できないまま恐怖を露わにする。

紫空に抱えられていたおかげで唯一無事であった珠夕も、同様に混乱していた。放心状態で信じられない光景を眺めているしかない。

ただ、ひとつだけ。

この紫空が――今上帝になったという彼が、並々ならぬほど立腹していることだけはわかる。おそらくそれだけは、誰もが十分すぎるほど感じ取っていた。

(この方は、いったい……)

あわや紫苑宮ごと破壊されるのではないかと危惧した、そのとき。

「「あれレれれー?」」

あまりにも混沌とした場にそぐわない幼子の声が、空間を割った。

みなが一斉にそちらを振り返る。木っ端微塵になった扉の残骸の上で、ふたりの幼い子どもが左右にこてんと首を傾げていた。

「たいヘン、たいヘン、先越されちゃったネ。どうすル？　夜鈴」

「虎サマハ、黄后《おうこう》サマを傷つけられてお怒りだネー。どうすル？　月鈴」

幼子たちは、瓦礫《がれき》を避けてぴょんぴょんと跳ねながらこちらへ近づいてくる。そうして紫空を挟むようにそれぞれ立つと、両側から満面の笑みを浮かべた。

「決まっタ、決まっタ、虎帝サマ」

「黄后サマも決まったネー。よかったネー、虎サマ」

「おめでとウ、って。主様が言ってるヨー」

わけがわからないまま、珠夕は自分を抱えている紫空を呆然と見つめる。

すると、それに気づいた紫空がにかりと笑った。先ほどの殺伐《さつばつ》とした雰囲気はどこへ隠し込んでしまったのか、あまりにも純粋で澄み切った笑顔だった。

こつん、と紫空と珠夕の額が合わさる。

「決まったもなにも、珠夕はおれが選んだんだ。おれが帝になるなら、皇后は珠夕以外ありえない。偶然なんて曖昧なもの、おれは嫌いだからな」

「え……」

「おまえにするって言っただろ？　珠夕」

珠夕の脳裏に、昨夜の――夢のなかの出来事が鮮烈に蘇《よみがえ》る。

まさか、と間近に迫った顔を凝視しながら目を見開くと、紫空は嬉しそうに珠夕を抱きしめてきたのだった。


「ごめんな、珠夕。助けるの、遅くなったな」


騒動後、珠夕が連れていかれたのは後宮の北にそびえる黄睡宮《おうすいきゅう》だった。重層の寄棟《よせむね》屋根に、緩急をつけてせり出した斗栱《ときょう》。金字が眩しい扁額《へんがく》。黄睡宮を囲う水路には黄睡蓮が溢れんばかりに咲き誇り、とにかく華やかな印象を受ける。

さすが後宮の主――皇后が住まう宮だ。東西十二殿に比べるとひときわ荘厳《そうごん》で存在感がある。先帝時代の皇后は数年前に病死しているため、その間は使われていなかったはずだけれど、見る限り、隅々まで手入れが行き届いていた。

（まさか私が、黄睡宮に足を踏み入れることになるなんて……）

紫空に運び込まれた寝所の広さに、珠夕はまた驚いた。紫苑殿でも侍女用の部屋を割り振られてはいたものの、そのすべてが比べものにならない。天蓋《てんがい》付きの寝台へと下ろされた珠夕は、呆然と周囲を見回してから、おずおずと紫空を見上げる。

「こ……こうて、皇帝陛下で……ございますか……？」

緊張のせいだろうか。口がうまく動かず、何度も言葉を噛みながら尋ねる。

それがおかしかったのか、紫空は無邪気に吹き出しながら笑った。

「ん、まあ。そうなったな」

「ひえ」

「でも、あれだ。珠夕はべつにいつもの話し方でいいぞ？　というか、いつも通りがいい。おれは素の珠夕が一番好きだから」

そう言うと、紫空はおもむろに膝を折ってその場にしゃがみ込んだ。

寝台に腰掛けている珠夕は自然と紫空を見下ろす形となる。くっきりとした二重瞼の双眸で上目遣いに見上げてくる紫空に、意図せずぐっと喉が詰まった。

「いつも、と言いますと……」

「ん？　おれのこと『猫ちゃん』って呼んでるだろ。あれ、じつは結構気に入ってるんだ。まあ、猫じゃなくて虎だけどな」

小首を傾げられて、珠夕は思わず両手で顔を覆った。

（なんとなくそんな気はしていたけど、まさか本当に現実だったなんて……）

あの大きな黒猫は猫ではなく、この国の象徴的存在、黒虎だった。

その事実だけでも受け入れ難いというのに、まさかあのもふもふから見目麗しい人の姿に変わるなんて、いったい誰が想像できるのだろう。

「も、申し訳なさすぎて、なにから謝罪すればいいのかわからないのですが……。助けていただいて、ありがとうございました」

「いや、本当はもっと早く迎えに行きたかったんだ。珠夕が皇后に選定されるのは確信してたしな。なのに父上がごたごたとうるさくて、思いのほか遅くなった」

「父上……？」

「ん、先帝だよ。仕事できる状態じゃないし、とっとと幽世に帰らせたけどな」

先帝はここ数年、後宮には一度も姿を見せていない。

きっかけは前代皇后の病死だ。精神を病んで引きこもられているのでは、と後宮ではまことしやかに噂が流れていたけれど、真実は明らかになっていなかった。

（私も詳しくないけど、確か紫空殿下は先代皇后の御子ではないはず）

先帝には先代皇后との子のほか、数名の皇子が存在する。

ともあれ、太子に限らず皇子はみな一様に次期皇帝候補。宝玉の選定がある以上は誰が選ばれるかわからない。むしろ、皇子から選ばれない可能性もある。ゆえに大っぴらな次期帝争いなどもなく、現在はそれぞれ官職に就いていたはずだが――。

（皇子のなかでも、紫空殿下のお噂はあんまり耳にしたことないかも……）

宮付き侍女は、主の妃嬪について茶会や国家行事に参列することもある。その際に遠目から皇子や公主を拝する機会も幾度かあった。だが記憶にある限り、そのような場で紫空を見たことはない。正直、名のみ知っている、くらいのものだ。

(なんにせよ、こうして新たに帝が選定されたってことは、宝玉の力が尽きてしまったってことだもん……。先代皇后の代わりが私なのはわけがわからないけど、西虎国としてはとてもめでたいことだよね)

帝が機能していなかったここ数年の西虎国の治世は、正直に言って目も当てられない状態だった。古参の官吏によって政《まつりごと》自体はなんとか回されていたけれど、やはり帝の存在なくては成り立たない物事は多くある。

この後宮もそのひとつだ。帝の関心を失ったこの場所は、ただの荒園。他妃を蹴落としたところで実を結ぶものもなく、妃嬪たちは総じて覇気《はき》を失っていた。一部、姚徳妃のように精神状態に異常をきたしてしまった妃嬪もいる。

そういった背景を考えると、一刻も早く帝の代替わりは必要だったのだろう。無論、妃嬪でもない自分が皇后に選定されるなんて、夢にも思っていなかったけれども。

「ごめんな、珠夕」

紫空はため息をつき、その場にどかりと座り込む。そして焦る珠夕の膝に顎をのせると、撫でろと言わんばかりにぐいぐいと頭を差し出してきた。

ぎょっとする一方で、妙に納得する。これは確かに、あの黒猫と同じ仕草だ。

(へ、陛下の頭を撫でるなんて畏れ多いけど、よく考えたら今までもずっとそうしてたってことだもんね……。い、今さら、かなぁ?)

迷う気持ちは大いにある。だが、直々に望まれているのに応えないほうが不敬にあたるやもと思い直し、珠夕は怖々と紫空の頭に手を添えてみた。

濃紫の髪は、思いのほか毛が細く、柔らかかった。その触り心地は、猫の——虎の姿だったときとよく似ていて、なんだか安心してしまう。

そっと滑らせるように撫でると、紫空は満足気に擦り寄ってきた。

「本当に猫ちゃんなんだ……」

思わずそう呟くと、紫空は「まだ信じてなかったのか」と眉を八の字に寄せた。慌てて首を横に振るけれど、少しばかり拗ねたような眼差しを向けてくる。

「珠夕は、このおれは嫌か？」

「め、滅相もないです！」

「本当か？　じゃあ今のおれ、どんな感じだ？」

「えっ、かわい——じゃない、ええと格好よくて、とっても凛々《りり》しくて……？」

「ふうん。おれ、可愛い？」

「可愛いですっ！」

反射的に答えてしまってから、はっと口を押さえる。

一方の紫空は、どこかしてやったり顔でおかしそうに吹き出した。

「あはは、珠夕こそほんと可愛いな」

「へ、陛下……！」

ひとしきり笑った紫空は、珠夕の手を取って感触を確かめるように触れてくる。

擽《くすぐ》ったいと思いつつも、彼が猫の姿をしているときにさんざん撫で回していた事実がある手前、やめてほしいとは言い出しづらい。

甘んじてそれを受け入れていると、紫空はまた、珠夕の名を呼んだ。

「もう、なにも心配いらないからな」

「えっ……」

「父上から引き継いで、おれが帝になった。つまり、おれはもうなにからでもおまえを守ってやれるってことだ。これまでみたいに隠れて泣く必要もない。珠夕が不快に思うことは、おれがなんでも取り除くから言ってくれ」

紫空の指先が珠夕の指先と複雑に絡む。より強く繋がった手と手を見ながら頬を赤らめた珠夕は、もう困惑を滲ませるしかない。

「ああ、そうだ。安心していいぞ。珠夕を傷つけたあいつらはみな殺すから」

「っ、全然安心できませんよ!?　だめです、そんなの！」

さも当然とばかりに告げた紫空に、珠夕はぶんぶんと首を横に振った。

「なんでだ？　あいつらは珠夕を傷つけたんだ。相応の罰が必要だろ？」

「いやいやいや！　そもそも今回の処刑だって、もとはといえば私が姚徳妃の大切な花瓶を割ってしまったからいけないのであって――」

「割ってないだろ、珠夕は」

珠夕の言葉を断ち切った紫空は、嘆息しながら立ち上がった。かと思えば、珠夕をいとも簡単に抱え上げ、今度は自身の膝に乗せながら寝台へと腰を下ろす。

唐突に横抱きにされた珠夕は狼狽するしかない。

「へ、陛下っ……？」

「いいか？　珠夕は皇后に選ばれた。つまり、この後宮の主になったってことだ」

「わ、わわわ私なんかが皇后なんて畏れ多いです！　妃でもないのにっ」

「んーそうは言っても、宝玉が選定した時点で誰も文句は言えないからなあ」

帝と后を選定する冥世の宝玉は、この世の理そのもの。身分や立場は関係なく、宝玉印が浮かんだ時点で選定は成る。

たとえ珠夕が妓楼《ぎろう》育ちの元孤児だろうが、関係ない。それはなにもこの西虎国だけではなく、東西南北すべての国で統一されている理である。

――考え方を変えれば、選ばれてしまったが最後、逃げ場はない。

運命として定められたそれをどう捉えるかは自分次第だが、かつて身を置いていた妓楼の姐たちは口を揃えて言っていた。――『あんなのは生贄だよ』と。

幼い頃から読み聞かせられた絵巻でも、贄か名誉かと問いかけられている。

（私は贄とは思わないけど……でも、否定はできないか）

運命に囚われる。それはすなわち、己の生の歩み方を一本筋に定められてしまうということだ。民のため、国のため、世界のために犠牲となる。

そう考えれば、確かに皇后とは贄であるのかもしれない。

「宝玉印を抱く時点で、珠夕はおれの后だ。おれが望んだ、おれだけの唯一」

「へ、陛下……？」

「珠夕、おれはな。おまえ以外の女はいらないんだぞ」

そう言って、紫空はよりいっそう強く珠夕を抱きしめてくる。

けれど、珠夕の内心では冷や汗がだらだら流れていた。帝の妃が多く住まうこの後宮でそのような発言をすれば、妃たちが発狂してしまいかねない。

――それこそ、姚徳妃のように。

「こうやって人間の姿で抱きしめたかったんだ。いつもはおれのほうが抱きしめられてるから、新鮮な気持ちだろ？」

「う、は、はぃ……」

確かに新鮮な気持ちではあるかもしれない。

しかし、そもそも珠夕はまだ状況をすべて把握しきれていないのだ。ただでさえ混乱しているのに、いい加減恥ずかしさで頭が爆発してしまいそうである。

（す、好きとは言ったけど、絶対意味が違う好きだった……っ）

なかば目を回していると、紫空はふと思い出したように「そうだ」と顔を上げた。

「珠夕に仕える者たちは誰がいい？」

「え？」

「侍女と……宦官もか。黄睡宮付きの。好きなやつを選べ」

まさか、そのように贅沢な希望がまかり通るのか。

ぽかんとしながら紫空を見つめると、彼は心外そうな顔をして肩を竦める。

「あのな、珠夕。帝が決められないことなんて、たぶんそうそうないんだぞ？」

「うっ。それは、確かにそうかもですけど」

「珠夕を傷つけるやつ以外ならいい。信頼を置いてる相手にしろ。手配はするから」

──紫空は〝帝〟という絶対的な地位を、すでに使いこなしている。

嫌というほどそれがわかってしまい、珠夕はまた頭を抱えたくなった。

自分もまた帝の正室であると……皇后という逃れようのない責任を背負う立場になってしまったのだと、現実を突きつけられているようで。

（……どうしよう、私。大丈夫かな）

形容しがたい不安が胸を渦巻く。けれども、こういったときに話し相手になってくれる者、と考えれば、答えは存外早く導き出せたのだった。

「峰杏～……起きてる？」

裙子《くんす》と披帛をずるずると引きずりながら、珠夕はそっと峰杏の部屋を覗き込む。

すると、身支度をしていた峰杏がげんなりした様子で振り返った。

「……あのねえ、まだ夜明け前よ？」

「峰杏なら起きてるかなって」

えへへ、とはにかめば、峰杏は呆れた顔をしながらも室内へ招き入れてくれた。

「あのね、珠夕。これは今後のために言っておくけれど、普通、皇后様は侍女が迎えに行くまで寝台から降りないものなのよ」

「知ってるけど……そんな耐え難いこと、私には無理だよ」

「……あなたはまず、皇后様としての自覚と教養を身につけることからね」

彼女――峰杏がなぜこの黄睡宮にいるのかといえば、なんのことはない。

珠夕が黄睡宮付きの侍女として、峰杏を指名したからである。

信頼の置ける者という条件で、誰よりも先に頭に浮かんだ相手だ。やはり常にそばにいてくれる存在は、気を許している相手が望ましい。

同僚から一転、主従関係になるのはややためらいもあったものの、関係性としては以前とほぼ変わらず保つことができていた。否、そうありたいと珠夕が強く望んだからこそ、峰杏がしぶしぶ合わせてくれているのだけれど。

「もう侍女ではないんだから、そう気を張らなくてもいいのよ。夜明け前に起きていないからって叱られることもないんだし。むしろ叱る立場でしょ」

「叱らないよ。というか、峰杏だって起きてなくていいって言ってるのに」

「私は侍女のままだもの。仕える相手が徳妃様から皇后様になったっていう事実だけ見たなら、むしろ気を引き締めなきゃってなるの」

峰杏は珠夕に柑子《こうじ》色の華やかな衫襦《ひとえ》を着付けながら言う。肩を竦めているのは、きっと彼女自身も姚徳妃の呪縛から逃れていない自覚があるからだろう。

（皇后の侍女、かぁ）

峰杏の手馴れた様子からは、侍女として熟練されていることが見て取れる。

珠夕然り、姚徳妃に仕えていた侍女は、傍目からすれば優秀なのだ。失敗すると痛い目を見るため、むしろ成長速度に関しては後宮一とも言える。

とりわけ峰杏は、奇跡的な幸運出世で宮付き女官となった珠夕とは違う。いわゆる形勢戸の娘、良家の出だ。妃嬪として後宮入りしてもおかしくはないほどの後ろ盾があると考えれば、皇后の侍女となるのも必然だったのかもしれない。

「……ねえ、峰杏。徳妃様ってどうなるのかな？」

「さあ、ね。先帝が幽世に帰られてしまったことで、後宮はひとまず解体されない方向に決まったらしいけど、それでも妃嬪の入れ替わりは起きるでしょうし」

今回の代替わりは、あまりに急なことだった。そのため、当面の間は現在の後宮を解体せずに引き継ぐ方針となったらしい。数年前より先帝が後宮から手を離していたことや、寵妃らしい寵妃がいなかったことも関係しているという。

当然、今後後宮を出る妃嬪も多く出てくるだろうけれど、新王朝における——いわゆる紫空の後宮が新たに構成されるまでには時間がかかる見通しなのだろう。

(陛下は私だけでいいって言ってたけど、そういうわけにはいかないものね)

今後、どうなるかわからない。そんな現状に、珠夕にも不安は募る。

そもそも自分が立后したという事実すら、まだ受け止めきれていないのだ。

「……うぅ。こうやって豪華な衣装を身につけるのも慣れない。背中が痒《かゆ》い」

「はいはい、諦めなさい。いいでしょ、可愛いんだから」

峰杏の存在だけが、今の心の救いだった。もしもここで口調も態度も〝皇后らしく〟を強要されていたら、きっと珠夕は一日で音を上げていたに違いない。

「珠夕は所作こそ官女っぽいけど、体幹がしっかりしてるから、立ち姿は綺麗よね」

「え。そ、そうかな?」

「そうよ。顔立ちも悪くないし、身なりを整えればお姫様に見えなくもないわ」

上から下までじっくりと観察され、珠夕は苦笑しながら頬をかく。

(体幹がしっかりしているのは、たぶん舞のおかげだと思うけど……。さすがにお姫様に見えるは買い被りすぎだよね)

現在この後宮には、妃嬪や女官、宮女、宦官を含めると千人ほどが在籍している。後宮としては少ないほうだが、ようするにここは佳人だらけの場所なのだ。位に差はあるにせよ、帝の妻として後宮入りしている妃嬪たちは漏れなく美しい。

帝の寵妃となった暁《あかつき》には、後宮での権力も付随《ふずい》してくる。

そういった〝後宮〟という場所を、珠夕は少なからず見てきたのだ。そんな場所を取りまとめる主に自分がなろうとは、あまりにも想像を絶する現実だった。

「国母たる黄后様は、そんなふうにため息なんかつかないわよ」

「はあ……」

「うっ」

「まあ、私の前だけならべつにいいけどね。でもやっぱり、自覚は必要よ？　あなたはこれから、誰と対峙するにも黄后として振る舞わなくちゃいけないんだから。常日頃から意識しておいたほうが、自分のためになると思うわ」

それは確かに峰杏の言う通りだ。珠夕はげんなりしながら頷いて返す。

「もうすぐ東鬼国の鬼帝と白后様がご来訪されるしね。それまでにもう少し皇后らしさを身につけておかなきゃ、西虎国として恥をかくことになるわよ」

「うっ……」

立后してから今日で十日目。

黄睡宮には、毎日のように妃嬪が〝挨拶〟という名目でやってきている。それ自体は周囲の補佐を得てなんとかこなしているけれど、当然その過程では〝なんでこんな下女が〟と蔑みの目を向けられることも少なくはなかった。

身内でもそんな状態だというのに、もうすぐ東鬼国との会談があるのだ。

これは珠夕の立后前から決まっていたことで、どうにも逃れようがないらしい。

なればこそ、早いうちに〝皇后らしさ〟を身につける必要があった。

後宮の乱れは国政の乱れ。後宮の主たるものがそうして下位の妃に舐められている状況は、西虎国の矜持に関わる。国交前にどうにかせねばならない。

「……うん、そうだね。頑張る。頑張るよ、私」

紫空のためにも、という言葉を呑み込んだ珠夕に、きっとすべて察しているのだろう峰杏は、どこか困ったように笑ってくれたのだった。

「……黄后様？　黄……ごほん。珠夕様」

「んっ？　あ、はい！　どうされましたか、沢明様」

「小官に敬称は不用です」

「あっ……ごめんなさい。つい癖で……」

珠夕を心配そうに覗き込んでいたのは宦官の沢明だ。

彼もまた、峰杏と共に黄睡宮付きとなった者である。ただし、珠夕が自ら希望したのではなく、紫空の選抜により派遣されてきた。元武官である沢明は武術の心得があるため、日頃の侍警役としても使えると判断したからだという。

「ふむ、だいぶお疲れのようですな」

「い、いえ……それほどでは……あはは」

安全を期して現在はふたりばかりだが、珠夕がこの環境に慣れてきたら、黄睡宮付きの女官や宦官も徐々に増やしていく予定だと言っていた。

あまり増えてもとは思いつつ、珠夕の身の回りのことに加え、宮殿の管理までふたりに任せている状況は看過《かんか》できない。どう考えても働きすぎだ。珠夕が思わず手を出してしまうくらいなのだから、多少なりとも人手は増えたほうがいいのだろう。

「花茶と甜点心《てんてんしん》を用意して参りました。次の妃の来訪まで時間がありますから、少し休憩にいたしましょう」

「えっでも、時間があるならその間に作法を学んだほうが……」

「教養は欠かせぬものですが、休憩も大事ですゆえ。頑張りすぎて身体を壊したら本末転倒というものでしょう。少し息を抜きなされ」

落ち着いた声音で諭されると、もうなにも言えなくなってしまう。

縮こまりながら花茶と甜点心を受け取れば、沢明は満足そうに笑みを深める。

「……沢明さんも、前みたいに接してくれていいんですよ？」

「はは、それが命ならばいたしますが」

「め、命じゃないですけど……寂しいです。距離を取られているみたいで」

子どものうちに宦官となった者は、往々にして小柄で中性的な者が多い。

だが沢明は成人してから宦官となったためか、体つきもしっかりしており、声も男性のそれで低音だ。正直、見目に宦官らしさはいっさいなかった。

武官出身らしい精悍な顔つきも人気で、もう若くないにもかかわらず、女官や宮女からの支持が厚い。峰杏調べでは、宦官であることを残念がられる宦官順位で、数年連続第一位を記録しているくらいだ。

当然、沢明が黄睡宮付きとなったことに不満を覚える者も続出しているだろう。

しかし、帝の勅命とあらば誰も口出しできないのが、この世の常。

元女官の立場としては非常に申し訳ない気持ちでいっぱいになるけれど、これはかりは諦めてほしい。なにも珠夕が望んだわけではないのだから。

「……ふむ。まあ、以前のように気安く接するのは簡単だが、あえてそうしないほうがよいのではないかと思っているんだよ」

「え？」

「君を敬う存在の有無は、得てして皇后としての威厳や矜持に繋がるからね」

口調を崩した沢明は、目尻の皺を深めながら珠夕の頭をそっと撫でた。

かと思えば一歩下がって拱手し、敬意を示してくる。

「小官はその礎となれ、と主上から申し付けられているゆえ。どうかご容赦《ようしゃ》を」

「っ……陛下は、そのために沢明さんを？」

「ええ。まあ、小官とてただの宦官。どれほどのお力になれるかはわかりませぬが、精一杯お支えする所存でございます。ですので、どうか小官のことは沢明と」

そういうことか、と珠夕は納得してため息を噛み殺した。

ようするに、影響力の問題なのだろう。沢明を慕う者が多いという状況は、逆手に取れば利用価値があると紫空は判断したのだ。すべては沢明の言動次第という賭けではあるが――なるほど。よほど紫空は沢明を信用しているらしい。

（そう、だよね。こういうところも皇后としての自覚を持たなきゃいけないんだ）

珠夕はもう侍女ではない。後宮のあまたの妃嬪を率いる主だ。侍女も宦官もみな珠夕の配下にあたる。上に立つ者として甘えてばかりではいけないのだ。

「……その、た、沢明」

「はい」

「これからも、よろしくお願いします」

「御意。——では、改めて花茶の準備をいたしますね」

笑みを浮かべた沢明は、再び花茶を用意しはじめる。侍女も顔負けな手際のよさに感心していると、ややあって外出していた峰杏が戻ってきた。

「戻ったわ。あら、休憩中だったのね」

「おかえり、峰杏」

「少しの息抜きをとね。峰杏もどうだい」

「私は遠慮しておきます。花茶はちょっと苦手なのよね」

沢明の勧めに苦笑いで首を振った峰杏は、「そういえば」と外を気にするような素振りを見せながら眉尻を下げた。

「今ね、宮の入口に猫みたいなのがいたのよ」

その瞬間、珠夕は口に含んだばかりの花茶を吹き出しそうになった。

「ね、猫っ……？」

「そう、黒い猫。小さかったけど、子猫かしら」

「子猫⁉」

珠夕が頭に思い浮かべていたのは、およそ子猫とはほど遠い大きな黒猫だ。子猫ならば〝彼〟ではないか、と安堵しかけたところに、沢明が「ふむ」と口を挟む。

「それはおそらく、主上の眷属《けんぞく》だろう」

「けん、ぞく……？」

「または式とも。まあ、本体の代わりに寄越す分身のようなものと考えていただければ間違いありません。主上に限らず、妖様はみなよく用いるものですよ」

つまり、その小さな黒猫は、紫空の意思を宿しているということだろうか。

そう混乱する珠夕に、峰杏が紙切れのようなものを差し出してくる。

「これ、その子猫が咥《くわ》えていたものなの。私の前に落としていったんだけど……。もしかして、陛下からのお触れってことかしら？」

「お、触れ……」

紙にはなにか文字が綴《つづ》られているが――いまいちわからない。

文字というよりも――言い方は悪いが、どうにも蚯蚓《みみず》が這ったようで、奇妙な暗号のように見える。少なくとも珠夕が習った文字の原形は留めていない。

「失礼。小官が解読しよう」

峰杏と共に謎めいた紙切れを凝視していると、横から沢明が紙を手に取った。

そしてしばし目の前にかざして見つめ、やがて納得したように顎を引く。

「ほう……そうですか」

「な、なにかわかったのですか？」

「ええ。今宵来ると」

「はい？」

「ですから――今宵、黄睡宮へお渡りになると。そう書かれておりますよ」

お渡り。つまり夜伽のため、帝自らが足を運ぶという意味だ。

そういった閨事情は、先帝時も侍女の間でよく話題になっていた。珠夕とて、それがなにを意味しているのか理解できない子どもではない。

（……えっ？　私が、陛下と？）

ぼん、と一瞬にして頬を紅潮させる珠夕の横で、峰杏は対照的に蒼白だった。

「大変だわ。まだ青くさい珠夕を磨ききれていないのに……っ」

「ほ、峰杏……？」

「いえ、大丈夫よ。可能な範囲で磨き上げるから。それでも正直、準備が足りないわね……。夜着にしても、もう少し華やかなものが……」

ぶつぶつとなにかを口にしながら、峰杏は早々と客間を出ていってしまった。呆然とその後ろ姿を見送った珠夕は、おそるおそる沢明を見上げる。

「……あの、本当に、本当ですか？」

「ええ。正しくは『今夜、珠夕を攫いに行く』でしたが、まあ同様のことかと」

「攫いに……!?」

この国でもっともやんごとなき御方に攫われるとは、これ如何に。

いっそう慌てふためく珠夕を見て、沢明はおかしそうに笑う。

「――もしかしたら、珠夕様のような后もよいのかもしれませんな。時を止めたままの西虎国に新しい風を吹き込んでくれるやもしれぬ」

「え？　それはどういう」

「いえ、なんでも。応援していると、そう申し上げただけです」

沢明の言葉になお翻弄されながら、珠夕はおろおろと花茶を口に含む。華やかで雑味の少ないそれは、よりいっそう珠夕の困惑を引き立たせるのだった。


「ど、どうしよう……大丈夫かな」

峰杏に隅から隅まで磨き上げられた珠夕は、寝台にて膝を抱えながら待っていた。

こういうとき、どのようにして待てばいいのかわからない。そもそも彼の相手が自分に務まるのか、という由々しき問題もある。

後宮において、妃でもない女が帝のお手つきになるなど滅多にないことなのだ。

先帝の頃には下女から妃まで成り上がった者も、なかにはいると聞く。たとえ下女でも帝のお手付きになれば妃嬪に昇進だ。けれど、それはよほど〝持つもの〟があったからに過ぎない。容姿然り、体型然り、どう考えても珠夕は力不足だった。

（で、でも、妃はそれが仕事だものね。いくら宝玉による選定で帝が定められるからって、次帝候補は多いほうがいいのだろうし。不文律だけど、国政的にはなるべく帝の血筋がいいって聞いたこともあるし）

後宮妃を母に持つ皇子が選ばれるとは限らないという理は、実際、なかなかに問題視されることなのだ。致し方ないにせよ、直系の者ではない妖帝が即位すると国は少なからず混乱する。外朝構成にも影響が出かねない大変な事態だ。

先帝の直系ではなかった東鬼国の現帝即位時は、まさにそんな混乱状態だったと聞く。そう考えれば、たとえ東宮でなくとも血筋の紫空が帝に選定されたのは、西虎国にとって幸運だったと言えるのかもしれない。

「陛下はいつ頃いらっしゃるのかな。もう少し、夜が更けてから？」

そわそわと落ち着かないまま待つことしばし。

呑気にも眠気を催してきた頃に、紫空はふたりほど側近を連れてやってきた。

「んじゃ、あとは頼むぞ」

「御意」

「どうか、明け方までにはお戻りを」

彼らは紫空とこちらに一礼すると、さっさと部屋を出ていってしまった。

残されたのは紫空と珠夕のみ。ふたりきりの空間で珠夕は拱手し礼を尽くす。

「ご、ご機嫌麗しゅう、陛下。今宵は、黄睡宮にお渡りくださいまして――」

「あー、待て待て。そういう堅苦しいのはやらなくていいって」

紫空は淡々と言葉を遮りながら、大股で珠夕のもとまでやってきた。普段よりも軽装に身を包んだ彼は、珠夕の胴に腕を回し、問答無用で肩に担ぎ上げる。

「それより、行くぞ。珠夕」

「へっ」

「言っただろ、攫うって。おれは今宵、おまえを攫いに来たんだ」

俵のように抱えられた珠夕は狼狽えるしかない。不敬で処されないかと不安を覚えながらも、その不安定な体勢に思わず紫空の上衣を引っ掴む。

「ん、ちゃんと掴まっておけ。あと、あまり声は出すなよ。側近や閨記録係は買収してあるけど、さすがに後宮すべての者を騙《だま》せるわけじゃないからな」

「ば、買収……騙す!?」

「とにかく、今宵の舞台はここじゃないんだ。珠夕にはもっと相応しい場所がある」

紫空は窓を開け放ち、一片の躊躇《ちゅうちょ》もなく軽やかに本殿の外へと身を投じた。月暈が美しい清夜にまぎれて着地すると、そのまま金風のごとく駆け出す。

「へ、陛下、どこへ……!?」

「いつものところに決まってるだろ?」

さすが黒虎――妖、といったところか。

たとえ純血の黒虎でなくとも、妖の血は濃く引き継がれているのだろう。人間離れした跳躍力で屋根に飛び乗った紫空は、宵を切り裂くように疾駆する。目にも留まらぬ速さで移動し、足音すら響かせない。当然、気づく者もいない。

そうして文字通り珠夕を攫った紫空が向かったのは、他でもない旧宮だった。

「な？　いつものところだろ」

「っ、はい。でも、なんだか……」

立后されてから足が途絶えていたそこは、心なしか以前よりも綺麗になっていた。無数の蔦を着る宮殿の様子は変わらないが、蔓延っていた草木が整えられ、荒地ではなくなっている。足元が明確になったからか、多少広さが増した気もした。

「信頼できる者たちに任せて、少しだけ整備してもらったんだ。ここはおれにとっても大事な場所だからな。帝になる前から、ときどき手は入れてるんだぞ」

「そ、そうだったんですね。知らなかったです」

ようやく地に下ろされた珠夕は、辺りを見回してほっと息をついた。

（やっぱりここは落ち着く……）

断然、息がしやすい。人目につかないからなのか、あるいはこの場所自体に安心感を覚えているのか。なんにせよ、久しぶりに深く呼吸することができていた。

そんな珠夕を見て、紫空は満足そうに破顔した。

「よかった、やっと肩の力が抜けたな。そのままでいいって言っても、珠夕は真面目だからずっと気を張ってたし。ちゃんと笑えてもいなかっただろ」

言いながら、紫空はこちらを覗き込んで頬をむにっと摘《つま》んでくる。なんとも気安い触れ合いだ。抵抗もできない珠夕は、情けない顔をするしかない。

清雅《せいが》な月の霜のみが空間を浮かび上がらせる佳宵《かしょう》。ふたりきりの空間。そこにいるのは娘と猫ではなく、この国を背負う帝と后だ。どうしても、心がそわつく。

「なあ、珠夕。舞ってくれ」

「えっ」

まさかここで舞を要求されるとは予想外だった。

珠夕はきょとんとして、何度も両目を瞬かせながら紫空を見る。

「黄睡宮は後宮の中心にあるし、皇后がいる今はなんだかんだ人目が途切れないからな。でも、ここなら誰も来ない。おれと珠夕、ふたりだけの場所だ。邪魔もされないし、いいだろ？　おれ、珠夕の舞がなによりも好きなんだ」

「は、はい……。では、その、遠慮なく……」

舞は珠夕そのものを作っているといってもいい。理由がなんであれ、許されるのならば喜んで舞う。帝自ら望まれるなど、むしろ褒美ですらある。

（あっでも、考えてみれば私は皇后になったわけだし、陛下の前で舞うことはなにもおかしなことではないんだよね）

下働きの賤民が帝に舞を披露する機会などあるわけもないが、妃嬪はべつだ。

舞は一種の教養でもある。舞が得意であれば、そのぶん帝の気を引けると、己の武器にしている者も少なくない。後宮でもときおり、妃嬪の間で歌舞を楽しむ宮中行事が催される。帝が主催を務める国家行事の園遊会でも、妃嬪の舞は必須だ。あまたの妃嬪から舞姫として選出されることは名誉とされている。

（いや、私の舞は、絶対にそんな公的場で出せるものじゃないけど……）

珠夕の舞は高貴なものではない。なにせ、幼い頃に売られた妓楼で面白半分に妓女《ぎじょ》たちから授けられた型が基盤となっている。わかる者にはわかってしまう。

あらゆる舞を見てきたであろう皇族が、それを知らないわけもない。

「あの、陛下……じゃなくて、紫空様は私の舞を卑《いや》しいとは思われませんか？」

「馬鹿だなあ。そんなこと思ってたら観たいなんて言わないだろ」

「そ、それもそうですね。失礼しました」

――あの頃、奴婢として働いていた幼い珠夕にとって、妓楼という場所は憧れの世界だった。煌《きら》びやかで、華やかで、その実態を知らないからこそ憧れていたのだ。

舞は、その世界を少しだけ体験できるから好きだった。

ひょっとすると、今もその感覚は抜けていないのかもしれない。珠夕にとっての舞は自分の原点。舞っているときは、どんなに荒れた心もすみずみまで透き通る。

「では、舞わせていただきます」

（舞は捧げる相手を想えばこそ美しくなる――）

いつか、どの妓女から教えられたのか。それすらもはっきり思い出せないにもかかわらず、珠夕の心に残っている言葉を反芻《はんすう》する。

舞いはじめ、珠夕は瞼を落とした。

夜闇に溶け込む寸前、その感覚を逃さぬように。

（華やかに、妖艶に。それが好まれる場合ももちろんあるけど、ここは妓楼ではないから。私の舞は、夜の灯火のような。寂しい気持ちを、優しく包み込む舞がいい）

舞いながら、珠夕はこちらを幸せそうに眺める紫空を見ていた。

彼が今、なにを考え、なにを思っているのかはわからない。されど黒猫だと思っていた頃も、紫空はあのように、ただただじっと珠夕の舞を見つめていた。

もしかしてずっと、あんなふうに観てくれていたのだろうか。まるで愛おしい者を遠くから眺めるかのような、優しさと慈愛で満ち溢れた眼差しで。

「っ……ふぅ。お粗末様でした」

「ん、ありがとな」

ひと通り舞い終わると、珠夕は紫空に手招かれた。

誘われるがままそばへ寄ると、ごく自然な流れで膝の上に座らされる。

これまでの経験からなんとなくこうなる気がしていた珠夕は、頬を赤らめながらも身を委ねた。紫空相手に抵抗してもあまり意味がない、と学んだのである。

「えっと、紫空様。い、いつもは逆だったと思うんですけど」

「この大きさのおれを抱えたら、珠夕が潰れるだろ」

確かに、とそれには頷かざるを得ない。とはいえ、あの大きな黒猫がまさかこんな美丈夫だと知っていたら、軽率に抱えたりはしなかったとも思う。

「にしても、やっぱりいいな。珠夕の舞は心が満たされる。疲れが一気に吹っ飛んだ」

「そう、ですか？　なら、よかったです。政務の引き継ぎでお忙しいって沢明から聞きましたけど……その、ちゃんと休めてます？」

「んーまあ、政務に関してはおれだけの問題じゃないし、どうにでもなるけど。帝って面倒なことばっかりだぞ、珠夕。だから継ぎたくなかったんだ」

うんざりしたようにぼやいた紫空は、しかしすぐに「でもな」と続ける。

「やっぱり力があるからさ。帝は」

「力、ですか？」

「うん。おれが帝になったのは、他でもない珠夕を守るためだしな。よくも悪くも、珠夕のことを囲い込めるって考えれば、まあ悪くはない」

無意識なのか、紫空が珠夕の頭に頬ずりする。まさしく猫が頭を擦り付けてくるような動きで、珠夕はなんともいじらしさを感じてしまった。

見目麗しい帝にはややあどけなさすら感じる口調と態度だが、横柄なだけではない可愛らしさが、また紫空のよいところなのかもしれない。

「……紫空様はもしかして、自分が宝玉に選ばれるってわかっていたんですか？」

東宮をはじめ、次帝候補となる皇子は他にもいるはずだ。なのに、紫空は選定を確信していたような言葉選びをする。珠夕はそれがずっと疑問だった。

「んーまあ、わかってた。というよりは、おれしかいないよなあって思ってた」

「それは……」

「だっておれ、強いから。皇子のなかでもひときわ濃く黒虎の血を引いてるしな。代替わりするなら、まずおれになるかなって」

なんでもないことのように即答した紫空は、ひょいっと肩を竦めた。

「でも、わかってたからこそ受け入れなかったんだ」

「え？」

「宝玉は冥世を背負うに相応しい者を帝に選ぶ。逆に考えれば〝相応しい者〟にならなければ選ばれないいんだよ。ちょっとずるいけどな」

「つ、つまり、ええと……どういうことです？」

「ようするに、わがままだよ。おれが父上以上に帝として相応しいと判断されるには、やる気と覚悟が必要だった。でもおれは時期を見たかったから、その両方を意識して捨ててたんだ。おれが自ら望んだときに選定されるためにさ」

どこか罰が悪そうに言ったあと、紫空は「だってさあ」と言い訳口調になる。

「おれな、そもそも人間が嫌いなんだ。人間は信用できない。とくに後宮は、珠夕を虐めてたやつらみたいなのがうじゃうじゃいるし」

ああ、と身に覚えがありすぎる珠夕からしてみれば、否定はできない。一方で、峰杏のように慕う相手もいるので、肯定もできないのだけれど。

「正直、帝になんてなりたくなかった。珠夕がいなければ放棄してただろうな」

よりいっそう珠夕を強く抱きしめながら、紫空は低く唸る。

「人間は嫌いでも……珠夕だけは特別だ。おまえは信用できる」

「っ、紫空様？」

「珠夕が皇后になるなら帝になるのも悪くないって思ったんだよ。少なくとも、そうして権力を得れば、おまえを虐めるやつらからは守れる」

着飾ることのない想いに、珠夕は恥じらうと同時に一抹の不安を覚えた。触れた箇所から伝わってくる熱を感じながら、胸に渦巻くわずかな靄つきを呑み込む。

（なんだろう。私を想ってくれていることは、すごく伝わってくるけど……。紫空様はなんというか、二面性がある御方なのかも）

処刑前、珠夕を助け出してくれたあのとき、紫空は人を傷つけることに躊躇がなかった。珠夕を宝物のように扱う姿からは想像もできないほど、無慈悲だった。

虫を振り払うも同然。それはまるで、人間を毛嫌いしているかのようで、珠夕は空寒さを覚えたのだ。あのときの感覚は間違っていなかった、ということだろう。

（帝らしい、といえば、帝らしいのかもしれない。逆らえば首が飛ぶ、勅命は絶対の存在であることに変わりはないんだし）

ただ、人を守ることに徹してきた珠夕の信念からしてみれば、悪事を働いたわけでもない者も同様の扱いをされるのは、気持ちのいいものではなかった。

「……なあ、珠夕。おれのこと、好きだよな？」

珠夕か、それ以外か。そんな極端な考えを持っている紫空が西虎国の天子として君臨した今、人側に立つ者として不安を覚えてしまうのは無理もないだろう。

「はい……、好きですよ。紫空様」

なればこそ、珠夕はひっそりと心に決めた。

――人を守ることのできる皇后にならなければ、と。

いよいよ東鬼国と西虎国の国交日。早朝から身なりを美しく整えた珠夕は、来賓の出迎えのために東の大門近くまでやってきていた。

「さすがに、みんなも気になるんだね……」

後宮の各所から集う妃嬪の姿を見ながら、珠夕は思わずぽつりとそう零した。

「そりゃそうよ。こんな機会、滅多にないしね」

思えばこうして公的場に出るのは、立后してから初めてのことだ。改めて佳人が揃う後宮の主としての立場を思うと、足が竦みそうになる。

妃嬪たちは代わる代わる珠夕に挨拶をしていくけれど、それも形ばかりだろう。なかには、あからさまな嫉妬の眼差しをぶつけてくる者もいた。警備は厳重に固められているとはいえ、どこかから射られるのではないかとひやひやしてしまう。

「そもそも他国の後宮の視察自体、異例なのよ。普通、帝の私的空間は見せないものだし。たとえ妖帝同士の交流があっても、それは国政を踏まえた上だもの。鬼帝はそんなに他国の後宮に興味があったのかしらね」

峰杏は声を潜めながらも、怪訝な様子を隠しもしない。

後宮の妃嬪たちは、〝類まれな偉丈夫《いじょうぶ》だ〟という鬼帝の到着を今か今かと待ちわびているというのに、どうにも乙女らしくない反応だった。

「峰杏は、あまり乗り気ではないの？」

「当たり前でしょ。前々から決まってたとはいえ、こちらは立后したてなのよ？　立后式でさえまだなのに、珠夕が被る負担を考えたら喜べることじゃないわ」

ふん、と腕を組んで憤る峰杏に、思わず珠夕は笑ってしまった。

不器用な性格上、素直でないときも多いけれど、本当は誰よりも心が温かい。彼女のこういうところが珠夕はたまらなく好きだった。

「ありがとう、峰杏」

「っ、私はあなたの侍女だもの。珠夕を一番に考えるのは当然でしょう？」

「うーん、そうかもしれないけど……。でも私は、もうずっと峰杏に支えられているから。侍女だった頃から、いつもありがとうって思ってるんだよ」

姚徳妃の侍女だった頃、どれだけつらく当たられても耐えられたのは、いつでも峰杏がそばにいてくれたからだ。姚徳妃について同じように珠夕を虐げる侍女もいるなかで、峰杏だけは如何なるときも味方でいてくれた。

そんな彼女だからこそ、珠夕は峰杏を庇うことに躊躇がなかった。

もしあのとき、珠夕が峰杏を庇っていなければ、今こうしてふたり並んでここにいることもなかったのかもしれない。すべては結果論に過ぎないけれど、ふたりで生きていられるこの世界線は、珠夕にとって宝物のようなものなのだ。

「そんなこと言ったら、私だって……──」

峰杏がなにかを口にしようとしたそのとき、不意に背後から「黄后様」と沢明の声が割って入った。振り返ると、早足で歩いてきた彼が珠夕に耳打ちする。

「主上より伝言がございます」

「伝言？」

「おれは〝帝〟になるけど気にするな、とのことです」

きょとんと目を瞬かせた珠夕を見て、さっと離れた沢明は苦笑する。

「主上はさまざまな顔をお持ちの方ですから。鬼帝と白后様を前に相応しい態度を取られるおつもりなのでしょう。それに……即位後初めての公的な場。妃嬪の目にも晒されますから、帝としての威厳を見せつけるには絶好の機会なのかと」

「あっ……なるほど、わかりました」

ようするに〝帝の顔〟とやらは、珠夕が知る紫空ではないのだろう。

あの日目撃した無慈悲な姿を指すのかはわからないけれど、いつも珠夕に見せてくれる顔ではないから驚くな、と。そう言いたいのかもしれない。

「驚かれるやもしれませぬが、なにかあれば小官も補佐に入りますので、どうかご心配なく。主上ももうすぐご到着されます。そろそろ門前まで向かいましょうか」

「は、はい」

緊張を孕みながら頷くと、峰杏に強張った背中をぽんと軽く叩かれる。

「大丈夫よ。今日のあなたはとっても綺麗だから。胸を張って、自信を持って、あなたらしい黄后様の姿を見せつけてやりなさい。白后様とは対等な立場だってことを忘れちゃだめよ」

「うん……そう、だよね。わかってる」

染み付いた侍女としての習慣は、いまだに抜けてはいない。そのせいか、高貴な者たちを見ると自然と平伏してしまいそうになるけれど、それではだめなのだ。

珠夕は今や、西虎国の皇后。国母であり、この後宮の主でもある。ここにいる妃嬪たちを率いる者として恥ずかしくないよう泰然と対応しなければならない。

「行こう。私、頑張るよ」

ひとつ大きく深呼吸をしてから、姿勢を正す。峰杏に着付けてもらった華やかな黄睡蓮の衣装は、不思議と珠夕の意識を高めてくれるのだった。

紫空から数歩下がった位置で鬼帝と白后を迎えた珠夕は、しかしその形容しがたい衝撃に、用意していた出迎えの言葉をあっさりと忘れてしまった。

「此度は遠路はるばるの御足労感謝する。宵嵐殿、雪麗殿」

西虎国を顕す皇帝礼服を纏い、冕冠《べんかん》を頭に据えた紫空が彼らを出迎える。その毅然とした佇まいは、いつもの懐っこい〝猫ちゃん〟ではない。

当然、驚きはあった。だが、それ以上に珠夕が呆気に取られたのは、輿から現れた鬼帝・宵嵐と白后・雪麗が、あまりにも美しかったからである。

(っ……とても見目麗しいご夫婦だって、風の噂で聞いてはいたけど)

妖は、人間とは比にならないほどの美貌を持つ者ばかりだという前提がある。ゆえに、紫空はもとより宵嵐が端麗であることはまだ納得できよう。

だが、宝玉で選ばれたはずの白后、雪麗は違う。

彼女は珠夕と同じ人間だ。――であるはずなのに、まるで天女が舞い降りてきたのかと思うほどの美を携えた御方だった。

まるで新雪を纏っているかのような長い真白の髪。透き通った白皙の額に咲くのは宝玉印だ。白睡蓮の模様を繊細にあしらった衣装を纏う華奢《きゃしゃ》な身体は、舞でほどよく鍛えられている珠夕の体つきとはまったく異なる。

全体的に色素が薄く儚い印象だが、ひとつ、瞳だけは鮮烈だった。

まるで雪原に咲く一輪の花のような、澄んだ紅。呆然とその瞳に魅入られていると、彼女は珠夕の視線に気がついたのか、微笑を浮かべた。

(っ……て、天女に微笑まれた……!!)

無駄も隙もない淑やかな笑み。どう考えても珠夕のへらりとした笑い方では太刀打ちできず、覚悟と自信がみるみるうちに萎《しぼ》んでいく。

天にも召されそうな感動から一点、冷や汗がぶわりと背筋を流れだした。

「……此の度は、お招きに預かり誠に光栄でございます。雪麗と申します。本日は何卒よろしくお願い申し上げます」

「こちらこそよろしく頼む。――ひとつ……、我が西虎国は帝も皇后も代替わりしたばかりだ。なにかと不慣れなこともあるだろうが、どうかご容赦願いたい」

「承知しております。むしろ、大変な時勢にお邪魔してしまい申し訳ございません」

「とんでもない。――珠夕」

振り返った紫空に名を呼ばれ、珠夕は思わずびくりと肩を跳ね上げてしまう。

それを見て、一瞬だが紫空が眉を寄せたことに、珠夕はなおのこと青くなった。いくら不慣れとはいえ、棒立ちで黙り込んでいる皇后など印象的に最悪すぎる。

「っ、申し訳ございません。お二方があまりにもお美しくて、見惚れてしまって」

珠夕は拱手し、事前に習った通りに拝する。失敗しないか不安だったが、たとえなにかやらかしたとしても、今の自分では気がつける自信もなかった。その動揺を悟ったのか、沢明が助け舟を出してくれる。

「僭越《せんえつ》ながら、本日の流れに関しては小官がご説明させていただきます」

沢明が引き継いでくれたことで、珠夕はようやく息を吸うことができた。ただ名乗っただけだというのに呼吸が荒くなってしまう。

緊張ゆえ、だろうか。肺活量には自信があるのに、うまく呼吸ができない。

「夕刻からは庭園にて歓迎の宴会を催したいと考えております。それまでは後宮内をご覧いただいたり、今後の展望について帝同士でのお話し合いを――黄后様？」

沢明が珠夕の異常に気がついたのだろう。はっとしたように振り返る。紫空もまた「珠夕？」と怪訝そうな顔をするなか、その横を颯爽《さっそう》と白い髪が靡《なび》いた。

「黄后様。吸いすぎてはなりません」

雪麗が珠夕の肩に触れたのと同時、珠夕は耐えきれず膝から地面に崩れ落ちた。

「珠っ……黄后様!?」

雪麗が支えているのとは反対側に、峰杏が駆け寄った。背後に控えていた彼女はこちらの背中しか見えていなかったため、異常に気がつくのが遅れたらしい。

「大丈夫、落ち着いて。吐くことを意識してください、黄后様」

「ど、どうしたんだ？　大丈夫か、珠夕っ」

紫空は帝の仮面が完全に外れてしまったらしい。おろおろと取り乱すその様子に一瞬だけ雪麗は驚いた表情を見せるが、すぐに「過呼吸です」と端的に返す。

「落ち着け、紫空。――沢明、ここでは目立つ。どこかに移動できるか」

紫空の肩を軽く叩きながら諌《いさ》めると、宵嵐は騒然としはじめた後宮内に双眸を眇めた。沢明はすぐに首肯し、「黄睡宮がよろしいかと」と声を潜めて答える。

その瞬間、紫空は珠夕を攫うように抱え上げていた。

「先に行く。沢明、あとの案内は頼んだぞ」

「はっ、御意」

沢明の返事を聞く前に、紫空は珠夕を抱えたまま姿を消していた。


体感にして一瞬。気づけば黄睡宮に舞い戻っていた珠夕は、紫空に抱きしめられながら寝台に横たわっていた。

「珠夕、大丈夫だ。おれと一緒に呼吸して」

体に直接伝わる紫空の呼吸音に合わせて呼吸を試みているうちに、息苦しさが収まってくる。同時に混乱も落ち着きはじめ、珠夕は己の失態に顔面を蒼白にした。

それを見ていた紫空が、不安そうに「まだ苦しいか？」と眦《まなじり》を下げる。

「い、いえ……でも、あの、申し訳ございません……っ」

「なにがだ？」

「だってこんな失態、万死に値します。ざ、斬首ものです」

むしろ自らそうしたい。そう頭を抱える珠夕に、紫空は「おまえなあ」と呆れたようにため息をつく。

「珠夕はなにも悪くない。記録に残るのも、皇后は体調が優れなかった、って事実だけだ。処罰なんか下るわけないだろ？」

「ですが、私、西虎国の威厳に泥を塗ってしまったのでは……っ」

「気にするな。珠夕以上に大事なものなんてないんだから。――それに、建前で帝らしくしてたけど、本来はそういう関係性じゃないんだ。おれたち」

珠夕が涙の浮かんだ目を瞬かせたそのとき、黄睡宮がざわつきを増した。珠夕が紫空に支えられて半身を起こしたと同時、寝室に飛び込んできたのは峰杏である。

「しゅ、珠夕……起きて大丈夫なのっ⁉」

「うん。あの、ごめんね？」

珠夕が謝ると、峰杏はどっと脱力したようにその場に崩れ落ちる。全速力で走ってきたのか、先ほどの珠夕よりも息が荒い。よほど心配させてしまったらしい。

「おまえ、峰杏だっけ？　宵嵐たちはどうした」

「はっ……た、ただいま、こちらに向かっております。あの、沢明様が道案内を」

「そうか。わかった」

紫空はおもむろに立ち上がり、珠夕をそっと寝台に寝かせた。温もりが離れたことにどうしてか不安を感じてしまいながら、珠夕は紫空を見上げる。

「迎えに行ってくる。珠夕はこのまま少し休んでいてくれ」

「そ、そういうわけには」

「いいから」

紫空は子どもを宥めるように珠夕の頭を撫でた。端麗な顔にふっと浮かんだその穏やかな笑みは、いつにも増して慈愛に満ちている。

（っ……そんな顔されたら、なにも言えない）

帝としての顔ではない。紫空が珠夕に向けるのは、いつだって〝猫ちゃん〟である彼の顔だ。こうして慈しんでくれる紫空に、珠夕はどうも弱いらしい。

「峰杏、珠夕を頼む。おれは今後について話し合ってくる」

「は、はい。かしこまりました」

紫空が部屋を出ていくと、峰杏は脱力気味に立ち上がった。その相貌には疲労が浮かんでいる。どちらかというと、体力よりも気力が削がれているようだった。

「先行きが不安だけれど……。ともかく、身体を拭いて着替えましょうか」

どこかげんなりした様子の峰杏に、珠夕は苦笑いを浮かべるしかなかった。

「お身体の具合は、もう大丈夫ですか？」

「はい。その、ご心配をおかけしました」

しばし身体を休めたあと、雪麗と簡易的な茶会を開く運びとなった。夕刻からは庭園での宴会が控えているので、それまでの繋ぎである。

動き回らせたくないという紫空の配慮により、場所は黄睡宮の応接間だ。せめて院子で、と珠夕は思ったけれど、体が冷えてはいけないとの仰せだった。

なお、ふたりきりではない。室内には峰杏と、雪麗付きの侍女・明明、外には沢明が控えている。紫空は宵嵐に付き合い、後宮内の視察中だ。

「情けない姿をお見せしてしまい、お恥ずかしい限りです……。自分でもどうして過呼吸なんて起こしたのかわからなくて」

「いいえ、緊張なさっていたのでしょう。ただでさえ立后したてで不安定なときですし、無理もありません。どうかお気になさらず」

雪麗の寛大さに、珠夕は思わず泣きそうになる。彼女の瞳に濁りはなく、決して建前で言っているわけではないと感じられた。微笑みがあまりに眩しい。

(見目だけでなく、中身も天女だなんて……。私とはあまりにも違いすぎる)

「っ……は、白后様は、とてもお優しいのですね」

「そのようなことは……」

「あります！　それにお美しくて、思わず見惚れてしまいました。こういう方が皇后に相応しいんだって……そう思ったら、どんどん自分が情けなくなってきて」

尻すぼみに声が小さくなってしまう。無礼だとはわかっていても、つい心の声が漏れ出てしまうのは、雪麗が珠夕を拒絶しないからだろうか。

「確か白后様は、宝玉の選定からもう二年になるのですよね？」

「二年……そうですか。思い返せばもう、そんなに経つのですね」

どこか物思いにふけるような表情で、雪麗は視線を落とす。髪と同色の睫毛が影を作り、その儚さを増した。静謐な憂いを纏わせながら茶を口に含む。

その挙措すべてが、まるで絵画が動いているように美しかった。こんな御方を前に跪かずにいいのだろうかと、女官癖が抜けない珠夕はむず痒く思う。

「……あ、あの。白后様は、皇后という立場が息苦しいと思ったりは……」

「息苦しい、ですか？」

「あっ、も、申し訳ございません。そんなこと、思うわけないですよね」

誤魔化すように笑ってみせる。変なことを聞いてしまったと空回りしている自分に後悔を募らせていると、やや間を開けて、雪麗は控えめにかぶりを振った。

「かつて思っていた頃もありました。息苦しい、逃げてしまいたい、と」

「えっ……」

「立后したての頃です。わたしのような存在が皇后など、なにかの間違いではないかと思っていました。わたしは後宮入りする前、ただの奴婢でしたから」

「は、白后様が奴婢……!?」

生まれながらの姫君、と言われたほうが、よほど納得できる。

むしろ勝手にそうだとばかり思い込んでいた珠夕は、瞠若《どうじゃく》した。

「本当ですよ。先ほど黄后様は美しいと仰ってくださいましたが、わたしの特異な見目は、呪われているのだと蔑まれることのほうが多くて」

「なっ……呪い!?　天女の間違いではなく!?」

「天女だなんて……。むしろ、黄后様がそんなふうに感じてくださることに驚いているくらいです。他国ではもっと奇異な目を向けられる覚悟で来ましたから」

どこか困ったように眉尻を下げながら、雪麗は細い指先で茶器の縁を撫でる。

「最初、黄后様はわたしを見て固まっていらしたから、てっきり恐怖を与えてしまったのではと心配していたのですが……。そうではなかったようで安心しました」

「きょ、恐怖なんて抱きません。異次元の美しさに慄《おのの》きこそすれ……っ」

大きく感情を露わにすることのない雪麗は、確かに表情を読み取りにくい部分はあるかもしれない。だが、わかりにくいだけだ。彼女はとても優しい。

そして同時に、天女のごとく雪麗も、自分と同じ〝人〟なのだと実感する。

「でも……やっぱり白后様は、すごいです。お話ししていてもちゃんと〝皇后〟ですもん。私はいくら所作や口調を正しても、皇后らしくなれる気がしませんし……」

「らしさ、というのは人それぞれですよ。黄后様」

雪麗は音も立てずに席を立つと、振り返って「明明」と侍女を呼んだ。

「はい！　どうされました？」

明るく快活な返事だ。峰杏とはまた異なる類の侍女なのだろう。どちらかといえば自分に似たものを感じて、珠夕は勝手に親近感を覚えてしまう。

「白睡蓮の手巾を」

「あぁ！　少々お待ちくださいませ！」

明明は雪麗の荷物を探り、やがて小さな桐箱を持って戻ってくる。明明からそれを受け取った雪麗は、丁寧な所作で箱を開けて珠夕のほうへと差し出した。

「本当は宴会でお渡しするつもりだったのですが、殿方がいないほうがいいかと思い直しまして。黄后様に、と持参したものです」

桐箱には絹の手巾が仕舞われていた。淡黄色の生地に白睡蓮の文様が繊細に織り込まれている。

下手に触れてはならない代物を差し出されて、珠夕はぎちりと固まった。

「睡蓮は皇后のみ着用を許される天上花ですが、国ごとに皇后を象徴する色は異なります。友好の証としては最適かと思いまして」

冥世において、睡蓮はもっとも神聖な花だとされている。西虎国は黄睡蓮だ。珠夕が与えられたこの黄睡宮も、各所に黄睡蓮の装飾が施されている。

本殿を囲う水堀や院子に咲く生花も、当然、黄睡蓮だ。ゆえに白い睡蓮というのは新鮮で、色が異なるだけでこんなに印象が変わるのかと感動してしまう。

「白睡蓮……」

どこまでも澄んでいて、何色にも染まらない。あるがまま、けれどそれこそが清純な美しさなのだと——そう証明するかのような花だった。

「まるで、雪麗様みたい」

思わずぽつりと口にしてしまった雪麗の名前。わずかな間を挟んでから、それに気づきはっとする。慌てて口を押さえるが、すでに遅い。

「も、申し訳ございません。ついお名前を……」

「いいのですよ。同じ皇后なのですから、むしろ名で呼んでくださいませ」

くすりと笑ってくれた雪麗に、珠夕は恐縮する。

「わたしも、こちらに来てそう思いました。黄睡蓮は、珠夕様のようだって」

「えっ？」

「黄昏時を閉じ込めたような黄睡蓮は、明るさも暗さも、同じくらい併せ持っているでしょう？　見た者を包み込む温かさもある。控えめながら、決して消えいることはない美しさも珠夕様そのものです」

雪麗は珠夕に桐箱を手渡し微笑むと、楚々とした佇まいを崩すことなく窓へ近づいて開け放ち、外を眺めた。そこは黄睡宮を囲むあまたの黄睡蓮が見える位置だ。

珠夕もよく黄睡蓮を眺めながら、茶を楽しむ場所である。

「同じ睡蓮でも、色によって印象は変わります。その睡蓮にしかない美しさがあるのですから、他と比べる必要はない。そう、わたしは思うのです」

「雪麗様……」

「かくいうわたしも、いまだに不安ですよ。本当に自分が皇后に相応しいのか」

でも、と。愛おしそうに胸を押さえた雪麗は、穏やかに目許を和らげて続ける。

「わたしには陛下が……宵嵐様がいてくださいますから。どれだけ大変なことがあろうとも、あの方の隣に立つ者として恥のないように生きていたいのです」

当たり前だが、今ここに宵嵐はいない。けれど不思議なことに、そのとき珠夕は彼女の隣に凛々しく立つ宵嵐の姿が見えたような気がした。

（そっか……。宵嵐様がいない場でも、雪麗様の隣にはいつも宵嵐様がいるんだ）

皇后としての自覚を持ち、宵嵐の妻として彼を支える覚悟も、矜持もある。

だから彼女は美しいのだ。きっとその強さに、珠夕は見惚れていたのだろう。ああなりたいと、ああならなければと――雪麗の在り方に憧れを抱いたから。

思えばそれは、珠夕の人生で二度目の〝憧れ〟だった。

「けれど、そう自分を律せるようになるまで、とても時間がかかりました。宵嵐様のことだって、最初からすべてを信じていたわけではないんですよ」

「えっ？　そう、なのですか？」

「ええ。わたしたちは初対面で夫婦になりましたから。そのぶん、はじまりもゆっくりだったのです。でも、きっと珠夕様と紫空様は違うのでしょう？」

ずばりと言い当てられて、珠夕は答え淀《よど》んだ。

「紫空様からは、珠夕様に対する強い愛情が伝わってきました。珠夕様のことを、とても、他のなによりも大切にしておられる。少々、過激なくらいに」

「そ、そう、見えました……？」

「むしろそうとしか見えませんでした」

雪麗の断言に続き、峰杏と明明までもがこくこくと頷いて同意を示す。

「そういう意味では、やや極端と言いますか。いっさい嘘をおつきにならない珠夕様に対して、紫空様は嘘がお得意な方のようですので、心配はあるのですが……」

言いづらそうに声を小さくした雪麗は、窓を閉めてこちらに戻ってくると、どこか不安げな眼差しを向けてくる。その赤の瞳には気遣うような色が浮かんでいた。

「余計なお節介かもしれませんが、おそらく紫空様の嘘は珠夕様を思っての――」

雪麗がなにかを言いかけた、そのときだった。

「お話し中、失礼いたします」

突如として沢明が応接間の扉を開け、顔を覗かせた。入室の許可も取らないとは彼らしくもない。その後ろには数名の宦官も控えているのが見える。

沢明はいつもと変わらないが、心なしか宦官たちの表情は忙しなかった。それはどこか周囲を警戒しているようにも捉えられて、わずかに室内に緊張が走る。

「白后様、黄后様。申し訳ないのですが、至急上階まで移動を願います。陛下方がおふたりをお呼びになっておられるそうで――」

「……お待ちください」

沢明の声を途中で遮ったのは雪麗だ。しかしこれまでの穏やかな声音ではなく、どこか硬質な声だった。見れば端麗な相貌が強張っている。

不安を覚える珠夕の前に立った雪麗は、沢明を鋭く見据えて告げる。

「なぜそのような嘘をおつきになるのですか」

「嘘？」

先ほどから雪麗は〝嘘〟という言葉をよく用いる。それがなにを示すのかは見当もつかないが、少なくとも今、雪麗が沢明を警戒しているのは見て取れた。

沢明は信用できる相手のはずだ。なにせ、あの過保護な紫空が選んで派遣してきた宦官なのだから。けれど、今の珠夕には雪麗を疑うこともできない。

彼女が嘘をつくとも また思えないからだ。

「沢明殿。――陛下方は、わたしたちをお呼びになってはおりませんね？」

「っ、それは……」

「もしここで虚偽《きょぎ》を申せば、わたしは白后の権限をもってあなたを拘束しなければなりません。……一応告げておきますが、明明はこう見えて武闘派ですよ」

「ですよぉっ！　なにせ元武官、娘子兵ですからっ！」

雪麗の前に仁王立ちで躍り出た明明は、とても信じられないことを宣言しながら構えを取った。元武官の女官とは類まれな経歴である。

（いやでも待って。元武官っていうなら、沢明も……）

珠夕がおろおろとしていると、よりそばに寄った峰杏に腕を引かれる。

「よくわからないけど、珠夕は守るわ。私の後ろに隠れてて」

峰杏は警戒の色を見せながら、同じく沢明を睨みつける。

戸惑う珠夕を含めれば、女性四人に敵対視されてしまった沢明。さすがに分が悪いと悟ったのか、彼はわかりやすく額を押さえてから両手を上げた。

「……謀るような真似をお許しくだされ。しかし今は緊急事態なのです」

「どういう意味です？」

鋭く尋ね返した雪麗に、沢明がぐっと答え淀んだそのときだった。しどろもどろにみなを見回していた珠夕は、不意に視界の端になにか光るものを捉えた。

その瞬間、なかば反射的に身体が動く。

「雪麗様！」

珠夕が裂帛《れっぱく》した声を張り上げた直後、先ほど雪麗が外を眺めていた窓が粉々に砕け散った。鼓膜を突き破るような破砕音が応接間を甲高く貫く。

ほぼ同時、珠夕は雪麗を勢いのままに押し倒していた。右肩に衝撃が走る。投げた身が床に叩きつけられてから一拍遅れて、尋常ではない熱さを感じた。

「珠夕様……‼」

その悲鳴が、誰のものだったのかは咄嗟にわからなかった。くらりとするほどの痛みを堪えながら顔を上げて、ああ見なければよかったと後悔する。

（……ほんと、よく怪我するなあ。私）

衣装が鋭く切り裂かれた珠夕の右肩には、真っ赤な血が滲み出していた。

◆

何者かが侵入したようだと沢明のもとに報告が入ったのは、皇后方が応接間で茶会中のことだった。室内にいる后たちに聞こえぬよう、扉から少しだけ離れて尋ねる。

「どうやって侵入した？　正門で顔と名を確認したはずだが」

「東鬼国のお付きの者に紛れていたようです。確認するはずだった者が先ほど死体で発見されました。おそらく来賓がご到着される寸前に入れ替わったのでしょう」

「……小癪《こしゃく》な」

我ながら、普段とは比べものにもならないほど声が低い。自分を穏やかな宦官だと信じて疑わない珠夕には、とても聞かせられない声だ。

沢明が武官から宦官となったのは、三十を過ぎた頃。先帝に仕え、この西虎国に生涯を捧ぐと誓ったゆえの決断だった。もちろん帝が代替わりした現在も、その誓いは有効だ。沢明はこの後宮内における、紫空の駒のひとつである。

だというのに、このような失態を犯すなど断じてありえないことだ。

「主上には報告済か？」

「はっ。後宮内の者にはなるべく自宮から出ないよう指示を出しました。主上及び鬼帝は曲者《くせもの》を探しに回られております。やむを得ない事態のため宴会は中止、后方には事の次第を明かさず黄睡宮にて待機させよとのことです」

「……無駄に怖がらせるな、との仰せか」

本来なら、もうすぐ宴会場である庭園への移動時刻だ。しかし、珠夕の体調不良を理由に中止だと伝えてしまえば、間違いなく彼女は気にするだろう。

ひとまず待機だと伝えるとしても、せめて本殿の出入口にほど近い一階の応接間ではなく、上階まで移動してもらいたいところだった。

(致し方ない。不敬を承知で帝の名をお借りしよう)

不届き者が狩られるのは時間の問題だろうが、後宮はとにかく広い。身を潜める人間を見つけ出すのは、なかなか骨が折れる仕事なのである。

問題は——誰を狙っているか。

この後宮の妃嬪か。あるいは、立后したての珠夕か。はたまた白后か。

なんにせよ、妃嬪すべてを同時に守れる力は沢明にはない。この場合、優先順位は当然、后たちだろう。最善の行動を取るに限る。

——だが、すでに魔の手はすぐそばまで迫っていたらしい。

珠夕の焦燥に満ちた声と同時に、窓が激しく砕け散った。咄嗟に動いた珠夕が雪麗を庇うように押し倒すのを視界に捉えた瞬間、沢明は動いていた。

瞬刻の差だった。だが、間に合わない。

「珠夕様……!!」

ひゅんと矢音が風を切り、叩き落とす間もなくそれは珠夕の肩を掠めた。上衣が切り裂かれ、瞬く間に血が滲む。抱き合った后たちが床に転がり、どちらのものかわからない歩揺のついた簪が落ちた。珠夕が小さく呻く。

(なんたることか……っ)

沢明は思わず顔を歪ませながら剣を抜き、次いで放たれる矢を打ち落とす。やや遅れて他の宦官たちが走り出たのを横目に、珠夕のもとへ駆け寄った。

(刺さらなくてよかった、と言いたいところだが)

右肩部分が深く切り裂かれている。鮮血で染まっていることから、内側の皮膚まで矢の刃は届いていたのだろう。だが、致命傷ではない。――裂傷《れっしょう》だけなら。

「しゅ、珠夕……どうしよう、血が……っ」

同じく駆け寄った峰杏が、顔面を蒼白にしながら唇を震わせた。その傍らに跪いた雪麗も、ひどく痛ましい表情で珠夕の左手を握る。

「っ、珠夕様……なぜわたしを庇って……」

「だい、じょうぶ、です。私はいいから、早く安全なところへ……っ」

珠夕は腕を押さえながらふらふらと起き上がると、雪麗たちに懇願するような眼差しを向ける。

「さっきの、矢は、雪麗様を狙っていました。だから、早く逃げ、て」

額には脂汗が浮かんでいた。呼吸も荒い。余裕などないはずなのに、瞳からは光が消えていない。

――これが、傷の痛みによるものならば、まだいい。

だが、武官の経験がある沢明は、その可能性を危惧せずにはいられない。明明も同じ懸念を抱いているのか、沈痛な表情で眉根を寄せている。

「明明さん、雪麗様を、安全な場所へ――」

息も絶え絶えに珠夕が口を開いたそのとき、外から凄《すさ》まじい破壊音が響いた。

峰杏が小さく悲鳴をあげる。雪麗も息を呑み、明明は彼女を抱きしめた。

だが、その後聞こえてきたのは、複数の男たちの悲鳴だった。それを最後に、なにひとつ音がしなくなる。危機が去ったのかも、と女子《おなご》たちは思ったかもしれない。

だが、沢明は先とはまた異なる焦燥を募らせて、冷や汗を流していた。

（これは……）

荒い呼吸をする珠夕を腕に抱き上げる。そのとき、半分だけ開いていた応接間の扉が静かに開いた。キィ、という小さな音がやけに大きく鳴り響く。

現れたのは紫空だ。雪麗たちはその姿を見て胸を撫で下ろしているが、沢明は違った。むしろ最大級に焦っていた。これから起こるだろうことに戦慄する。

「……珠夕？」

抑揚《よくよう》のない声。光を失った黄金の瞳。人形のように力なく垂れ下がった腕を左右に揺らしながら、一歩、一歩と近づいてきた紫空は、こてんと首を傾げた。

「おれの、珠夕……」

珠夕の前に膝をつき、沢明の腕から珠夕を抱き上げた。怪我人を労るような抱き方ではない。ただた、求めていたものを本能のままに抱きしめるような――。

「苦しい、のか？」

その刹那、空気が動いた。

応接間に怒涛の勢いで駆け込んできた宵嵐が、雪麗と明明を両脇に抱えたのだ。沢明もまた一瞬だけ彼と視線を交わし合い、峰杏を片腕に抱える。

「なっ、沢明様⁉ なにして……っ⁉」

「死にたくなければ口を閉じていろっ！」

沢明にしては荒々しい口調で答え、力の限り地面を蹴った。一方の宵嵐は沢明とは別方向、割れた窓の外へと迷うことなく身を投げる。

「おまえたちも逃げろ！　死ぬぞ！」

沢明の声に促され、宦官たちが困惑したように自分を追ってくる。応接間を全速力で駆け出た沢明は、全員が外に出るのを視認し、片腕で勢いよく扉を閉めた。

扉が完全に閉まる寸前、

「……なあ、おれの珠夕を傷つけた奴は、誰だ？」

そんな言葉を聞いた気がした。

だが、振り返ることなどできるわけもない。現役の武官であった頃からは確実に衰えた肉体に鞭《むち》打ち、黄睡宮の本殿を転がり出る。ほぼ同時、爆発音が轟いた。

「っ……‼」

振り返って絶句する。まるで大雷が落ちたようだった。荘厳な宮殿は無残にも真二つに割れ、一瞬にして炎が空高く燃え上がる。

まさに地獄絵図としかいいようがない。天地がひっくり返るとは、きっとこういうことを言うのだろう——と、沢明はその様を呆然と眺めながら思う。

（……あのときと、同じだ）

転がりはしたものの、沢明たちはかろうじて巻き込まれずに済んでいた。震える峰杏を支えながら自分も立とうとする。が、情けなくも膝が笑っていた。

（妖とはやはり、我々人間にとって、神も同然の存在なのやもしれんな）

どれだけ権力を持とうとも、人間は物理的に天地をひっくり返すことは不可能だ。自然はどうやっても人の手には負えないのである。雨を降らせることも、風を吹かせることも。炎を操り、雷を呼び起こすこともできやしない。

だが、妖は違う。かつてこの冥世を創ったという妖王までとは言わずとも、冥世の国々を治める妖帝たちはみな、こうして摩訶《まか》不思議な力を行使する。

怒らせれば命はない。明日には世界がまるごと消失している可能性もあるのだ。

「無事か、沢明」

「なんとか生きております。宵嵐様方もご無事でなによりです」

「ああ。……しかし、まずいな」

先帝の頃から付き合いがある宵嵐は、自分と同じように〝こうなること〟を悟っていたのだろう。過去にも同様の事象を経験している者同士、懸念は同じだ。

「珠夕様……ご無事だといいのですが」

「大丈夫だろう。今回のあいつは黄后が傷つけられたことで我を忘れた。ならば、黄后のことは無意識に守ろうとするはずだ。それ以外は、まあ、塵芥《じんかい》だろうが」

――紫空は、怒りにより我を忘れると、力を暴走させることがある。

過去にも一度、似たような事件があった。沢明や宵嵐は当時のそれを経験しているがゆえに、あの場でいち早く危機を察することができたのだ。

だが、宵嵐の言う通り、これは一時的に危機を逃れただけに過ぎない。

(……さて、今回は生き残れるか)

無惨な姿となって燃え盛る黄睡宮から、炎と煙に包まれてゆらりと紫空が現れた。

しかしその姿は、もはや人間ですらなくなっている。

「あれは紫空様の……本来のお姿、ですか？」

「ああ。見ての通り、黒虎だ」

震えた声で尋ねた雪麗を腕のなかに抱き寄せ、宵嵐は苦々しく答える。

「厄介《やっかい》なことになったな」

即位前、紫空はたまに小虎――珠夕はなぜか黒猫だと思っていたようだが――の姿で後宮内に忍び込んでいたが、それはあくまで仮の姿に過ぎない。

今の紫空は、通常の虎の三倍以上の体躯だ。

全身が深藍の体毛に覆われるなか、黄金からやや色味を落とした金泥の瞳だけがぎらぎらと輝いていた。あれこそが黒虎族の本来の姿である。

黒虎の背に横たわる珠夕は、もはや無事なのかどうかすらわからない。

今わかるのは、自分も含めたここにいる者たちの生存確率が著しく低下し続けていることくらいだ。先の曲者など比にならないくらい危険な状況だろう。

「……珠夕以外……みな、死ね」

なにせ我を忘れた今の彼にとっては、珠夕以外、敵でしかないのだから。

◆

痛い、というよりは尋常でないほど熱い。右腕が炎に包まれて燃え盛っているような熱さだった。加えて腕全体が痺《しび》れている。もはや指先すら動かせない。

（……紫空、様）

朦朧としながらも、珠夕は気力と根性で意識を保っていた。

黄睡宮が木っ端微塵になったことも、紫空が黒虎の姿になったことも、存外驚きはしなかった。ただ驚けるほどの余力が残されていなかったのかもしれないけれど、珠夕はそれよりも、ただ申し訳ない気持ちでいっぱいだったのだ。

「……ごめんなさい、紫空様」

珠夕を背に乗せている紫空は、完全に自我を失っている。

そうわかっていても、珠夕は動かせるほうの手で獣姿の彼の背を撫でる。逆だった毛並みを整えるように、優しく。何度も。何度も。

「ごめんね、心配させて。私は、大丈夫だよ？」

紫空はなにも答えない。きっと、珠夕の声は届いてすらいないのだろう。それでもいい、と珠夕は繰り返し繰り返し、紫空に声をかけ続ける。

「紫空様――……猫ちゃん」

雷鳴が轟き、再び近くに激しい雷が落ちた。地が揺れるほどの衝撃音にかき消されながらも、そう珠夕が呼んだ瞬間、紫空の動きが不自然に止まる。

「……珠、夕」

「うん。ここにいるよ。大丈夫だよ、猫ちゃん」

我ながらか細い声だ。それでも、紫空が反応してくれたことに安堵する。

どうにか寝返りを打ち、その背に頬ずりすると、紫空はどこかおろおろするように一歩、二歩とその場で後ずさった。そのときだった。

「「悪いコ、悪いコ、みぃつけタ」」

幼さを帯びたふたつの声が、混迷極まる場を切り裂くように響いた。

驚いて視線を上げれば、頭上に冥世の導妖――月鈴と夜鈴が浮かんでいた。彼女たちがパンッと両手を合わせると、淡い光に包まれた紫空が瞬く間に人の姿へと戻る。

「紫空、様……!?」

地面に投げ出される形となった珠夕は、這いずりながら紫空に駆け寄った。

ぐったりと地に横たわる紫空には意識がない。動く片腕で彼を抱き寄せると、珠夕は混乱したまま冥世の導妖たちを見上げる。

「紫空様になにを……っ」

「ごめんネ、ごめんネ、黄后サマ。でもネ、仕方ないノ」

「主様……妖王サマがお怒りなのヨー。いけない子ハ、連れていかなきゃなのヨー」

「『盟約違反ハ、重罪だからラ』」

まるで鈴の音が転がるような声で、彼女たちは言う。しかし、その言葉はとても聞き流せるものではない。なにを意味するのかはわからないが、あまりに不穏だ。

「紫空様は……どう、なるのですか……」

「どうなル？　どうなるノ？　夜鈴」

「妖王サマ次第だヨー。夜鈴たちハ、ただのお使いだから知らないヨー。月鈴」

首を傾げる月鈴に、同じく首を傾げながら答える夜鈴。

彼女たちがなにも知らないというのは、きっと嘘ではないのだろう。だが、今こうして意識を失っている紫空を前にして頭に過るのは、最悪の事態ばかりだ。

「——紫、空様を、連れていく、なら」

自分の意識も朦朧とするなか、珠夕は紫空を抱きしめながら導妖たちを睨む。

「私も、連れていって」

今ここで紫空を手放したら、もう二度と会えなくなるような気がした。それだけは絶対に嫌だった。離れたくない。離したくない。彼をひとりにはしたくない。

(だって私は、紫空様に望まれた后だから)

すると導妖たちは、大きな丸い目をぱちくりとさせて互いの顔を見つめ合う。

「どうすル？　どうすル？　夜鈴」

「妖王サマに会いたいなんテ、おかしな黄后サマだネー。月鈴」

「「でも、面白そうだカラ、連れていっちゃおうカ」」

月鈴と夜鈴はくふふと楽しそうに笑みを転がすと、再びパチンと手を合わせた。次の瞬間、珠夕と紫空の身体が淡い白光に包まれる。ぐにゃり、と視界が歪んだ。

「「幽世へ、二名様ごあんなーイ！」」

遠くから雪麗が悲痛に珠夕を呼ぶ声が聞こえた。宵嵐の焦燥に満ちる叫び、峰杏や明明、沢明の呼び止める声も続く。

けれどそれに応えることはできないまま、珠夕の意識はぷつりと途絶えた。

——もう、記憶にないほど昔。

おそらく母親だろうその人は、うとうとと眠る珠夕を優しく撫でてくれていた。温かくて、心地よくて、ああずっとこのままでいたいと幼い珠夕は思ったのだ。

幸せ、というものを生まれて初めて実感したのは、きっとそのときだった。

なぜそんな昔のことを思い出したのかといえば、なんのことはない。珠夕が目覚めたとき、似た感覚で頭を撫でられていたからだ。それも、知らない女神に。

「あらあら、よかった。目が覚めたのね」

「はえ……？」

「身体はどう？　解毒の処置は済ませたけれど、しばらく熱が引かなくてね」

女神は困った様子で頬に手を当てる。その仕草でさえ艶やかで美しい。

しばし茫然自失していた珠夕は、我に返るや否や飛び起きる。

「えっ……あれ、私……っ？」

そこは筆舌に尽くし難いほど絢爛な部屋だった。

珠夕が眠っていたのは、天蓋付きの寝台だ。傷ひとつ見当たらない丹塗りのそれはすみずみまで磨き上げられ、敷布ひとつとっても高級な素材だとわかる。

床に敷かれた毛氈にも、繊細な紋様が織り込まれていた。とりわけ中央に大きく描かれた赤い睡蓮が目を引く。その色に、つかのま疑問を覚えた。

(赤……? 赤って)

だが、不意に頭のなかで散らばった欠片が結びつき、形を成す。まさかと震えながら女神を凝視すれば、彼女はおっとりとした笑みを浮かべて告げた。

「はじめまして、珠夕。わたくしは美羽蘭《みうらん》。しがない妖王の妻ですわ」

美羽蘭は、珠夕がここに運ばれてきてからのことを簡単に説明してくれた。

まず珠夕が〝幽世〟にいるのは、冥世の導妖たちに運ばれてきたからであること。

だが、当の珠夕は、こちらに渡界した時点で妖王と面会できるような状態ではなかったのだという。瀕死だったわあ、とけろりとした顔で美羽蘭は言った。

「矢に毒が塗られていたのでしょうね。幽世の解毒薬は効果てきめんだからよかったけれど、一歩遅ければ命が危なかったわ。うふふ」

「ど、毒……」

包帯の巻かれた腕を押さえながら、珠夕はごくりと息を呑んだ。

そして思わず、ぽつりと零す。

「雪麗様に当たらなくて本当によかった……」

「まあ。こんな目に遭っているのに、最初に出てくる言葉がそれなの？」

なんとも呆れ交じりの眼差しを向けられるが、珠夕としてはむしろそれしかない。

（天女みたいな雪麗様に傷ができたらって考えるだけでも、鳥肌が立つ！）

ぞわりとして、珠夕は自分を抱きしめた。

あのとき咄嗟に身体が動いていたから事なきを得たものの、もしそんな事態になっていたら、珠夕は一生後悔を募らせることになっていただろう。

「けれど、そんな心優しいあなただから、こんな幽世まで一緒についてきてしまったのでしょうね。まったく幸せな子だわ、紫空は」

どこか母親のような口ぶりで言い、美羽蘭は優雅な挙措で立ち上がる。

「少しだけ歩けるかしら？　あなたが目覚めたらお通しするよう言われているの」

「へっ、どこに……」

差し出された手を、問題なく動く右手でおずおずと掴みながら立ち上がる。美羽蘭は細く長い人差し指を口に当てて、茶目っ気たっぷりに片目を瞑った。

「もちろん――妖王・泰鳳《たいほう》様と、紫空のところよ」

「紫空様……っ！」

通された部屋でまず視界に入ってきたのは、なにやら陣のような場所に胡座《あぐら》をかいて座り込む、紫空の背中だった。

陣の周りには長い蝋が何本も立てられ、しめ縄のようなもので囲われている。

「珠、夕」

後ろ手に縛られた彼は、はっと首だけ振り向くと、泣きそうな顔をした。

「よかった……。無事だったんだな」

「は、はい、私は……」

大丈夫です、と続けようとしたところで、ちょんっと肩をつつかれる。驚いて勢いよく振り向くと、美羽蘭が苦笑しながら促すように視線を前方へ向けた。

自然とそれを追いかけた珠夕は、己の失態を悟る。

「っ――!!」

ほぼ反射的にその場に跪き、拱手する。

「た、大変失礼いたしました……!」

玉座《ぎょくざ》に深く腰掛けたその者は、くつくつと押し殺して笑うと「よいよい」と短く答えた。黄金色の長髪を耳にかけ、どこか面白そうにこちらを見遣る。

それだけで空間に密度が増し、一気に空気が重くなったように感じられた。

「面をあげよ」

「そ、そのような無礼は……っ」

「そなたの顔が見たいのだ。無礼もなにもない」

そう言われてしまえば、珠夕はそれ以上の抵抗はできない。合わせた両手の間からおずおずと顔を覗かせると、彼は満足そうにその鳳眼を細める。

「うむ。顔色はだいぶ戻ったようだな」

――彼は……彼こそが、妖王だ。

冥世を創ったという神妖。冥世を率いる妖帝たちを統べる者。どのような姿をしているかなど聞いたこともなかったが、珠夕は己の本能でそう確信していた。

「まさか、予に会いたいなどと申す肝の据わった人間がいるとは思わなんだが……なるほどのう。これは上物じゃ。白后とはまた異なった無垢《むく》な魂よ」

妖王はじっと珠夕を見つめる。だがそれは、外見を見ているのではないのだと感覚でわかった。もっと、目には見えないほど深い場所。彼が言う〝魂〟とやらがどこにあるのかはわからないけれど、おそらく今、珠夕はかの妖王に品定めされている。

「のう、黒虎よ。このような后でさぞ幸せであろう？」

「……当たり前だ。おれが選んだ相手なんだから」

「うむ。ならば盟約を破ったのは、幸せに溺れたからか？　守り導かねばならぬ人を無作為に傷つけるなど、以《もっ》ての外《ほか》。決してあってはならぬと――もし二度そうなればおぬしを永遠に封じると、そう予と契《ちぎ》ったはずではなかったか」

滔々《とうとう》と述べる妖王の声からは、感情がいっさい読み取れなかった。怒りも、悲しみも、憂いもない。表情もほぼ無に近かった。しかし、ただ淡々と尋ねる様子は、怒り狂われるよりもよほど恐ろしく感じる。

(封じる……って、なに?)

じわり、と、珠夕の背に嫌な冷や汗が流れた。

「予はのう、黒虎よ。予の欠片である宝玉が、いつかおぬしを選ぶことはわかっておったのじゃ。なぜなら、予はおぬしを買っておるからな」

「……………」

「おぬしは生まれながらに力がある。あまりあるほどにな。だというのに、なぜそう己を抑えられぬ? 感情に呑まれるなと、あれほど言ったであろう」

紫空はぐっと唇を引き結んで妖王の言葉を受けていた。その様子をおろおろと見守ることしかできない珠夕は、助けを求めて美羽蘭を見る。

彼女はまた困った様子で頬に手を当てていた。

「そうねえ。感情というのは、ときに自分ではどうしようもないものだもの。とりわけ人間は胸に抱く想いに振り回されがちなのよ、泰鳳」

「む……なんだ、美羽蘭。黒虎の肩を持つか」

「そういうわけではないけれど。亡くなった紫空の母君は人間ですもの。多少なりとも人特有の面倒くささを抱えていてもおかしくはない、という話よ」

美羽蘭の言葉に、珠夕ははっと息を呑む。

「あら……もしかして知らなかったかしら？　下級妃だった紫空の母君はね、先帝が即位して間もない頃、宝玉の皇后選定前に寵愛を受けた子なの。順番で言うと、紫空は西虎国の第二皇子ね。紫空の母君は当然、皇后候補のひとりだった」

「っ……選定されなかったのですね」

「ええ、残念ながら……。それでも、皇子を生んだ妃として上級妃までは上り詰めたのよ。でも結局、彼女は派閥争いの最中に自死を選んでしまったの」

ぴくっ、と紫空の肩が跳ねた。

それを憐憫《れんびん》を含んだ目で見ながら、美羽蘭は嘆息する。

「後宮妃の自殺は珍しい話ではないわ。ね、珠夕はわかるでしょう？」

「っ……は、い」

かろうじて答えた珠夕は、唇を引き結んだ。

一見華やかながら、常に毒牙が蔓延る後宮内。虐めに耐えかねて自ら命を絶つ選択をしてしまう妃嬪は決して少なくはない。光の影にはいつだって昏冥が潜む。

逃げ場のない籠だ。あまたいる妃の命など風口の蝋燭も同然。悲しいことだが、寵妃でもない限り、容易に水沫となり消えてしまうものなのだ。

「──この黒虎はのう、そのときにも今回と同様に力の暴走を起こしたのだ」

「え……？」

「まだ此奴が年端もいかぬ幼子の頃の話だがな。母を傷つけ、死に追いやった人間が許せなかったのだろう。妖の力を暴発させ、西虎国の後宮ではそれは甚大な被害が出た。ゆえにその際、我は此奴と『もう理不尽に人を傷つけぬ』という契りを交わしたのだ。次に同様のことが起きれば最後、おぬしを永劫封印するとな」

妖王の言葉に、珠夕はなにかがぶつりと切れるような音を聞いた。

「……それは、あまりにもひどいです」

「であろう。妖が人を傷つけるなど──」

「そうではなくっ……！」

無礼など今さらだ。陣に囲われ動けないのであろう紫空の隣まで進み出る。

「……だって、そのとき誰よりも傷ついていたのは、紫空様なのに」

一筋の涙が零れる。同時に落ちた言葉はひどく震えていた。

はっと顔を上げた紫空は、今にも泣きそうな顔で珠夕を見つめる。

「確かに、人知を超えた御力を持つ妖様に牙を剥かれたら、人間はひとたまりもありません。でも、そのとき紫空様が怒りを露わにしたのは、当たり前のことです」

「……ふむ？」

「私だって大切な人を傷つけられたら怒ります。大切であればあるほど、傷つけた相手を許せなくなります。喪ったならなおさら恨みたくもなるでしょう。そんな感情の捌け所がなくなったとき、八つ当たりするなっていうほうが、きっと難しいです」

大切な母親を喪って心に傷を負った彼に、寄り添う者はいなかったのだろうか。

そんなことを考えて、珠夕は込み上げてきたものをぐっと呑み込んだ。

「それでも紫空様は、紫空様なりに頑張って帝をこなそうとしていました。らしくない姿で、紫空様なりに精一杯、帝になろうと努力していました。……いやあの、たぶん、すべて私のためなんですけど」

最後に小声で付け足した言葉が面白かったのか、美羽蘭がくすっと笑った。

「っ、こ、今回のことも、きっと私を守るために暴走してしまったんです。私が不甲斐ないからいけなくて。紫空様だけが悪いわけじゃないんです、妖王様」

なんとか言い切ったものの、珠夕は顔面蒼白で再び拱手し、顔を隠す。

「な、なのでもし紫空様が処罰を避けられないのなら、私も封じてください！」

「はっ……？」

紫空がぎょっとしたように目を剥いた。まさかそんなことを言い出すとは思わなかったのだろう。途端に焦りを浮かべて、妖王を見る。

「やめろ！　珠夕は関係ない！」

「いえ、いいんです！　離れたくないですし！　一緒に封じていただければ！」

「えっ？」

「えっ？」

珠夕は紫空と見つめ合う。紫空も相当困惑した様子だが、紫空の瞳のなかに映る珠夕もたいそう困惑した顔をしていた。

一方、いよいよなにかに耐えられなくなったらしい美羽蘭は、顔を背けて口とお腹を押さえながら震えている。どうやら笑っているらしい。

「……ああ、まあ待て。落ち着け。若き者たちよ」

妖王はどこかげんなりしたように額を押さえながら、深く息を吐き出した。

「そなたの言い分はわかった。ようするに、黒虎に寛大な措置をと言いたいわけだな」

「は……い？」

そういうことなのだろうか。

反射的に頷こうとしてわからなくなった珠夕は、曖昧に首を傾げる。

「しかしな、もし今回見逃したとしても、またいつこのようなことが起こるかわからぬのだぞ。この黒虎は未熟ゆえ、またすぐ人を傷つけるやもしれぬ」

「それは……」

「っ、なら、おれの力だけを封印してくれ」

紫空が珠夕の声を遮り、意を決したように口を開いた。

「妖の力を封じれば、力を暴走させることはなくなるだろ。おれは、おれのために珠夕まで犠牲になるのだけは絶対に嫌だ」

「し、紫空様……!?」

「おれは珠夕を守るために帝になったのに……これ以上、おまえに悲しい顔をさせたくないんだよ。傷つけたくない。珠夕だけは守りたいんだ」

妖王はどこか感心した様子で片眉を上げて「ふむ」と考え込む。そして、もはや隠すことなくにここにしている美羽蘭へ視線を投げた。

「もはや訊くまでもなさそうだが、美羽蘭よ。そなたはどう思う？」

「ふふ、どうもこうも。こんなに仲のいい子たちを引き裂いたら、あちこちから放火されそうだわ。ほら、見て。東鬼のふたりはもう乗り込んでくる寸前よ」

美羽蘭は玉座の横に据えられた水晶を覗き込みながら、微笑ましそうに言う。

「月鈴ちゃんと夜鈴ちゃんが押さえてるけど、きっと時間の問題ねえ。宵嵐なら強行突破してきそうだわ。あなた、たぶんぶっ飛ばされるわよ」

「う、うむ……。黒族は過激だからな」

「雪麗だってきっと泣いてしまうでしょうね。それは嫌でしょう？」

いったい水晶のなかになにが見えているのか、妖王は引きつった顔をする。あの妖王にそんな顔をさせるとは、東鬼の夫婦はああ見えてやり手なのだろうか。

「だがな、紫空。もし妖の力を完全に封じれば、おぬしはもはやただの人間となるんだぞ。圧倒的な支配力なくして人の上に立てるのか」

「……立ってみせる。宵嵐を真似して、もっと帝らしさを極めればいいんだろ?」

「いや、そういうことでは――」

そのとき、不意に珠夕の頭のなかに雪麗の言葉が蘇る。

(同じ睡蓮でも、色が違えば)

ああそうか、と珠夕は思わず立ち上がった。紫空のほうへと手を伸ばす。弾かれるかと思いきや、珠夕の手はするりと陣のなかへ入った。

戸惑った顔で固まる紫空の手を掴んだ珠夕は、ぎゅっとその手を握りしめる。

「紫空様らしい帝でいいと思いますっ」

「え……」

「雪麗様に教えてもらったんです。皇后を象徴する睡蓮は国によって色が違う。同じ睡蓮でも受ける印象はさまざまで――でも、どれも違う美しさがあるんだって」

珠夕も、雪麗を前にして、叶わないと思った。

どうやっても彼女の〝皇后らしさ〟は、自分にはない。いくら妃教育を受けたところで同じにはなれないと、追いつけないと、本能で打ちのめされた。

けれど、その言葉で思ったのだ。

なにも雪麗になる必要はない。西虎国は西虎国の色があるのだから、〝珠夕〟という色の皇后でよいのではないかと。単純だけれど、その考えに救われた。

「私は白睡蓮にはなれないけど、黄睡蓮のような皇后にはなれるかもしれない。帝だって同じです。すべての国の帝が宵嵐様のようである必要なんてない」

「っ、でも、威厳が必要だろ？　おれ、普段こんなんだから、舐められて珠夕のこと傷つけられるかもしれない」

「傷つけられません。だって私は、もう侍女じゃなくて、後宮の主ですから」

虚を衝かれたように、紫空が双眸を見張る。

「たとえ傷つけられたとしても大丈夫です。だって私は、ひとりじゃないし。なにより、紫空様っていう最強の旦那様がついてますもん。怖くないですよ」

はにかみながら告げて、珠夕はじっと紫空の目を見つめた。

「紫空様にも、私がついています。そばにいます。紫空様を支えられるように、私も西虎国の〝皇后〟になりますから。だから、いいんです。そのままで」

「……いい、のか？　おれは、ずっとおれらしくしてても」

「はい！　紫空様がお優しいことは誰よりも私が知ってますし……ときには間違えたっていいじゃないですか。失敗は成長の糧なんですからっ」

官職を持たないただの下女だった頃、よく失敗しては叱られていた。

だが、あの下積み時代があったからこそ、侍女になってからもどうにかやってこられたのだと珠夕は思っている。すべての経験は無駄にはならない。

「ね、紫空様。私と一緒に、西虎国へ帰りましょう？」

「……ん」

紫空はまだ戸惑いを浮かべながらも、珠夕の手を握り返してくれた。

「──妖王。おれにもう一度、帝としてやり直す機会をくれ」

「ふむ……覚悟が決まった顔をしておるな」

「ああ」

深くはっきりと紫空が頷いた瞬間、陣を囲っていた蝋の火が消えた。

「ならば今は妖力のみ封じよう。いつかおぬしが十分に己を制御できるようになったそのときに再び解放する、ということでよいな？」

「問題ない。そもそもおれは、妖力なんてもんがなくても強いからな」

陣を出た紫空は、泰然と告げる。引き寄せられた珠夕は、そのまま腕のなかに閉じ込められ、痛いくらいにぎゅっと抱きしめられた。

「珠夕は守る。珠夕が守りたいものも、すべてだ。もう約束は──誓いは、違《たが》えない」

「紫空様……」

——そのとき、珠夕は確信したのだ。

ああこの方はいつか、大物になる。

誰もが一目見ただけでひれ伏すような帝になるのだろう、と。

「まったく……愛の力とはいつ何時も侮れぬな。なんと強い縁の力か」

「当然だろ。おれと珠夕は、宝玉なんてもんがなくても結ばれる運命なんだ。珠夕はおれの最愛。他の誰にも覆せない縁になるに決まってる」

自信満々に言って退けた紫空に、珠夕は思わず笑ってしまった。珠夕は

(願わくは、私も)

黄睡蓮として、その隣に咲いていたいと思う。

共に手を繋いで、どんなことも支え合ってゆける存在になりたいのだ。

宝玉に選ばれたからではなく、彼をただ愛する者として。

「だからさ、珠夕。おれと一緒に生きてくれ。ずっと。いつまでも」

「はい、紫空様。いつまでも」

「——ああ。愛してる」

南幕　紫睡蓮

——思えば、彼との出逢いは最悪だった。

この国でもっとも尊き御方。白蛇の妖であり、南蛇国の妖帝——名を烱明《けいめい》。陽をそのまま映したような明るい髪の下には、柳のような印象を抱く垂れ目。細く通った鼻梁と薄い唇。痩身長躯の立ち姿はいっそ佳人のようにも見える。

見目麗しいといえばその通りだが、

(思いのほかひょろっとしてるわね)

なんて、口に出したら即刻首と胴が別れを告げそうなことを玲葉《れいよう》は考えていた。

しかし無理もないとも思う。

なにせそのとき、彼は目のやり場に困るほどの女人に囲まれていたのだ。両脇にふたりずつ、背後に三人、両膝にひとりずつ、待ちの者が数十人。

華美な装飾だけでなく、口調や表情にまで色艶を纏わせながら烱明に擦り寄る女たちを前に、玲葉は全身の鳥肌をさすらないよう懸命に堪えていた。

仮にも、宝玉の選定により後宮入りした〝紫后《しこう》〟との初対面の場。

礼節を重んじるものだと覚悟して入室したのに、一面にそんな淫ら極まりない空間が広がっていれば、いくら玲葉とて現実から目を逸らす。受け入れられない。

もとより後宮とは、そういう場所なのだとわかっていても、だ。

——玲葉は、宝玉で結ばれた烱明という男を軽蔑せずにはいられなかった。

「皇后、ねえ。確かに容姿は整っているし、満足させてくれそうかな」

玲葉のしきたりに基づいた挨拶を華麗に無視して、炯明はそんなことを口にした。

なにを〝満足〟かなど、彼の視線が向いている先を見れば一目瞭然だろう。

もしかしたら、後宮の妃嬪の多くはその言葉に嬉々として目を輝かせるのかもしれないが、残念ながら玲葉は違った。軽蔑が侮蔑までのし上がる。

「蛇帝が、まさかこんなにも情欲にまみれた御方だとは……」

「……は？」

思わずぽつりと零した玲葉のぼやきを、炯明ははっきりと聞き取ったらしい。

催しを楽しむような表情から一転、色が削げ落ちた顔と深い海底のような目で見られて、ぞわりと鳥肌が立つ。

だが一方で、自分の心がどんどん冷えきっていく様を冷静に感じてもいた。

(行くも地獄、戻るも地獄……ね。本当、うんざり。まだ自由に動けるだけましなのかもしれないけれど、はたしてどちらが幸せかしら)

安易に希望を抱いた自分がいけないのだ。額に宝玉印が浮かんだからといって、玲葉が背負う宿命が相殺されるわけでもないというのに。

「不敬を承知で、陛下に奏したいことがございます」

「……なにかな」

「まずはひとつ。わたくしは、夜伽のお相手をいたしません」

一瞬、室内が沈黙に包まれた。だがすぐにどよめきが走る。いったいなにを言い出すのかと誰もが騒然とするなか、烔明は訝しげに玲葉を睥睨する。

「皇后は宝玉に選ばれた存在です。陛下のお手つきになろうがなかろうが、わたくしの存在価値は変わりません。わざわざ後宮の寵妃争いに参ずる必要はないかと」

「なんとまあ、職務放棄も甚《はなは》だしいことを言う」

「陛下はすでにこれだけの美姫《びき》を寵愛なさってるようですし、新参者の皇后がその輪を乱したくないだけでございます。平和のためです」

それに、と玲葉は抑揚なく言い放つ。

「仮にわたくしが陛下に寵愛を求めたとて、陛下はお応えにならないでしょう」

「……なぜそう思うのかな？」

「陛下は求められることがお嫌いなようですから」

さらりと返した玲葉に、烔明は不快そうに眉を寄せる。そういった反応を示すこともわかった上での返答だったので、玲葉は動じない。

「あーあ。なんて生意気な子が来ちゃったんだろうねえ……」

「本当ですわ！　陛下に向かってなんて不敬な！」

「あっ、もしかして紫后様だなんて嘘なのではないですか？」

「まあ大変！　陛下、早いところこの不届き者を処刑したほうがよろしいかとっ」

なんだかんだと周りで騒ぎたてる妃嬪たちを、玲葉はひどく冷めきった目で見る。

こんな者たちをまともに相手していたら日が暮れてしまう。時の流れは一瞬。そして有限だ。そんな無駄な時間の過ごし方は、なによりも避けたい。

「それではわたくしは失礼いたします」

「……待て」

「まだなにか？」

踵を返しかけていた玲葉は、内心うんざりしながら振り返る。すると、その態度がまた気に食わなかったのか、烔明はぴくりと頬を揺らした。

「はー……心底むかつくなぁ……。ねえ君さ。その態度、つまり殺されても覚悟の上ってことだよね。いや、むしろ死にたいからわざとそうしているとか？」

「殺す殺さないの話はわたくしの判断外ですので、お答えしかねます。けれど、もし死にたいと思っていたら、わざわざこのような場所には来ないでしょうね」

煽りに反応することほどくだらないものはない。

だがそのとき、ほんのわずかばかり、心の本音が零れ出た。

「明日の命もわからぬ世界は、どこも同様です。けれどその瞬間、なにかを成し得る場所にいることができれば、少しは生に価値を見出せますから」

「……言っている意味がよくわからないな」

ここは時間が動いている。ただそれだけ。けれどその一点が、玲葉にとっては光であり希望だった。他に意味などないのである。

「ようするに、殺したいのなら殺してください、と。宝玉の選定を賜りし〝皇后〟ですから、いくら帝とはいえ、正当な理由なき殺人は許されないと思いますが」

はなから愛されたいだなんて思っていない。

幸せになりたいだなんて望みもしていない。

この男に、なにも期待はしない。

「――ああ、一応申し上げておきますが。わたくしはなにも、皇后としての職務を投げ出す気はありません。夜伽以外の仕事は承りますので、どうぞご安心くださいませ。あなた様の手によってこの国が破滅に追い込まれないよう頑張りますね」

最後にそう言い残し、玲葉は蛇帝の前からさっさと立ち去った。

のちに聞いた話によれば、残された蛇帝はその後しばらく最高潮に不機嫌であったそうだ。そばに侍っていた妃嬪たちはみな皇后を敵だと認識し、後宮内では瞬く間に玲葉がとんでもない悪代官だという噂が広まった。

それから約半年後――現在。

後宮の最北区にある紫睡宮《しすいきゅう》は、見事なまでの孤独に包まれていた。

「ねえ、李衣《りい》。今日の午後は、なにも予定は入っていないわよね？」

「とくには。……紫睡宮には来客もないでしょうしね」

「そう。ありがとう」

部屋の隅に立っているだけの侍女、李衣は、玲葉のお礼の言葉にも反応しない。ぼそりと付け足された嫌みも残念ながら事実なので、玲葉も平然と受け流す。

（まあ、無視をしないだけましよね）

彼女は紫睡宮付きの唯一の侍女だ。まさか皇后ともあろう立場の者が侍女をひとりしか抱えていないなど誰も思わないだろうが、それも残念ながら事実である。

彼女とて好きでここにいるわけではなく、尚宮局から派遣されてきただけだ。最初こそ他にも数人ほど侍女がいた。けれど、みな、なにかと理由をつけてあっという間に辞してしまったのである。皇后の侍女など早々なれるものでもないのに、さすが悪名高き外れくじ皇后だ。あまりにも嫌われすぎている。

李衣は態度こそ冷たいが、一応その価値を心得ているのか、今のところまだやめる気配はない。仕事は最低限……以下だが、まあ、べつにいい。

居残ってくれているだけ、まだありがたいと思わなければならない。

「静雨《せいう》を連れて、少し庭園のほうまで散歩に行ってくるわ」

「……かしこまりました」

本来、侍女はどこでも主に付き従う者だが、彼女はそれもしなかった。

無論それは玲葉が構わないと許しているからだが、なかなか異例なことだろう。

たったそれだけのことでも、この後宮において如何に玲葉の権力がないのかが見て取れる。玲葉としては、願ったり叶ったりな状況ではあるのだけれど。

(思えば、立后してからずいぶん経ったのね)

最悪な出会い方をした蛇帝――炯明とは、あの初対面の日以降、公務の場以外では顔を合わせていなかった。相も変わらず夜ごと異なる妃嬪のもとへと渡り楽しんでいる様子ではあるが、それもまあ、玲葉にはなんの関係もないことである。

「静雨」

部屋を出た玲葉は、黙々と窓の桟《さん》を拭いていた紫睡宮付き宦官の名を呼ぶ。少し離れた場所から振り返った静雨は、こちらへ走ってきた。

「お呼びでしょうか、紫后様」

「ちょっと散歩に行こうと思うのだけど、一緒に来てくれると嬉しいわ」

「はい。小生でよろしければお供いたします」

静雨は玲葉より三つ年下の十五歳。だが宦官ということもあってか、なんとも中性的な顔立ちだ。声も低すぎず小柄で、せいぜい十二歳前後に見える。

玲葉が女性にしては長身のためか、なおのこと幼く見えた。

（あんまり表情豊かではないけど、こんなわたくしに仕えてくれるんだから本当にいい子よね。どんな仕事も率先してやろうとするし）

淡々と喋るので不愛想に思われがちだが、じつはそうでもない。少なくとも話しかければ答えてくれるし、静雨のほうから声をかけてくれることも多かった。玲葉を見つめる瞳には、ときおり忠誠心のようなものも垣間見える。

李衣があんな調子なこともあり、静雨の存在は玲葉の心の癒しだった。

「あの、少しだけお待ちいただけますか？　掃除具を片づけて参ります」

「ええ。急いでいるわけではないから大丈夫よ」

紫睡宮の掃除には派遣されてくる女嬬や宮女たちが行ってくれているため、本来、静雨の仕事ではない。しかしどうにも隅まで行き届いていないらしく、静雨は時間ができると、ああしてせっせと紫睡宮の掃除に回っていた。

故意なのか――は、考えたところでわからない。

官職を持たぬ者たちにまで玲葉のよからぬ噂が回っていれば、あながち、わざと磨き残している可能性も無きにしも非《あら》ずだろう。

（まあでも、悪手よね。仮にわたくしが意に沿わないことにはすべて罰を与える本当の〝悪代官〟なら、むしろ女嬬はみな震え上がるだろうし）

実家の後ろ盾があり、確固たる身分を持つ者ならまだしも宮女は別だ。売り飛ばされてきた者も少なくない宮女たちの命は、とても軽い。吹けば飛ぶほどに呆気なく散る。掃除がきちんとできていないせいで玲葉が処罰を与えるやも、という危惧があれば、どれだけ皇后が嫌でも己の身のためにやるはずだろう。

なんにせよ、玲葉としてはべつに構わないのだが。

「お待たせしました、紫后様。今日は少し冷えますから、こちらを」

小走りで戻ってきた静雨は、玲葉の肩に厚手の披帛をかけてくれる。玲葉はありがたく受け取って、数日ぶりに紫睡宮の外へと繰り出した。

(今日も紫睡蓮は綺麗ね)

紫睡宮を囲む深い水堀に浮かぶ、あまたの紫睡蓮。水面に反射した陽光が花弁に映り込み、ひどく幻想的だ。まるで水中に潜り込んでいるように見える。

それを心穏やかに眺めたそのとき、一瞬だけ視界が歪んだ。

眩暈にも似た感覚に、玲葉は瞼を押さえて立ち止まる。階段の途中で足を止めたためか、静雨が珍しく慌てたように「紫后様?」と覗き込んできた。

「またいつものですか……?」

「ああ……いえ、大丈夫よ。ごめんなさい」

視界の歪みが収まると、玲葉は苦笑しながら首を横に振る。

「それより、静雨。明日はどうも天気がよくなさそうだから、睡蓮の様子をよく見てあげて。飛ばされてしまうかもしれないから、なにかで保護できるといいかも」

「天気……かしこまりました。本日ではなく、明日、ですね？」

「そう、明日。朝から雨が降るわ。午《ひる》からは風が強いみたい」

玲葉は、たびたびこうして視界の歪みに襲われる。

それは玲葉の力――未来視の能力が意図せず発動してしまったときだ。視える未来は小規模かつ数日程度の範囲なので、影響は眩暈程度。さほど負担はない。

今回視たのも、水堀の睡蓮が風に飛ばされてしまうという些細な未来だった。今日のうちになにかで保護できれば飛ばされずに済むだろう。それでも飛ばされてしまったときは致し方ない。避けられぬ運命だったということだ。

(未来を視ても手を出せなかった以前と違って、今はこの手が届くもの。変えられるかはわからなくても、視なかったふりはできないわ)

そう思いながら、玲葉は再び歩きだす。

外の空気は、静雨の言う通り、確かに少し冷え込んでいた。

それは、静雨と共に庭園を回り終えた帰り道でのことだった。少しばかり離れたところに、同じように庭園を散歩しに来たのであろう妃の姿が視界に入る。

（確か彼女は、包《ほう》徳妃……包嶺依《れいい》様、だったかしら）

お付きの侍女を数人引き連れて歩く姿は優雅なものだ。美しいが小柄でややふっくらしており、物腰の柔らかそうな雰囲気が遠目からでも伝わってくる。

上級妃である徳妃とは、下位の妃嬪と比べても関わることが多い。それでも記憶にある限り、包徳妃とは公的な場で数回挨拶を交わしたくらいだろうか。

その際、彼女から罵られるようなことは、とくになかったはずだ。当然表向きの体裁もあるだろうが、平和に挨拶を交わして、おそらくそれきり。

まあ、あらゆる噂が飛び交う自分は必要以上に関わらないほうが賢明だろう。

そう思い、そそくさと離れようとした、そのときだった。

「あ……っ」

ぐにゃり、と再び視界が歪む。先ほどよりもやや強い衝撃だった。耐えきれずふらついた玲葉を慌てて静雨が支えてくれるけれど、視えた未来は思いのほか長い。

目許を片手で覆って、頭のなかに巡る――視える未来に集中する。

「紫后様!?　大丈夫ですか……っ？」

「だい、じょうぶよ……」

やがて視界が晴れたとき、玲葉は血の気が引く思いで包徳妃のほうを見る。

相手方も今の騒ぎで玲葉の存在に気がついたのだろう。侍女たちは包徳妃を守るように囲い立ち、こそこそとなにかを話しながらこちらを見ていた。

「っ、紫后様のご体調が優れないのに、気遣うこともしないだなんて」

「それはいいのよ、静雨。でも……」

侍女たちに遮られて、包徳妃の様子はわからない。だが、こちらを気にしながらも再び歩きだしたところを見ると、庭園の散歩は継続するつもりのようだ。

徳妃一行は、丹塗りの反橋《そりはし》へ向かおうと方角を変えた。玲葉はそれに頭を抱え、同時に焦る。無用な関わり合いは避けたいが、ここで見過ごすわけにもいかない。

腹を括って「徳妃様」と声を張り、彼女たちのほうへ足早に向かう。

「えっ……」

徳妃一行も、まさか話しかけられるとは思っていなかったのだろう。玲葉は後宮内で妃嬪と遭遇しても必要以上に関わらない性質だ。無理もない反応だった。

しかし、今日ばかりはそういうわけにもいかない。

「ごきげんよう、包徳妃」

「はっ……はい。ごきげんよう。し、紫后様」

さすがに皇后自ら近づいてこられては隠れるわけにもいかなかったのか、侍女たちが脇にはけた。緊張したような包徳妃が顔を出す。

「今日はお散歩でしょうか」

「はい。あの……よいお天気ですので」

「ええ。少し空気は冷えますけれど、うららかな日差しが暖かいですものね。わたくしもそう思って、今日はお散歩をしていたのですが……」

玲葉はちらりと道順にある反橋へ目をやりながら、しゅんと眉を下げる。

「包徳妃。その橋は渡らないほうがよろしいかと」

「えっ……？」

「劣化で崩れやすくなっているようです。どうかべつの道をご検討くださいませ。遠回りにはなりますが、あちら側の橋なら問題はございませんから」

確かに、この橋を使えば庭園を効率よく回ることは可能だろう。だが、使う者が多いぶん、劣化も早い。よくよく見ればあちこち漆《うるし》が剥げているし、水に晒された土台部分も欠け落ちて内木が晒されてしまっている。

「いったいなにを仰っていますの？　紫后様。この橋は昨日も使いましたけど、なんの問題もございませんでしたよ」

「まさか、我らが嶺依様に虐めを――」

侍女たちは信じていないのか、揃って玲葉を睨みつけてくる。

当の包徳妃は、対応に悩んでいるのか、玲葉の顔と橋を交互に見るばかりだ。

「……忠告ですから、信じていただかなくても構いません。わたくしは、包徳妃になにかあれば大変だと思い進言したまででございます」

　こうなれば、安易に信じてもらえないのはわかっていた。

　玲葉としては伝えることができただけでも僥倖《ぎょうこう》だ。下手に言い訳をして疑惑を向けられたらたまったものではない。責任転嫁もまっぴらだ。

「それでは、わたくしはこれで」

　ため息を堪えながら、玲葉は包徳妃に一礼し、場を離れる。いまだに怒りが収まらないらしい静雨を引き連れて、宥めながらしばし歩いたときだった。

　背後から聞こえてきた衝撃音と悲鳴に、今度こそため息を零して振り返る。

「だから言ったのに……」

　崩れると忠告した橋は、足が一本折れて、池に大きく傾いていた。

　おそらく先に渡ろうとしたのだろう侍女が、見事池に落ちて悲鳴をあげている。とはいえなんとか橋に掴まっているので、ひとまずは無事だろう。

「すごい……。本当にすごいです。どうしてわかったのですか？　紫后様はあの橋をお使いになっていないのに……」

　彼女たちも玲葉が橋を渡った上での忠告だと思ったのだろうが、そうではない。玲葉はあえて遠回りをして庭園の散歩をしていたため、あの橋は使っていないのだ。

「なんとなく、見ればわかるわ」

——崩れるとわかったのは未来を視たからだが、そう答えるわけにもいかない。

実際、注意深く見れば、橋が危険な状態にあることはわかることだ。

(……信じてもらえないものね。未来を視た、だなんて)

玲葉の視た未来では、侍女ではなく包徳妃が落ちていた。つまり、忠告によってわずかながら未来は変わっている。それでも、最善だとは言えない結果だ。

忠告を信じてべつの道を行ってくれれば、誰も落ちることはなかったのだから。

「紫后様は不思議です。いつもああして危険を見抜いてしまう……。この後宮でどれだけの方々が紫后様に救われていることか」

「誰かがいつか遭遇する危険に気づいていながら、見て見ぬふりはできないだけよ。これでも後宮の主だもの。治安維持には貢献しないとね」

碧霄《へきしょう》が陰りはじめ、薄暗い雲が空を覆いだしていた。落ちた侍女が他の侍女たちに助けられたのを見届けて、再び玲葉は自宮へ向かって歩き出す。

「静雨。あとで包徳妃のところへ様子を見に行ってくれるかしら? なにかお見舞品を持って。橋の修理はわたくしが手配しておくから」

「はい、紫后様。……あんな奴ら、気になさらなくてもいいと思いますけど」

「ありがとうね。でも、本当に大丈夫だから」

安心させるために微笑んでみせると、静雨はわずかに頬を赤らめた。

「……小生は、なにがあっても紫后様の味方です」

「ふふ、頼もしいわね」

――もし弟がいたら、こんな感じなのだろうか。

そう思ったとき、玲葉はふと実家のことを思い出す。

かつて玲葉が囚われていたあの場所には〝家族〟なんていなかった。血縁の者はいたが、両親も兄も弟も〝一族の者〟でしかなく、家族として見たことがない。

（わたくしも……運命の荒波に呑まれているのかしら）

あの家で、玲葉は巫女《みこ》という名の道具だった。未来視を利用する一族は、玲葉を幽閉し、力を搾《しぼ》り取るだけ搾り取って、家の手柄を立てていたのだ。

あの場から逃げ出すことができたのは、玲葉が宝玉に選ばれたからである。そして自分を利用する一族を前に耐え続けられたのは、その未来を知っていたからだ。

（未来なんて、容易く変わるのよね。べつに今さら、なんとも思わないけれど）

かつて視た瞬刻の希望を思い出して、玲葉はわずかに眉を寄せる。

そう、変わってしまうのだ。未来は、容易く。

だから、あの未来視のなかで玲葉が視た〝彼〟は、もうどこにもいないのだ。

その触れが出されたのは、玲葉が包徳妃と鉢合わせてから数日後のことだ。

「……お渡りという名の処刑かしら？」

帝からのお触れ内容は『今宵、紫睡宮を訪れる』というものである。

しかし、毎日異なる妃嬪のもとを気ままに渡り歩いている帝が、こうして触れを出すこと自体が異例といっていい。さすがに紫睡宮へは突撃できないということか。あるいは、公然と後宮内外にお渡りの報せを流すことで〝帝は皇后を蔑ろにはしていない〟という世間体を作り上げるためか。

いや、十中八九《じゅっちゅうはっく》、後者だろう。

（珍しく李衣が、ちゃんと磨き上げてくれたけれど……）

夜伽はしないと宣言しているとはいえ、帝が夜に閨を訪れるということは、そういうことだ。たとえなにもなかったとしても、準備をしないわけにはいかない。

主を磨くのも侍女の仕事である。ここで手を抜くのは悪手だと李衣は判断したのだろう。女官とて、後宮に在籍する限りは帝のもの。お手つきになれば、部屋付きの妃嬪に昇格する場合もある。彼女の狙いはおそらくそこだ。

（もし本当に陛下が夜伽を求めてきたら、どうしようかしらね……）

玲葉は香油で梳いた艶やかな髪を指先に絡めながら、寝所にて帝を待つ。

──その体勢に入ってから、どれほど経ったのか。ようやく帝がやってきたのは、月が空の頂点をとうに越した頃だった。正直、半分眠っていた。

「……ごきげんよう、陛下。わざわざお触れを出されたのにいつまでもいらっしゃらないから、てっきり遊ばれただけなのかと思いはじめていたところですわ」

「相も変わらず減らず口だなあ。いっそ懐かしくさえ思えてくるね」

懐かしい、とさえ感じるほど関わらない帝と后とは、はたして。

あまりにも冷えきった関係性に、我ながら笑ってしまいそうになる。

(相も変わらず、はこちらの台詞《せりふ》だわ。本当に、相も変わらず妻に向けるとは思えない冷ややかな目をしていらっしゃること)

せめて同じくらい冷めきった目を返そうと試みながら、玲葉は扇子で口許を隠す。

「それで……本日はいったいどうなされたのですか？　とうとうわたくしを殺しに来られたのでしょうか？」

「ぜひともそうしたいところだけれどね、残念ながらそれを許してくれない者たちがいるんだよ。下手に紫后の君を殺めれば、私も相応の報いがくる」

寝台からずいぶん離れたところで袖手《しゅうしゅ》し、そのまま壁に寄りかかった炯明は、こちらに聞こえるか聞こえないかの声量で淡々と答えた。

(妻に堂々と殺したいと言えるなんて、むしろすごいことよね。他国の帝と后が聞いたらきっと耳を疑うわ)

外には見張りがいる。声を張れば内容など筒抜けだ。別段それで困るわけではないのだろうが、夫婦とは思えぬ物騒な会話に、冷や汗が止まらなくなってしまうかもしれない。それはさすがに可哀想だな、と玲葉も思う。

「殺しに来たわけではないなら、御用件はなんでしょう？」

「ああ……、なんだ。茶会の誘いをしに来た」

「茶会？」

「名目上は皇后と妃嬪の懇親会だよ。立后してからこれまでなんの催しも執り行われていないままだからね。立后式はうやむやになって流れたし……まあ、それはそれでよかったのだけど、どうにも現在の後宮は君のせいでそわついているから」

嘆息しながらこちらへ歩いてきた烔明は、玲葉になにかを差し出してきた。

（蛇の装飾の簪……？）

蛇はこの国の象徴。皇后のみ睡蓮を身につけることができるのに対し、蛇を模したものも帝以外は使用を禁じられている。つまり、蛇の簪を持った者がいれば、それは帝からの贈り物だと公言しているようなものだった。

「私の簪を持っていれば、最低限の立場の保障にはなる」

「……それは、必要なものなのです？」

「べつに、どちらでも。君がいらなければ、つけてこなければいいだけの話だ。そもそもこうなったのは、君が後宮内をいじくり回しているからだろう」

それはまた心外な言い様だ。玲葉は眉根を寄せる。

「現状を悪くするような手出しはいっさいしていないつもりですが」

「……よくも悪くも、そうして君が関わった物事に関心を抱く妃嬪がいるんだよ。それが君の評価を落とす者ならば私も突き放せるけど、どうも真逆なようだからね」

そう言いながらも、烔明は疑い深い目付きで嘆息する。

本当にこの女がそんなことをするのか、とでも言いたげな顔である。

仮にも帝ならば、表情から感情を読み取らせないよう食えない顔をしていればいいのに、と玲葉は呆れを呑み込んだ。存外、この男はわかりやすい。

「まあ、君がなんのために後宮をいじっているのかはさておき。それによって救われたらしい妃嬪たちが、君に会いたがっているんだ」

「会いたい……？　なぜです？」

「さあね。それはみな異なる理由だろうが――。今回の茶会を開催する決定打となった包徳妃は、君に御礼をしたいのだと言っていたな」

なるほど、と玲葉は渋々納得する。他の妃嬪は見当もつかないが、少なくとも包徳妃ならば玲葉に接触してくる理由はある。直近で関わりのある妃だ。

「……過分な御礼でございますね」

先日の一件以降、侍女を救ってくれた御礼という名目で、毎日のように紫睡宮へ茶菓子の差し入れが届く。玲葉はなにも直接助けたわけではなく、ただ忠告をしただけだ。なのにこうも義理堅いとは、さすが徳妃となる器を持った御方なのだろう。

(つまり菓子ばかりではなく、茶も共にしようと。そういうことね)

正直、なにか裏があるのではと疑いたくなる。だが、帝直々に、それもお触れを出してまで紫睡宮に足を運んだ現状を考えると、下手に断ることはできなかった。

そもそもこれは『開催するから参加するか?』という問いではなく、『開催するから参加しろ』という勅命にも等しい。

勅命に背けば首が飛ぶ。減刑されたとしても、それはむしろ苦痛に蝕まれる地獄の時間が増えるだけだ。ならば、大人しく従っていたほうが後の自分のためか。

「茶会に来られるのは、包徳妃だけでしょうか」

「いや、他にも数人、出席を希望する妃嬪を呼ぶ。——本当に、最近どこもかしこも鬱陶しいったらありゃしないんだ。誰に会っても『紫后様は』ってはじまるし、いい加減、耳にたこができそうだよ。不愉快極まりない」

「それはそれは……お気の毒様です」

適当に受け流した玲葉に、炯明はまた苦々しい表情を浮かべる。

「……ともあれ、そういうことだから。対処の仕方を考えておくといい」

「かしこまりました」

対処、とやらに、どんな意味が含まれているのかなどお察しだ。少なくとも、このような薄暗いところでする話題でもないとは思うのだが。

「それで？　我が国の尊き紫后殿に尋ねようか。君はなぜそうも〝後宮の主〟として働きながら、夜伽をしないなんて言うのかな？」

「なぜと申されましても」

「その立場に責任を感じているのなら、夜伽は君の最優先職務だろう」

玲葉は思わず炯明から目を逸らした。

――最優先職務。もっともしなければならないこと。

その通りだ。皇后ないし帝の妃というのは、後継を残すという重大な責務を担って後宮入りしている。宝玉に選ばれる次帝が太子であるという保証はないが、その候補は多ければ多いほどいいとされているのだ。後宮を率いる立場の者としては、夜伽を拒むなど本来あってはならないことなのだろう。

「お言葉ですが、陛下はわたくしをただの人間だと思っていらっしゃるのでしょうか」

「……人間ではないというのなら、人の皮を被った女狐なのかな？」

「はあ。いっそ女狐であったほうが、まだましであったかもしれませんね」

「なにが言いたいのかわからないね。よもや、私を愚弄《ぐろう》する気かい？」

この様子だと、やはり知らないのだろう。落胆と諦観が胸の内で交錯するのを感じながら、玲葉は温度のない目を夫へと向けた。

「宝玉の選定など当てにならないものですね。陛下が宝玉になにを願われたのかは知りませんが、あまりにもあなた様とわたくしは合わなすぎます」

「私もなぜ君のようなじゃじゃ馬が選ばれたのか、心底理由を知りたいよ」

妻相手に到底相応しくない言葉を頂戴し、玲葉はついふっと笑ってしまった。嘲《あざけ》りではない。どちらかといえば、悲しさから生まれる微笑だ。

尤《もっと》も、玲葉を嫌っているらしい彼はそんなこと思いもしないだろうけれど。

「わたくしの家を調べれば、多少なりともわかることもありましょうに。まあ、それほどわたくしには興味がないということでしょう。用が済んだのでしたら、どうぞお帰りくださいませ。わたくしも陛下に用はございませんので」

「言われなくとも帰る。……が」

烱明は大股で歩いてくると、間近で冷然とした眼差しを向けてくる。

「首を」

「はい？」

「……閨事情を記録している者は買収しているが、それでもなにかしら物証を残さねば疑われるだろう。ひとつあれば、誤魔化しがきく」

玲葉は目を瞬かせる。烱明の言葉がさっぱり理解できなかったのだ。

首ということはやはり殺すのだろうか、などと物騒なことを考えたそのとき、炯明が苛立ったように左手を伸ばした。冷たい手が玲葉の首裏を捉える。

「っ……!?」

ぐいっと引き寄せられたかと思えば、鎖骨から伸びる首筋に一瞬だけ炯明の顔が埋まる。瞬き数回分の短い時のなかで感じたのは、わずかな甘さと、微かな痛み。

「――物的証拠だよ。私にしては大人しい、などと言われそうだけれどね」

「は……」

「じゃあ私は帰るから、適当に褥を乱しておいてくれ」

さっと踵を返した炯明は、一度も振り返ることなく部屋をあとにした。後ろ髪を引かれるどころか、一刻も早く立ち去りたいというのが丸わかりな退出だった。

それでも玲葉は、ひどく複雑な思いに駆られながら、しばし呆然と固まる。

(……陛下の、唇が)

確かに、去れとは言った。だが、このような置き土産は望んでいなかった。感情が下手に揺れ動くようなことは可能な限り避けたかったから。

「っ、ああ……もう」

おそらく玲葉の首筋には、虫に刺されたような跡が残っているだろう。だが、それがかき消されてしまいそうなほど、玲葉は首から顔まで火照《ほて》っていた。

動揺しながら首筋を手で押さえると、どこからか香が漂って玲葉は頭を抱える。

(本当に、なぜこんなことに)

彼が今日焚きしめていた香は、思いのほか優しい刺激のないものだった。

しかし距離が近づいたことで玲葉に移ってしまったのか、寝台周りにほのかに残っている。ここで寝れば、まず間違いなく彼の夢を視てしまうだろう。

「……でも、これで陛下がわたくしのことをお調べになるかもしれないもの。そうしたら、いよいよお役御免ね」

いくら宝玉の選定は覆せないと言っても、炯明はこの国の帝だ。

妻として迎える者、それも皇后がこの〝異能〟を持つことが知られた暁には、きっとなにかしら彼は働きかけてくるだろう。

しかし、そうなれば玲葉の勝ちだ。

すべてが計画通り、かつ読み通りに進んでいる。

(しっかりするのよ。絶対にあの未来だけは避けないといけないのだから)

自分に言い聞かせ、玲葉は身を横たえた。

翌朝、鏡を見た玲葉は、一晩経ってもなお消えていなかったその印に、再び顔を赤らめることになるわけだが――……今はまだ、知る由もない。

炯明の報せから数日後、正式にその茶会は執り行われた。

規模としては、そこまで大きなものではない。主催は蛇帝であり、紫后はもちろん、上級妃も参加は必須。下位の者でも、最低限、後宮の妃嬪ならば参加ができる。

目的はあくまで妃同士の交流だ。妃嬪間で個人的に行われる茶会の延長のようなものであり、内容としても、茶を飲み交わすだけという質素なもの。突発的かつ異例な宮中行事であるゆえに、市井《しせい》はそれなりにざわついているらしい。

されど、紫后と茶会だなんて誰も自主参加しないだろう、と玲葉は思っていたのだ。

だがその予想は外れ、茶会には多くの妃嬪が出席していた。

（……まあ、陛下がいるものね）

とはいっても、進んで玲葉と関わろうとする者はいない。遠巻きにこちらを見てくる目には、嫌悪や憎悪がいくつも入り交じる。まるで気味の悪い怪物でも前にしているかのように、あからさまな不快感を露わにする者もなかにはいた。

一方で帝には媚びへつらうのだから、観察するぶんにはなかなか楽しい。

「紫后様、花茶のおかわりを。こちらの甜点心と共に毒見は済んでおります」

「ありがとう、静雨。いつも助かってるわ」

今日も今日とて、侍女の仕事まですべて請け負っている静雨に微笑む。

すると彼は、どこか恥ずかしそうに首を横に振った。

「小生は、紫后様のお役に立てるのなら、なんでもいたしますので……」

「なんでもって。だめよ、そんな風に自分を安売りしたら」

「ですが、小生は紫后様のものですから。紫后様がお望みになったことは、可能な限り叶えて差し上げたいのです」

ややや鼻息荒く身を乗り出してきた静雨に、玲葉は押されながらも苦笑する。

最近、静雨はますます忠臣的だ。懐いているというよりは、崇拝に近いのでは、と玲葉は密かに感じている。ときおり発言に違和感を覚えるほど。

「気持ちは嬉しいけれど……」

もう少し自分を大切にするよう告げようとした、そのときだった。

「あの……ごきげんよう、紫后様」

突然かけられた声に、玲葉ははたと振り返る。

先ほどまで炯明のそばに侍っていた包徳妃が、こちらへと歩いてきていた。

彼女の背後には、側付きの侍女がふたりばかり。他の侍女はどこかで待機しているのだろうか。先日の池に落ちた侍女も見当たらない。

「少々同席よろしいでしょうか」

「……ええ、どうぞ」

包徳妃からは今も『御礼』と称した差し入れが数多く届いている。いくらなんでも義理堅すぎると面食らっていた手前、わずかに反応が遅れてしまった。

（驚いた。これだけ色々贈ってきていても、直接関わろうとはしなかったのに）

加えて怪訝な表情を隠しきれていなかったらしい。

包徳妃は眦を下げて、どこか困ったような微笑を浮かべる。

「警戒されるのも無理はないことでしょうが、どうかそう邪険になさらないでください。わたくしはもう、紫后様が噂にあるような方ではないと存じておりますから」

「っ、そういうわけでは」

「まあ、なかなか勇気が出ず、直接御礼に伺うことさえできなかったわたくしが言えることでもないのですが……」

憂いを込めてそう言うと、包徳妃は玲葉に向き直り、姿勢を正した。

「改めて、御礼を伝えさせてくださいませ。先日はありがとうございました。紫后様に気にかけていただいたおかげで、大事にならずに済みました」

「……結果的に侍女の方は落水してしまいましたし、わたくしはなにも」

「いいえ。もしあのとき御声をかけてくださらなければ、落ちていたのはわたくしでした。侍女だからよい、というわけではございませんが、少なくともわたくしが落水していたら、もっと騒ぎになっていたでしょうから」

それはそうだろう。橋の劣化のせいで上級妃が池に落ちたとなれば一大事だ。少なくとも整備不足の罪に問われて数人の首は軽く彼方へ飛ぶ。

「なにも今回だけのことではないのです。紫后様はいつも、その……後宮のあらゆる事件を未然に防いでくださっているでしょう?」

「え?」

「此度の橋が壊れるという予測とご忠告——これと同様の事象を、いくつも耳にしております。もしかすると自分は紫后様に救われたのかもしれない、と信じきれず戸惑っている妃嬪や女官も多いのです。みな、声を上げられないだけですわ」

思いがけない言葉を投げられ、玲葉はびしりと硬直した。

もし茶を口に含んでいたら、危うく吹き出していたかもしれない。

「危険を見抜き、事が起こる前に手を回してくださっていると気づくまでは、恐ろしいとさえ思っておりました。今ではそんな自分が愚かで恥ずかしくなります」

「さ、さすがに大げさでしょう、包徳妃。見て見ぬふりをするのは信条に反するというだけです。望まぬ未来は、避けられるなら避けたほうがよいですから」

「その姿勢が素晴らしいのですわ!」

ぐいっと詰め寄られて、玲葉は思わず身を引いてしまう。可憐《かれん》な印象のある包徳妃だが、こう見えて意外と豪胆《ごうたん》なところがある姫君なのだろうか。

(でも……この懐の深さは、さすがね)

――確かに上級妃だけある。美貌はもとより、品性も品格も兼ね備えている。

こういう妃こそ皇后になるべきだと、玲葉はぼんやりと思った。

「ともあれ、わたくしは紫后様のそうした気高き在り方に感動したのです。こうして実際にお話ししてみて、なおのことその気持ちは強まりました」

「……そう言っていただけるなんて光栄です。わたくしはどうも宮中では浮いておりますし、陛下のご寵愛もありませんから、不相応かもしれませんが」

「きっとこれから、わたくしのような者が増えますとも。陛下然り……今はまだ誰も紫后様のことをわかっていないだけですわ」

――炯明の、蛇帝の寵愛は、よくも悪くも平等だ。妃嬪となれば必ず一度はお手つきになる。ときに女官や宮女でさえ、その対象になることもあるくらいだ。

なればこそ、上級妃へのし上がるには、実家の後ろ盾が大きく関係してくる。つまり、生まれながらに姫君であることがほとんどなのだ。

玲葉の実家はある意味〝名家〟ではあるが、官戸でも形勢戸でもない。表向きの家柄的には、入宮できてもせいぜい女官止まりといったところだろう。

そう考えると、玲葉はやはり皇后の地位に相応しくないというのに。

「いいのですよ、包徳妃。わたくしは周囲にどう思われていようが構いません。陛下に関しても、はなから寵愛は望んでいませんから」

「紫后様……それは」

「宝玉の選定がある以上、わたくしの立場が揺らぐことはないでしょうしね。せめて皇后としてできることをや、り――」

そのとき、不意に視界が揺れた。ジジジ、と耳障りな音が脳髄に響く。同時に砂嵐のような光景が脳裏に広がり、玲葉は数秒ほど呼吸を止めた。

「紫后様？　どうされました？」

突然額を押さえて動かなくなった玲葉を心配したのだろう。包徳妃が不安げに腰を上げた。背後に控えていた静雨も異常に気づいたのか、「紫后様？」と声をあげる。

（……本当に、厄介だわ）

しばし硬直していた玲葉は、未来視が消えると熱のこもった息を吐き出した。

この力が勝手に発動してしまうのは、無意識下でその事象を見たいと意識しているからだ。――と、実家で父のような人が言っていたけれど、さもありなん。否定できないのは、それを玲葉がすでに自覚してしまっているからだ。

「大丈夫、です。少し眩暈がしただけですので」

そう断りながら、玲葉は静かに立ち上がる。どこへ行くのかと尋ねてくるふたりにすぐ戻ると答えながら、玲葉は足早に炯明のもとへと向かった。

「……ん？」

炯明は相も変わらずな様子だった。

両手どころか全身に余るほどの妃たちを侍らせている炯明の前に立つと、彼は怪訝そうに眉を寄せる。その瞳にはあからさまな嫌悪が浮かんでいた。

(他の妃には絶対にしないような顔だわ)

むしろ、宝玉印で結ばれておきながら、よくここまで嫌われたものだ。

そう内心で自分を褒め讃えながら、玲葉は告げる。

「陛下に奏したいことがございます。少々、お耳を貸していただけますか」

「それは今ではないといけないことなのか」

「はい。むしろ今でなければ意味がありません。至急案件です」

即答した玲葉に対し、炯明はげんなりしたように深くため息をついた。

「……くだらぬことならわかっているな？」

「くだらないかどうかは陛下ご自身でお決めください」

淡々と返し、玲葉は腰をかがめた。一応許可を取って、炯明の耳許で囁く。

「いいですか、よく聞いてくださいませ。──陛下の本日の運勢ですが、緑色のものに触れると冗談では済まないほどの不幸が訪れます。どうかお気をつけを」

「は？」

「美しきには毒がある、と言いますでしょう？　薔薇《ばら》のように触るだけで危ういものもありますから、大事を避けたければ慎重にお過ごしください」

炯明は訝しげにこちらを凝視する。それでも、一瞬だけ周囲を警戒する様子を見せたことから、少なくとも伝えたいことは伝わっただろうと判断した。

玲葉は作り物の、しかし完ぺきな微笑みを浮かべる。

「以上です。では」

「ちょっと待て、もっと詳しく――」

追及してこようとした炯明だが、すぐに他の妃に遮られる。その隙にさっと離れた玲葉は、そのまま席へは戻らず、毒見係のもとへと向かった。

「っ、紫后様……!?」

「ごめんなさいね。そこの緑の葉……わたくしがいただいてもいいかしら?」

それは飾りつけのための食用草だ。こんなものまで毒見をしているのかと胸が痛くなるが、幸いにもまだ手はつけられていない。

「そ、そちらはまだ毒見をしていないのですが……っ」

「食べるわけではないから大丈夫よ」

毒見係の女官は、玲葉に怯えきった様子でおろおろと狼狽えだした。

いったいどんな姿に見えているのだと頭を抱えたくなる。けれども、容姿や態度で自分が冷たく見られがちなのは自覚済みだ。これればかりは致し方ない。

「ありがとう。ちなみにこの葉、もう陛下方にはお出ししてしまったかしら」

「ちょうど今しがた、馬拉糕《マーラーカオ》に据えてお出ししようとしていたところですが……」

女官がちらりと目をやった先を追いかける。すると、甜点心を合わせ盛られた盆を手にしたべつの女官が、こちらに気づいてびくりと肩を跳ね上げた。

(目が合っただけで呪われるとでも思われているのかしらね……)

気鬱になりながらも彼女のもとに寄ると、玲葉は飾りの葉だけ回収した。

「ごめんなさいね。これだけもらっていくわ」

「え……そ、そんなにこの葉がお好きなのですか？」

「そういうわけではないのだけど……なにか問われたら、わたくしが勝手にやったことだって言っていいから。もし他の妃嬪にもこの葉が出されていたら、速やかに回収しておいてくれると助かるわ。こちらからも事情は伝えておくわね」

混乱した様子の女官であったが、玲葉の言葉にひとまずほっとしたらしい。飾りつけを勝手に取った罰を押しつけられるとでも思ったのだろうか。

(なんにせよ、これで最悪の事態は防げるわ)

もしかするとすでに被害が出ているかもしれないが、そこまでは手が及ばない。

包徳妃はああ言ってくれたが、玲葉ができることなど限られているのだ。せいぜい目の前で起きたこと、起きようとしていることを可能な範囲で防ぐしかできない。

過去は、絶対に変えられない。

「……少し、痛くなってきたかしら」

葉の成分が染み出しているのか、握り込んだ手のひらがひりひりと痛みを発しはじめる。しかし拳《こぶし》を開くことはないまま、玲葉は天を仰いだ。

「あの……薬は、いいのですか」

茶会から数日後、宵の口。いつものように湯浴みを終え、李衣に香油で髪を梳いてもらっていたとき、不意にそんなことを尋ねられた。彼女に業務以外のことで話しかけられたのは初めてで、玲葉はつい目を丸くしてしまう。

「薬？」

「その、怪我をなさっているので……。医官にも診てもらっていませんよね」

李衣はあの茶会の日以降、なぜか少し気まずげな様子だった。

侍女の仕事を静雨に押しつけ、当日はほぼ裏方に回っていたからか、あるいはそれ以外のことなのかはわからない。けれど、少なくともこうして自ら話しかけてくる時点で、以前の彼女とはどこか雰囲気が異なっているのは確かだろう。

「診せるほどひどい怪我でもないから、大丈夫よ。静雨が軟膏《なんこう》をもらってきてくれているし……。あぁでも、包帯はそろそろ替えたほうがいいかしら」

「髪を梳き終えたら交換します。先ほど新しいものをもらってきましたので」

「えっ」

ここまでくると、いよいよ心境の変化が気になってくる。いったい彼女になにかあったのだろうか。よもや体調でも悪いのか、と心配になってくる始末だ。

大丈夫かと思わず食い気味に尋ねようとした、そのときだった。

「っ、困ります！　主上！」

そんな悲鳴じみた叫びと共に、勢いよく寝所の扉が開け放たれる。ぎょっとして振り返れば、寝所に突撃してきたのは、なんと烔明だった。

これにはさすがの李衣も驚いたのか、がちりと固まって玲葉の髪を梳いていた櫛《くし》を床に落としてしまう。だがすぐに我に返り、跪礼した。

「へ、陛下？　なぜここに……」

「………………」

今日は触れは出ていなかったはずだ。伝え忘れかと李衣を振り返るも、彼女もやはり知らなかったのか、ぶんぶんと首を横に振る。烔明に続いて部屋に飛び込んできた静雨に至っては、珍しく怒りを露わにしていた。

何事かと固まる玲葉に近づいてきた烔明は、無言のまま玲葉の手首を掴み上げた。

「な、なんですか、いきなり」

「……これはいったいどういうことかを訊きに来たんだよ」

炯明が掴んでいるほうの手のひらには、何重にも包帯が巻かれている。

冷や汗が流れだした玲葉は、無理やり手を引っ込めようとした。しかし思いのほか炯明の力は強く、振り払おうとしても放してくれる様子はない。それどころか、炯明は問答無用で包帯を解いてしまった。

抵抗の甲斐なく晒されたのは、斑模様に赤黒く染まった手のひらだ。玲葉の白い肌には目立ちすぎるほどで、実際の痛み以上に痛々しい見た目をしている。

さすがにこれには炯明も無表情を保てなかったのか、不快感を露わにした。

「……毒に触れたのか」

「せ、摂取しなければ人体に問題はありません。多少かぶれるくらいです」

「こんな状態になっておいて、よく平然とそんなことが言えるね」

苛立ちを交えながら吐き捨てた炯明は、背後でおろおろとこちらを見守っていた李衣へ刺すような視線を向ける。

「新しい包帯と軟膏を持ってこい。もたもたするな」

「ひっ……た、ただいま……！」

炯明は普段、玲葉以外の女性には柔らかく接する。それは女官相手も然りだ。そんな炯明には珍しいほどに突き放した態度で、玲葉は心底驚愕した。

加えてひどく冷徹な声音で命じられれば、李衣が怖がるのも無理はない。

「あの、放してくださいませ」

それでもどうにか手を振り解いた玲葉は、己の手を抱え込みながら後ずさる。

「──毒見役を含め、先日の茶会で死んだ者はいなかった」

「はい？」

「毒が見つかったという報告もない。奇妙な類の報告といえば、『紫后が飾り用の食用葉を集めて紫睡宮に届けさせた』というものくらいだ。あれだけの妃嬪が集まっていた茶会で、なにも起きなかった」

「……なにが言いたいのです？」

じりじりと詰め寄られる。

壁際まで追い詰められた玲葉は、冷や汗を流しながら炯明を睨んだ。

「正直に答えろ。──君が集めていた葉は、毒だな？」

頭上に腕を置かれ、いよいよ逃げ場がなくなる。間近に迫る美貌はいっそ凶器だと思えるほどで、向けられる怜悧《れいり》な眼差しに心が激しくざわついた。

（わけが、わからない）

途端に糸が切れて泣きたくなった。けれど、ぐっと耐えられたのは、きっと目の前にこの世で一番涙を見せたくない相手がいるからだろう。

「毒だとして……、なにか問題がありますか？　結果的に誰も命を落とさなかったなら、それでよいではありませんか。陛下も妃嬪も女官も無事だというのに、それ以上騒ぎ立てる必要がいったいどこにあるのです」

「……本気で言ってるのか？」

「犯人探しをしたいのなら、どうぞご勝手になさってください。そこまでの優しさは持ち合わせておりませんので、罪人の処遇にはいっさい口を出しません」

毅然として答えると、炯明はさらに眉間の皺を深くして苛立ちを募らせる。

「なら、なぜ庇った？　あのとき『緑のものを避けろ』と言ったのは、未来を視て私が毒の被害に遭うと確信していたからだろう」

「……あら、わたくしのことをようやくお調べになったのですか？」

声が震えそうになる。喉の奥が、熱い。

「話を逸らすな。私の問いに答えろ、未来視の巫女よ」

すっ、と。その瞬間、玲葉のなかで急激に熱が冷めるのがわかった。

「……その呼び方はやめてください。不快です」

抑揚もなく返した玲葉に、炯明は訝しげな眼差しを向けてくる。それでも構わず、玲葉は表情を削ぎ落としたまま炯明を睥睨した。

「なぜ庇ったかなんて訊くまでもないでしょう。あなた様が帝だからです」

「だが君にとっては、私など死んでほしい相手ではないのか」

「なにもそこまで思っておりません」

「だとしても、こんな風に自分の身体を犠牲にしてまで庇う価値など、私には見出していないはずだ。なにより君は……私が嫌いだろう」

本当になにを言っているのだろう、と玲葉は笑い飛ばしたくなった。

もしも本当にそれだけなら。ただただ、この炯明という男が嫌いなだけなら、玲葉だってここまで心を乱したりはしない。泣きたくなることだってない。

「わたくしの気持ちがどうの、価値がどうのという問題ではございません。むしろ帝の御命ほど大切なものがこの世にあるとお思いなのですか？　だとしたら陛下は、あまりにも帝としての意識がなさすぎます」

身を屈め、玲葉はするりと炯明の腕の下を潜り抜けた。思いのほか簡単に脱出できたことからも、本当に閉じ込めるつもりはなかったのだろう。

「わたくしは確かに、未来視の異能を持っています。けれど、だからこそ――〝変えたほうがよい未来は変える〟と心に決めてここに参りました。今回の件も、その信念に則って遂行したまでのこと。それ以上でもそれ以下でもありません」

玲葉は淡々と答えながら、かつて自分がいた鳥籠を思い出していた。

（不幸な未来を自分の手で変えられるのは、奇跡のようなことなのよ）

未来視の巫女――そう呼ばれていた頃、玲葉は長らく監禁されていた。

監禁、とはいっても、雨風の心配がない立派な家屋、三度の食事と、衣食住には困るどころか豊かすぎるほどに恵まれた環境下ではある。

待遇に関しても同様だ。あの家で巫女は姫君扱いだった。

玲葉は家族からも『巫女様』と崇められ、蝶よ花よと扱われていた。

ただ、その代わりに力を酷使されるのだ。命が擦りきれていようが関係なく、あの家にとっての〝巫女〟は宝具そのもの。どこまでも、いつまでも、使われ続ける。

「誰もが不幸など望んでいないでしょう。その不幸を被らずに済むのなら、それに越したことはない。よしんば望まぬ結果しか残されていないにしても、事前に選択肢を与えられていれば動けることもあるというものです」

「……それが、私を庇った理由か？　後宮の環境改善もその一環だと」

「当然です。――わたくしの力は利用価値がある。どこへ行っても、この力だけがわたくしの価値を生んでくれるのです。そういう意味では、わたくしが皇后に選ばれたのは当然なのかもしれませんが」

玲葉はどこか思い詰めた様子で立ち尽くす静雨に近寄ると、その頭を撫でる。

「使い方次第では、いくらでも利益を生むことができる〝力〟です。そう思うと、少しはわたくしに興味が湧くでしょう？」

しばし黙っていた烔明は、やがて苦虫を噛み潰したような顔をこしらえた。

「……君といると、本当にいらいらする」

「左様でございますか。それは申し訳ございません」

気持ちのこもっていない返事に、またも感情が揺らいだらしい。

烔明はらしくもなく舌打ちを落とすと、大股で寝所から出ていった。

（いらいらする、なんて。最高の褒め言葉かもしれないわ）

ぼんやりとそんなことを考えて、玲葉は寝台に倒れ込む。

今日は、なんだかとても、疲れていた。


翌日、紫睡宮に蛇帝――烔明から薬と大量の果実が届けられた。卓子がまるまる果実で覆い尽くされるほどの量である。いくらなんでも見舞品としては多すぎだ。

「どういうつもりなのかしら、これ……」

「新手の悪戯でしょうか。とくに毒などが仕込まれているわけではなさそうですが」

隅々までくまなく調べながら、静雨が不機嫌そうに言う。昨晩の一件以降、静雨はずっとこの調子だ。いつも可愛さは鳴りを潜め、どこか闇深い目をしている。

「……でも、軟膏のほうはよいものですよ。先ほど医局に持っていって医官の老師に訊いてみたら感動していましたから」

李衣は玲葉の手の包帯を変えながら呟いた。以前はもう少し乱暴な扱いをされていたような気がするけれど、最近はやはり、どこか労るような触れ方である。

「早く、よくなるといいですね」

「えっ」

「紫后様の手は白くてお美しいから、こんな痛々しい傷は似合わないなって」

さすがにこれには虚を衝かれて、玲葉は目を丸くし、李衣を見つめてしまう。

すると李衣は、気まずそうに視線を逸らした。

「……今さらすぎますよね」

「え？」

「あんなに冷たく接していたのに、こんないきなり、媚びるみたいな……。ふざけるなって思うのは当然です。わかっているんです」

おずおずと玲葉の手を離すと、李衣は数歩下がって拱手してみせる。

「茶会で紫后様がお声をかけた毒見役の者を、覚えていらっしゃいますか？」

「え、ええ。もちろん」

「あの子、私の妹なんです」

「妹……!?」

あのとき玲葉にひどく怯えていた小柄な女官を思い出し、李衣と比べてみる。が、正直あまり似ているとは思えなかった。むしろ正反対の印象がある。

よほど信じられない目をしていたのか、李衣は眉尻を下げながらはにかんだ。

「似ていないのは当然かと思います。異母姉妹で、私も妹も母親似なので」

「あっ、そうなのね」

「それでも大切な家族なんです。もし紫后様が葉を回収してくださらなかったら、あの子は毒を口にしていたかもしれない。そう思ったら、怖くなって」

俯いた李衣の声はか細く震えていた。

「わ、私、紫后様をずっと勘違いしていたんです。宮中のあらゆる噂を鵜呑みにして、どうして私がこんな場所に派遣されなきゃいけないのって不満が溜まってて」

自分の体をぎゅっと抱きしめるように腕を回す姿を見ていると、玲葉まで胸が苦しくなってくる。しかし、気の毒に感じたのは玲葉だけであったらしい。

そばで聞いていた静雨は、にべもなく鼻で笑いながら間に入った。

「よくもそんな都合のいいことが言えますね」

「静雨?」

「小生は……どうしても許せません。紫后様は、後宮入りされてからずっとおひとりで耐えてこられました。理不尽な言いがかりにも、無礼な態度もすべて寛大な御心で受け流して……。なのに、今になって手のひらを返すように紫后様に接する者たちが出てきた。これまでのことを知らぬわけでもあるまいに」

静雨の正鵠《せいこく》を射た言葉に、李衣はますます縮こまってしまう。きっと身に覚えがあるのだろう。ここ最近の彼女の様子がおかしかったのも、きっと以前の振る舞いを変えることが気まずかったのだ。

「……いいのよ、静雨。わたくしは気にしていないから」

「っ、しかし……！」

「すべてわかっていたことだもの。覚悟してきたのだから驚くことでもないわ」

――自分がそうして冷遇《れいぐう》されることは、はなから知っていた。なにせその未来を視た上で、玲葉は後宮入りしているのだから。

（むしろ、静雨のような子がいたことに驚いているくらいなのに）

かつて視た未来で静雨の存在はなかった。おそらくなにかが作用して未来が変わったのだろうけれど、それ自体は珍しいことではない。

未来というのは、安易に変わるのだ。行動ひとつ――ときには言葉ひとつで。

だからこそ、玲葉は常より望む未来を描くための言動を心がけている。ときにはそのせいで、自分が予想もしない方向へ変わることもあるが、それもまた運命だろう。

「静雨、李衣。未来というのはね、小さな選択の積み重ねなの。遅すぎるなんてことはない。そのときの選択は、またさらに未来の選択に繋がっているのよ」

「選択……」

「過去は決して変えられないけれど、未来は変えられる。変えようと努力することができる。わたくしの行動は、すべてそうして成り立っていることなの。まあ、皇后らしくはないかもしれないけれどね」

くす、と笑ってみせると、李衣と静雨は揃って首を横に振った。

「紫后様は、南蛇国が誇る立派な皇后です」

「そうですよ。こんなにも後宮の主として相応しい器の方は他にいらっしゃいません」

「……ふふ、そうかしら。ならよかったわ」

即位してから、せめて〝皇后らしく〟あろうとしてきた。胸を張り、俯かず、前を向いて。どんな攻撃をされても狼狽えず、毅然とあるよう心がけてきた。

それらはすべて、とある未来を避けるためだ。本来の自分のすべてを捨ててまで貫かなければならない理由がそこにあったから、どれだけ冷遇されても耐え忍んだ。

今この瞬間だってそうだ。後宮入りしたそのときから、玲葉はもうこの在り方を捨てることはできないし、きっとこれからも変わることはない。

（それでも……、幸せね）

こうして、玲葉の存在を認めてくれる者たちがいる。ただの道具として生きてきた玲葉にとっては、たったそれだけのことが、涙が出るほど救いだった。

「……さて、この話はもうおしまいね。静雨も李衣も、この大量の果実の消費を手伝って。せっかくだから、他の宮にもお裾《すそ》分けしましょう」

「主上からの贈り物ですが、よろしいので……？」

「腐らせたらそのほうが罪よ。わたくしはこの林檎《りんご》ひとつで十分だから」

ちょうどよく熟した林檎を手に取って、玲葉は李衣に微笑んでみせる。

「ねえ、李衣の妹さんにも持っていってあげて」

「っ……は、はい。ありがとうございます」

目を潤ませる李衣に頷きつつ、玲葉は静雨をちらりと見る。いまだ複雑そうな表情をしているけれど、どうやら苛立ちや怒りの感情は収まっているようだった。

安堵して胸を撫で下ろした、直後のこと。

「あ、れ」

不意に、視界が揺れた。

「紫后様!?」

それは勝手に未来視が発動したときと、よく似ている感覚だった。けれど肝心《かんじん》の未来は視えないままに、体の平衡《へいこう》感覚がなくなり力が抜ける。

「紫后様！　紫后様！　しっかりしてください！」

「わ、私、医局に行ってきます！」

膝から崩れ落ちた玲葉を、間一髪のところで静雨が受け止め支えてくれたことだけはわかった。けれどすぐに、自分がどこを向いているのかさえも曖昧になる。

視界がぐるりと反転し、意識が急速に遠い彼方へと遠のいていく。

(あ……)

深い闇に墜ちる最中、しかし無情にも悟る。

──ああもう限界なのだ、と。

「……起きたのかい？」

玲葉は、目覚めたと同時に辟易《へきえき》した。

瞼を開けた瞬間、凶器的な美貌が視界を埋めたのだ。思わず現実逃避をするようにもう一度目を閉じると、なぜだか「こら」と焦ったような声が続く。仕方なくもう一度瞼を持ち上げれば、思いのほか心配に満ちた表情がそこにあった。

「まだつらいところがあるのか？　いや、医官を呼んできたほうがいいな。よし、少し待っていてくれ。すぐに──」

「陛下」

炯明が椅子から立ち上がった瞬間、玲葉はほぼ反射的に呼びかけていた。

「なぜ、ここにおられるのですか」

こちらへ向いた双眸は、呆れのなかに苦しげな色が交錯していた。その似合わない色を自分に向けて宿していることがまた不思議で、玲葉は炯明を見つめる。

「……なぜもなにも。君が倒れたというから、わざわざ足を運んだんじゃないか」

「そう、ですか。……わざわざ」

「……わかった。今のはなしだ。悪かった」

謝ってほしかったわけではないのに、炯明は片手で顔を覆ってしまう。

「どうにも君の前だとだめだね。私の素が顔を出してしまう。とんだ魔性の妻を娶ってしまったようだよ、私は。やっぱり女狐かい？」

「申し訳ないのですけれど、なにを仰られているのかさっぱりわかりません」

玲葉はいまだに重怠い身体を叱咤し、上体を起こす。はっとしたように炯明が支えてくれようとするが、触れられる前に手で制した。

「陛下の御手を煩わせたくないので、どうぞお気になさらず」

「……そこは甘えていいところではないかな。他の妃嬪を見習って、君はもう少し可愛げというものを身につけたほうがいい」

「ところで、静雨や李衣はどこに……？」

炯明の言葉を華麗に流して尋ねる。

むっとしたような顔をした炯明は、不服そうに目を眇めた。

「休むように命じた。君が倒れてから、ずっと付きっきりで世話をしていたからね」

「そんなに時間が経っているのですか？」

「うん。丸二日」

さすがにぎょっとした。

せいぜい数刻程度だと思っていたのに、ずいぶん眠りほうけていたらしい。

「そ、それは……多大なるご迷惑をおかけいたしました。申し訳ございません」

「……迷惑とは思っていないよ」

わずかに声音を落として返すと、烔明は深く嘆息した。

「しかしまあ、見舞品を届けた直後に、さらに見舞わなければならなくなるとは思いもしていなかったかな。本当にもう大丈夫なのかい」

「はい、問題ありません」

「……医官が診たが、原因がわからないとのことだった。毒の影響ではないのか」

「それは違いますね。これは本当に大したものではないので」

玲葉は手の包帯を取る。烔明が差し入れてくれた高価な軟膏が効いたのか、前に見たときよりずいぶんと赤みが引いていた。すでに瘡蓋もできはじめている。

「あの葉について、調査は？」

「当然したとも。犯人はいまだに見つかっていないけれど」

「見つからないでしょうね。あれは意図的な毒の混入ではありませんから」

従容とした態度を崩さぬまま答えながら、玲葉は寝台から降りようとした。だがそれを阻むように、烔明がどこか焦りながら腰を浮かす。

「なんだ、どこへ行く。動くんじゃない」

「そこの引き出しまで行くだけです」

「なにか取りたいものがあるのか？　ならば私が代わりに行こう」

「あ……では、二段目の右側を……」

なにやらずいぶんと過保護な扱いをされている気がする。

(これは、非常にまずい気がするわ)

そもそも、烔明とまともな会話をしたのは今日が初のようなものなのだ。

無論それは〝あえて〟である。だというのに、現状を鑑みると、なかなか危うい方向へと未来が進んでいっているようにしか思えない。

静雨と李衣に偉そうな口を利いた手前ではあるが、実際、そう思い描いた通りに進まないのが未来だ。それが視えたとて、理想を辿るのは難しい。

「これか？」

引き出しを開けた烔明は、盆にのせたふたつの瓶を手に取って見せてきた。

真顔で頷いて返しつつ、玲葉は意識を逸らした。相手のことを考えすぎると、また勝手に能力が発動してしまいかねない。それだけは避けなければ。

「なにが入っているんだい？　これ」

「茶会でわたくしが回収した例の葉です。名は麻燕《まえん》といいます」

「はっ……!?」

「ただし、こちらは食用、無毒なもの。こちらが有毒なものです」

玲葉は蓋を開けた瓶をふたつ並べて、烔明へと差し出す。

おそるおそる覗き込んだ烔明は、しかしすぐに神妙な面持ちになる。

「……見た目では違いがわからないな」

「はい、そうなのですよ。あまり知られてはおりませんが、麻燕という葉は収穫直後のみ有毒物質を発する、少々特殊な植物でして」

この葉はおもに料理の飾りつけや、風味付けに用いられることが多いものだ。葉の毒は熱に弱いため、たとえ有毒でも火を通していれば問題なく食せる。

ただし飾り用として用いる場合、多くは皿を鮮やかに彩るためにそのままの状態で使われる。新鮮さを求めて食する直前に収穫していたりすると、かえって仇《あだ》になるわけだ。収穫から一日も経っていれば無毒となるし、市場に出回るものは長期保存されていたものが大半であるため、この性質自体を知らない者も少なくない。

端的にそう説明をすると、烔明は難しい顔をして腕を組んだ。

「だとすると、そもそもこの麻燕を料理に使用した者が怪しいか。知らなかった、とシラをきりながら、実際は妃嬪の誰かを狙って——」

「いえ、おそらくそれはないかと」

玲葉は静かに否定を示す。

「そもそもこの葉の毒は脆いので、人間の体内に摂取されれば毒性はほぼ消えてしまうのです。まあもちろん大量摂取すれば死に至りますが、少量ならせいぜい腹痛に見舞われる程度でしょう。毒殺向きではありません」

「む……」

「ちなみに、有毒かそうでないかは、葉裏部分の感触の違いでわかります。本当にわずかな違いなので、その、素手でなければ判別が難しく——」

言い淀んだ玲葉に、炯明の冷ややかな眼差しが飛んでくる。

「……なるほど、そうしてその手ができあがったと。解せないな」

「どの程度の割合で混ざっていたのか、把握しておきたかったのです。触れればかぶれますが、それくらいなら大した問題はないかと」

「そもそも、なぜ君がそのようなことをする必要がある？　というよりも、なぜあのとき私に緑のものを避けよと言った？　口にしても死にはしないのだろう？」

矢継ぎ早に問いかけられて、玲葉はげんなりした。早いところ会話を切り上げたかったが、逃がしてはくれないらしい。なかば諦めながら、炯明を見る。

「わたくしは触れるな、と伝えたはずです。口にするなとは言っていません」

玲葉が視たのは、炯明が運悪く有毒麻燕に触れて手をかぶれさせる未来だ。

他にも数名、同様の症状が現れたことで宮中は大騒ぎになった。

食を司る尚食の者が疑われ、冤罪を被ったまま処刑される者も出る始末。その悲しい犠牲を考えれば、動かないわけにはいかなかったのだ。

「もしあの場で麻燕が有毒であると口にすれば、騒ぎは余計に拡大し、食事を提供した者は殺され、毒見役の娘たちの心労も計り知れないものとなっていたでしょう。なればこそ、あのとき最善だと思われる行動を取った。それまでです」

ようするに、〝皇后のわがまま〟という体で、麻燕を回収するのが手っ取り早かったのだ。周囲からの評価が下がろうが今さらだと割り切れていたのも大きい。

「――……ひとつ、訊いてもいいかな」

「嫌です」

「君は以前、私に言ったよね。この国の未来が私の手によって破滅に追い込まれないように、って。あれも未来を視たから？」

玲葉の拒絶を華麗に流した問いかけに、玲葉は黙り込んだ。

「沈黙は肯定と受け取るけど、いいね？」

あれは完全に墓穴を掘った玲葉が悪い。できるなら忘れていてほしかったところだが、言葉の端々までしっかりと憶えていたらしい。

返せる言葉もなくなおも黙り込んだままでいると、炯明は目頭を揉《も》み込んだ。

「なるほど。わかった」

「……え？」

「破滅がなにを指し示すにしても、そうならないよう努力はしよう。同じく宝玉に選ばれてしまった立場として、君にばかり負担をかけるわけにはいかないから」

予想に反した言葉に、玲葉はぽかんとして炯明を見上げてしまう。その隙のある反応が意外だったのか、少しだけ驚いた顔をした炯明は小さく吹き出して笑った。

「なんだ。そんな顔もできるのか」

「っ、まさか陛下の口から、そんな責任感のある言葉が出るとは思わず」

「つくづく思うけれど、君のなかでの私の評価って最低だよね。そんなに嫌いかい」

「なにを仰いますか。嫌っているのは陛下のほうでしょうに」

不意に沈黙がふたりを包んだ。突然黙り込んだ炯明を怪訝に思って見上げれば、今度はなぜか彼のほうがぽかんとしていた。その表情はどこか純朴であどけない。

「陛下？」

「あ、いや……そうか。まあ、そう思われても仕方がないというか……当然か」

なにを動揺しているのか、烔明は口許を覆いながら視線を彷徨わせる。

「……違うんだ。確かに以前、君を見ているといらいらするとは言ったけれど、嫌いなわけではない。うん、本当に。嫌ってはいないよ」

「ご無理をなさる必要は――」

「無理ではなく。むしろ興味があるからこそ、わからない君が苦手だったんだ」

そう食い気味に遮ると、烔明は真っ直ぐに玲葉を見つめてきた。苛立ちの宿る瞳ではない。どこか熱っぽく、それでいて慈愛をまぶしたような瞳だ。

（え、なに？）

なぜだかわからない。だが急に閨へと放り込まれた気分になり、玲葉は思わず寝台の上で後ずさる。それを見てか、烔明は断りもなく寝台に乗り上げてきた。

片膝が乗り、ぎしり、と軋《きし》む音が響く。

「玲葉」

「っ……！」

初めて名前を呼ばれた。思考が停止し、玲葉は硬直する。

「わ、わたくしの名前など覚えていらっしゃらないかと」

「妻の名前を忘れる愚か者ではないよ、私は。最低限、夫としての自覚はある」

「夫」

「帝と后だからね。夫だろう、私は」

伸ばされた炯明の手が頬に触れた。思わずびくりと肩を跳ね上げると、炯明はくすりと鼻を鳴らして、垂らしたままの髪を指先で梳いてくる。

「思いのほか初心《うぶ》な反応をする。可愛いな」

「ご、ご冗談を。もう一度言わせていただきますが、夜伽はいたしませんよ」

「うん、今はいいよ。無理やりしたところで、さらに嫌われてしまうだろうしね」

あっさり引き下がった炯明に、玲葉の混乱はますます極まる。

その言い方では、まるで嫌われたくないみたいではないか。

「──私はね、君のことが知りたいんだ。玲葉」

「は……」

玲葉の頭を撫でて寝台から降りた炯明は、衣の乱れを直しながら玲葉を見る。

「覚悟しておいてね、我が后」

あまりにも美しいその微笑みに、玲葉が顔面蒼白になったのは言うまでもない。

ほどなくして、帝のお渡りが途絶えたと宮中がざわつきはじめた。

毎夜異なる妃のもとに通っていた帝が、ぴたりとそれをやめたのだ。多忙や体調を案ずるものから、とても帝の耳には入れられないようなことまで、さまざまな噂がたった。同時に幾人かの妃嬪が帝不足で倒れた、という話も耳にした。

しばらくすると、今度は皇后が〝寵妃〟になったのだと囁かれるようになった。

それも当然だろう。なにせ蛇帝──炯明は、玲葉が倒れてからというもの、足繁く紫睡宮へ通っているのだから。寵妃と思われても致し方ない状況にあった。

「紫后様。本日、陛下はこちらに来られるのですか？」

「さあ……どうなのでしょう。もう心配なさらずともよい、と日々お伝えしてはいるのですが、なかなか信じてもらえないのです」

今日は見舞いと称してやってきた包徳妃と、紫睡宮の院子にて個人的な茶会を催していた。互いの侍女が背後に控えるなか、玲葉と包徳妃は気安い関係で茶を啜る。

「陛下が心配なさるのも無理はありませんわ。紫后様、お倒れになってからずっと体調が優れないのでしょう？　原因も不明だとか……」

「動けない日もありますが平気ですよ。今日のように体調のよい日もありますしね」

突如として倒れたあの日から、玲葉の体調はずっと芳《かんば》しくなかった。

医官に診てもらったが原因はわからない、と言われていた。仕方なく、動けない日は一日中寝台で過ごし、多少動けそうな日は散歩に出るという生活である。

しかし、実のところ玲葉は、この体調不良の原因に目星はついていた。

（大丈夫。もともと覚悟はしていたことだもの）

——これは、未来視の副作用だ。

未来視はなにも無限に発動できるわけではない。行使するたびに、玲葉の命そのものを削っている。これは比喩ではなく、ただ事実としてそうなのだ。

意図せず発動する小規模な未来視ならば、影響もたいしたものではない。けれど、自ら力を使うと消耗はより激しくなる。茶会で広範囲に未来視を行使したため、その反動が今になってやってきていると考えるのが妥当だろう。

(それでもここまでだとは思わなかったけれど、しょうがないわね)

実際、実家で〝巫女〟として扱われていた頃も倒れたことは何度かあった。力を使わずにいれば多少は回復するが、蓄積されたものはなくならない。

いずれ、使える命が——寿命がなくなったとき、きっと玲葉は役目を終えて死に至るのだ。それこそが実家における〝巫女〟の役割だった。

(歴代の巫女も、みな短命だもの。わたくしだって例外じゃないわ)

想像していなかった未来ではなかった。生まれ落ちた瞬間から、〝巫女〟の宿命を背負って生きてきたのだ。いつか必ず訪れるものとして冷静に受け止めていた。

「それにしても……陛下はただわたくしを見舞うために足を運んでくださっているだけなのに、寵妃だなんて」

「あの陛下がこうも気にかけているのです。寵妃と言って差し支えないかと」

「そう、でしょうか。夜伽もないのに」

「夜伽がすべてだったのは過去の話。きっと陛下は今、真の愛に目覚めつつあるのでしょう。ひとりに固執しないはずの陛下がです。はあ、さすが紫后様ですわ」

両頬に手を当ててうっとりとする包徳妃に、玲葉は苦笑する。

親しい妃ができたのは喜ばしいことだが、包徳妃は少し変わった妃だ。玲葉が寵愛を受けていると噂が立っても妬むことなく、むしろ応援している節さえある。

「皮肉的ですが……。包徳妃はよろしいのですか？　帝のお渡りがなくなっても」

「必然ですもの。紫后様に誑《たぶら》かされたせいで陛下が変わってしまわれた、と嫉妬を燃やしている妃もおりますが、それは致し方ないことです。紫后様に限らず、陛下に真の寵妃ができればいずれはこうなっていたことですから」

「真の寵妃……」

「宮中の権力争いにおいて、陛下の〝平等主義〟はなによりの枷《かせ》でしたからね。わたくしとしては、もっとも寵妃に相応しい紫后様に落ちついて嬉しい限りですわ」

陛下の寵愛度合が権力に直結する世界。そこで本来、差があるはずの上級妃と下級妃が平等では、なにかと示しがつかないことも多かったのだろう。

そういう意味では立場的に最高位である皇后が寵妃の座につくのは、一番平和な形であるのかもしれない。

（わたくしがそう長くないことを考えれば、最善であるとは思えないけれど……）

つい零れかけたため息を呑み込む。玲葉は複雑な気持ちを胸に渦巻かせたまま、先行きの不安な未来をただ見つめたのだった。

「玲葉、今日は少し出かけてみないかい」

「……出かける？　こんな時間にですか？」

火灯《ひとも》し頃に紫睡宮へとやってきた烔明は、寝台に横たわる玲葉に微笑んだ。

「こんな時間だからこそ、だよ。君は数日こもりっぱなしだから知らないかもしれないけれど、今宵は満月なんだ。月見でもしよう」

言うや否や、玲葉は烔明に抱き上げられた。痩躯なのにいったいどこにそんな力が、と思いかけて、そういえば烔明は人ではなかったのだと思い直す。

「わたくし、おそらく歩けないのですが」

「構わないよ。私の腕のなかにいればいい」

「……静雨に怒られますよ。李衣にも」

「私が帝だって忘れているのかな？　宦官や侍女に咎められたところで、世界は一片も変わりはしない。そういう〝世〟だからね」

烔明は窓を開けると一息に外へと飛び降りる。軽い音を立てて着地すると、すぐさま回廊の宝形屋根に飛び乗り、再び強く地面を蹴った。何度か屋根を渡り、最後に着地したのは紫睡宮の東に位置する寝殿の屋根の上。寝殿、とは言っても玲葉は本殿の部屋のひとつを寝所としているため、普段は倉庫と化している場所である。

「出かけるにしては、思いのほか近場ですね」

「まあ、いくらなんでも後宮の外に出るのはね。ここなら君も安心だろう？」

そう言って屋根の縁に腰を下ろした烔明は、呆れ顔の玲葉を自分の膝の上に横抱きにした。玲葉はされるがまま身を任せつつ、その温もりから目を逸らす。

（……陛下は、ずるい御方ね）

以前はにこりともしなかったのに、最近の烔明はよく笑みを見せる。

それも作り物ではない。他の妃嬪に見せる取り繕ったものとも違う、日常において自然と零れる笑みだ。だから余計に玲葉は彼を拒むことができなかった。

まるで、いつか視たあの日のようで――。幼い頃の自分が希望を求めて追い願っていた〝彼〟のようで、どうしても心が弱くなってしまう。

「ほら、見てごらん。美しいから」

「……そうですね、綺麗です」

宵にぽっかりと浮かぶ丸い白月《びゃくげつ》。冴えた月光の下に広がる後宮は、ここからはすべてを見通せないほどに広大だ。夜闇を照らす篝火《かがりび》が等間隔に置かれ、丹塗りの高《こう》楼《ろう》をより鮮やかに浮かび上がらせていた。

（こんな日は紫睡蓮がよく映えるわね。月と睡蓮は相性がとてもいいみたい）

水面に浮水草を浮かべて花を咲かせる睡蓮。皇后そのものを表す花だという紫睡蓮は、決して派手な色合いではないけれど、いつ何時も落ち着いた美しさがある。

あんな美しさを纏っていたい、と玲葉は常日頃から思っていた。

多くの物事、そして民を寛大な心で受け止められるような気高さ。一方的に守られるばかりではなく、むしろ守り、正しく未来へ導くことができる真の強さ。

そうした心構えが生み出す昂然とした美しさを、玲葉は求めている。

「陛下？」

ふと、烔明が玲葉の頭に顎を乗せてきた。より密着したことで、意識がすぐ近くに引き寄せられる。烔明はしばし沈黙したあと、静かに口火を切った。

「……玲葉。君はどうしたら助かる？」

はっとし、息を呑む。烔明は玲葉が返答する前に、さらに続けた。

「ずっと調べているんだよ。でも、調べるほどに未来視の巫女が辿ってきた非情な運命が浮き彫りになる。君の実家にまで足を運んだけど、なにもわからなかった」

「じ、実家？　わたくしの実家ですか？」

「それが一番手っ取り早いからね」

確かにそうだが、帝が自ら宮城を出て赴くなどよほどのことだ。

巫女として距離を置かれていたこともあり、玲葉自身はそこまで実家の者たちに思い入れはない。しかし、さすがに驚いただろうと気の毒に思ってしまう。

「お気持ちはありがたいですが……、陛下がそのように気に病む必要はありません」

「日に日に痩せ細っていく君を見ているのに、どうして気に病まずにいられる？」

「わたくしのこれは、宿命のようなものです。最初からわかっていたことですし、諦めもとうについています。手を尽くしていただかなくとも大丈夫なのですよ」

ふと顔を上げた玲葉は、炯明の目許にうっすらとした隈を見つけた。思わず手を伸ばし指先でなぞると、炯明は思いがけないことをされたように固まる。

「な、なんだい。急に」

「……隈が。眠れていないのですか？」

「あぁ……それはとくに問題ないよ。私は妖だから、数日寝なくとも影響はない。寝ている暇があるなら一刻も早く解決策を見つけたいからね」

さも当然とばかりの言葉に、ずきんと胸が痛んだ。

（途中まではうまくいっていたはずなのに。……どうして、こんな）

ずきん、ずきん、と痛みは鼓動に伴って増していく。いけないとわかっていてもなお、その〝未来〟を視たいと、本能が力の発動を呼んでしまう。

「……玲葉？」

視界が揺れ、耳障りな音がこだまする。けれど、勝手に力が発動してしまうときとは異なる。玲葉が自らそれを行使するときは、未来はより明確に色づくのだ。

（……ああ、変わってない）

最初に映ったのは、紫睡蓮に囲まれて永遠の眠りにつく自分の姿だ。

奇しくも穏やかな顔をしていた。死を受け入れて死んだ者の顔、とでも言えばいいのだろうか。ただ安らかに、悔いもなく眠っているように見える。

前回と違うのは、眠る玲葉の周囲に、人が集まっていたことだ。絶望の表情を浮かべた静雨、泣き腫らした目の李衣、やりきれない様子で涙を拭う包徳妃。

その他にも、後宮で玲葉が関わった者たちが追悼を捧げている。

（そう……。わたくしは愛されて死んでいくのね）

自分の死後を見つめるなど、この力がなければできないことだ。ずるいのかもしれない。けれども、これは宿命を背負う者の褒美にも等しいものだと玲葉は思う。

以前はたったひとり、孤独だった。誰からも悔やまれることなく、蔑みと同情のなかで寂しく死を迎えていた。花ひとつ弔《とむら》われることなく、紫睡蓮は枯れていた。

つまり、これは〝変化〟した未来なのである。

孤独だった玲葉が、孤独ではなくなった。それだけでも喜ばしいことだろう。

――だというのに、肝心の一番変わってほしかった箇所は変わっていなかった。

献花に囲まれた枕頭《ちんとう》で、静かに眠る玲葉を見つめていたのは炯明だ。その瞳からはいっさいの光が途切れ、美麗な相貌にはなにひとつ色もない。

まるで心を失ったかのように、ただただ、玲葉を見つめている。

いっそ喜怒哀楽を――いや、もうどんな感情でもいいから、ぶちまけてくれていたほうがまだよかったと玲葉は思うのだ。それならば、少なくとも感情は残るから。

(陛下……)

(このあと陛下は、帝としての役目を果たせなくなってしまったのよね……)

宝玉により新たな帝が選ばれるまでの間、南蛇国はほぼ廃国状態となる。帝が機能しない世がどれほど恐ろしいか、その末路を、幼き頃の玲葉は視てしまった。

国が廃するのは、哀しいくらいに一瞬のことだった。

「……いよう！　玲葉、目を開けてくれ……！」

続きを視ようとしたそのとき、強い衝撃に呼び覚まされて能力が途切れた。

はっと目を開けると同時に、激しい頭痛と眩暈に襲われ、その場で悶《もだ》える。炯明に抱き竦められてもなお収まらないそれに、思わず一筋の涙が頬を伝った。

「なぜ、力を……っ」

「あ……陛、下……？」

呼吸が安定してきたのを見計らって、玲葉は震えながら自分を抱きしめている炯明の胸を叩く。炯明は玲葉を放すことなく、ただ黙って何度も首を横に振った。

「もう、降参だ……。私は、君を……玲葉を喪うのが、恐ろしい」

「……大丈夫、です。わたくしがいなくとも、この後宮にはたくさんの妃が……」

「君でなければ！　玲葉でなければ……っ、なんの意味もない！」

らしくもなく声を張り上げた炯明に、玲葉はびくりと身体を揺らして口を閉ざす。

こんなにも痛みに満ちた激情をぶつけられては、返せる言葉などなかった。

「……私が宝玉に『心を満たしてくれる者を』などと願ったからいけないのか？　こんな満たされ方だなんて聞いていない……あんまりだろう……っ！」

それは、初めて耳にする炯明の〝願い〟だった。

（心を、満たす……）

冥世の宝玉は、帝が真に望む相手を后に選ぶという。

それを聞いたとき、なぜ自分が選ばれたのか不思議だった。

面識のない相手が選ばれる理由はなんなのだろう。そう考えて、やはり未来視の能力だろうと勝手に位置づけた。政に有利な――政治的利用が可能な后を望めば、確かに玲葉が選ばれる可能性は格段に上がるだろうから。

だが、実際は――。

「……陛下は、寂しかったのですか？」

思わず尋ねる。烔明は怯弱《きょうじゃく》さを露わにしながら、おずおずと顔を上げた。

「さみ、しい？　私が？」

未来のなかで視た失意の彼が、すでに見え隠れしていた。

目を離せばどこかへ消えてしまいそうな危うさを感じて、玲葉は烔明の頬を両手で包み込む。視線を真っ直ぐに繋ぎ合わせれば、わずかながらそこに光が戻った。

「……ああ、そうなのかもしれない」

くしゃりとその美貌が儚く歪む。

「ここにはこんなに妃がいて、みなが私を尊ぶけれど……それはあくまで私が帝だからだ。その冠を外してしまえば、誰も私など求めてはこない」

「…………」

「それでも、これだけ妃嬪がいるのだから、ひとりくらいは互いに本気で大切にできる者が見つかると思っていたんだ。なのに、どこまでいっても帝は帝だった。それに気づいてしまったから、私は宝玉に願ったんだよ」

心を満たしてくれる者を――。

なぜその願いで玲葉が選ばれたのかは、もはや誰も知る由もないことだ。未来を覗き視たところでわからない。だが一方で玲葉は納得してもいた。

(心を満たす。それが本気で想うということなら……私はきっと選ばれて当然だわ)

もっとずっと幼い頃、未来を視た。

巫女として生きる毎日のなかで、つい己の未来が気になったのだ。だから家の者たちが寝静まったあとに、こっそりと力を発動した。

そうして玲葉が視たのは、幸せそうに笑う大人になった自分。その隣には、もうひとり——絶世の美貌を持った男、烔明がいた。

それが、初めて玲葉が烔明と出逢った瞬間だった。

思えば、一目惚れだったのだろう。

今はここから出られなくとも、いつかは外の世界に出られるのだと。そこには、こんな幸せそうに笑うことができる相手が待っているのだと。

玲葉は、未来の夫に希望を抱き、恋をしていた。

(彼が南蛇国の帝だと知ったときは驚いたものだわ。でもそのあと、彼には他にも多くの妃がいるのだと知って、落ち込んで。そのときに、あの未来を視たのよね)

そして玲葉は、考えたのだ。

いつか遠からず死ぬ自分を愛してしまったことで、烔明の心に傷をつけてしまうのは嫌だと。国の未来を救うためにも、それはもっとも避けなければならない未来なのだと。ならば愛されるのは諦めて、彼に嫌われるため動こうと。

けれども、やはりどうしようもなく、玲葉は炯明を想ってしまった。それが伝わってしまったから、きっと炯明も玲葉を求めるようになってしまったのだろう。

「陛下は、わたくしがいなくなるのは嫌ですか？」

「……きっと、耐えられない」

「そうですか。では、もう力は使わないようにします」

炯明は瞳を揺らして、どこか懇願するような眼差しを向けてくる。

「力を使わなければ、生きられるのか？」

「少なくとも、延命にはなるはずです。視界を極力塞いで情報を減らし、なるべく力が勝手に発動しないようにしなければなりませんけど……」

「っ、それで君の命が繋げられるのなら」

もちろん、人間には寿命がある。どれだけ延命のためにあがいたところで、いつかは別れの日がやってくるだろう。しかし、そのときまで粘ることはできる。

(嫌われようと突き放したところで意味がないのなら、もう受け入れて……。せめて、最期に愛してくれてありがとう、って言える関係性のほうがいいのかも)

愛することを、愛されることを望んでいるのが、自分だけではないのなら。

求め合う先に待つ痛みを覚悟してでも、最期まで共にいることを願うのならば。

「――炯明様。どうかわたくしを、愛してください」

「紫后様、なにかお手伝いすることはございませんか？」

光も色もない視界にぼんやりとしていると、不意に静雨から声がかかった。

その方向を向いてみても、静雨とどの程度の距離があるのかわからない。けれどきっとすぐそばにいるのだろうと思い、微笑みながら首を横に振った。

「大丈夫よ。ありがとう、静雨」

玲葉は今、目許を布で覆っている。ふとしたときに目を開けてしまっても、なにも映らないようにしているのだ。

そうして情報を断ち切ってしまえば、誘発されて能力が発動することも少なくなると考えてのことだったが、どうやら当たっていたらしい。目を使わずに生活しはじめてから、能力が勝手に発動する回数は格段に減っていた。

「紫后様さえよろしければ、お散歩も行きましょう。支えますから」

「ふふ、ありがとう。でもまだやめておくわ。迷惑をかけてしまいそうだし」

比例して、玲葉の体は徐々に回復しつつある。以前は起き上がるのも一苦労だったけれど、ここ数日は寝台に腰掛けていてもつらくはない。

(ただ、目が使えないと、できることも限られてきてしまうのが厄介ね)

時間経過が曖昧になるため、どうしてもぼうっとしてしまいがちだった。

朝なのか、昼なのか、あるいはもう夜なのか。ときおり誰かに確認しなければわからなくなってしまうのだ。視界が常に闇に覆われているぶん、気持ちが落ち込みがちなのは致し方ないにしても、今後のことを考えると憂鬱さは拭えない。

「……なぜ紫后様が、このような思いをなさらないといけないのでしょう」

思わずため息が零れかけたとき、不意に静雨の震えた声が聞こえてきた。

「静雨？」

「紫后様は、ずっと後宮のために動いてくださっていました。どれだけ冷遇されようと、いつも誰かのために行動なさっていた。主上が遊び呆けているときだって」

いったいどうしたというのだろう。様子のおかしい静雨に不安が込み上げる。近くに李衣がいないか確認したいけれど、おそらく彼女はまだ戻ってきていない。

「優しすぎますよ、紫后様は。宝玉に選ばれた紫后様を最初に邪険にしたのは主上なのに……すべての元凶なのに、今になってなんなんだ。小生は、納得できない」

「元凶だなんて……。どちらかといえば、最初に突き放したのはわたくしよ？」

「突き放して当然、というか正解です。主上にとっては妃も妾も賤民もみんな同じですから。尊き紫后様がそのなかに入るなんておかしいです」

目の前で誰かが跪く気配がした。膝の上に置いていた手を包み込まれる。

「小生なら……絶対にそんな扱いはしないのに。紫后様だけを、ずっと……」

「静、雨？　本当にどうしたの？」

もしかして心配してくれているのだろうか。

確かに静雨は過保護な宦官だが、それにしては口を滑らせすぎだ。

もし誰かがこの帝を蔑むような物言いを聞いていたら、ただではすまない。

「紫后様。小生は……僕は、あなたが望むのなら……――」

静雨が思い詰めたようになにかを言おうとしたそのとき、誰かが部屋の扉を開ける音がした。瞬時に静雨が手を放し、立ち上がる気配がする。

「ただいま戻りました」

「あ、李衣……？」

「はい、紫后様。どうかされましたか？」

不思議そうな彼女の声に、ほっと安堵してしまったのはなぜなのか。

（……今、静雨が怖かった）

玲葉は静雨のことを信頼している。この後宮で、誰よりも早く玲葉に寄り添ってくれた存在だ。静雨を前に構えることなどないはず。

――なのに、なぜだろう。

手を取られた瞬間、思わず振り払いたくなってしまった。

かろうじて耐えたけれど、もし李衣が帰ってこなければ、なにか取り返しのつかないことが起こっていたかもしれない。

どうしようもなく、そんな気がした。

――暗夜《あんや》に佇むひとりの男がいた。彼は睡蓮を手に取りながら、ひどく苦しげな面持ちだった。まるで今にもその花が散ってしまうのを惜しむかのように。

そんな彼に一歩、また一歩と近づく者がいた。

闇に紛れながらも確実に距離を詰めていく。手には鋭利な刃物を持っていた。それは先日、果実の皮を剥いていたものとよく似ている。

（……どうして）

なぜそんなことをするの。そう叫びたかった。けれど、声は出ない。

狭い視界も定まらず、二転、三転する。そしてふと、紫睡蓮を見つめる男の深緋色の瞳が濡れていることに気づいた。その瞬間だった。

月明かりに刃が煌めく。

――同時に、はっと目が覚めた。

飛び起きた玲葉は、激しい動悸に襲われる。思わず前屈みになり胸を押さえた。

（今のは、夢……？　それとも、未来視？）

感覚的には未来視だ。しかし、未来視にしてはあまりにも断片的で、夢と言われたほうがしっくりくる部分もある。色味はあった。いや、なかったかもしれない。

どちらにしても無視できる内容ではない。記憶が薄れぬうちに、と玲葉は動揺を抱えながら寝台を降りようとした。その最中に、指先がなにかに触れた。

「え……？」

迷いはしたたものの、玲葉は意を決して目隠しを外してみた。

すでに夜の帳が降りきった刻。暗闇では色も少ないが、漏れ入った月光に照らされ、室内はやや明るい。

久方ぶりに景色を映した目を枕頭へと向けた玲葉は、はっと息を呑んだ。

「……紫、睡蓮……」

そっと枕頭に据えられた一輪の花。皇后を象徴する神花、睡蓮だ。

なぜここに、と思うと同時、その睡蓮が柔く光を纏っていることに気づく。

（……もしかして、陛下？）

その光の温かさを感じて真っ先に頭に浮かんだのは炯明だった。

なぜ睡蓮が光を纏っているのかと問われてもわからない。けれど、戸惑いながら紫睡蓮を手に取った玲葉は、不思議と確信する。

（さっきの夢は、やっぱりただの夢ではないのね）

玲葉の力はなにかの刺激に誘発されて発動してしまうことが多い。

もっともたる刺激だったのは視界の情報だ。ゆえに玲葉は視界を塞ぎ、極力刺激を絶って生活していた。けれど──今回はおそらく香りだろう。

枕頭に置かれたことで、睡蓮の香りが眠る玲葉の刺激になった。ただし、眠っていたことに加え、きっと無意識下で力を抑えようとしたのだろう。本能が抵抗した結果、あのような夢のような形になったと考えられる。

「でも……あれは、いつの未来なの？」

あまりにも断片的で、時間と場所がまったく把握できなかった。

未来といっても、明日なのか、数年後なのか、直後の出来事なのかで対応がまるきり変わる。変えられるのか、変えられないのかも。

（やっぱり……だめね。これはわたくしの宿命なんだわ）

望まぬ未来を変えられるかもしれない。絶望の手前にあるその一縷の希望を知っているのに、見て見ぬふりなどできるはずがないのだ。

ならば、と玲葉は心を決める。

「どうせ死ぬのなら、わたくしは、大切な相手を救うためにこの力を使いたい」

紫睡蓮を手のひらに乗せて抱きしめるようにし、胸もとへ持ってくる。

未来視の力を発動する際、なによりも大切なものは想像力だ。どれだけ頭のなかで視たい物事を緻密《ちみつ》に想像できるか。意識を集中できるかにかかっている。

視たい未来が曖昧だと、未来視もうまくいかないのだ。巫女になりたての頃は、命じられた通りの未来を視ることに、とても苦労したものだった。

――しかし皮肉にも、あの頃があるから今こうして未来を視ることができる。

「っ……は、ぁ」

未来視が発動しはじめると同時、激しい頭痛と耳鳴りに襲われる。いつにも増して動悸がひどい。視界もちかちかして、意識が数秒ほど飛んだように思えた。

長いような短いような瞬刻。しかし玲葉は、その未来を視終えた直後、ふらつく身体を叱咤して寝台を飛び出していた。

身体は限界だが、それを感じないほどの焦りが玲葉を突き動かす。

紫睡宮の本殿を飛び出し、そのまま回廊を駆ける。入り組んだ作りで一歩間違えば迷子になるが、玲葉はしっかりとその場所を覚えていた。

中庭を囲む長い回廊の最北端。劣化からわずかに塗装が剥げ、柱の土台が欠けている場所がある。未来では、まさにその柱が目印となっていた。

つまり、逆算すればおおよその位置がわかる。

「……静雨！」

柱の陰に潜むその後ろ姿を視界に捉えた瞬間、玲葉は叫んでいた。

◆

よく眠れるように、と玲葉へ加護を施した紫睡蓮を届けた帰り。紫睡宮の中庭へ足を伸ばした炯明は、ひとり袖手しながら夜を見上げていた。

（さて、どうしたものかな）

静雨があとをつけてきていることには、初めから気づいていた。

むしろ、気づかないはずもないのだ。人間は夜を得意としない生き物らしいが、妖は――とくに白蛇は夜に生きていると言っても過言ではないのだから。

夜目がきくのはもちろんのこと、夜半は神経が過敏になる。自分の周囲だけではなく、宮中くらいの範囲ならば特定の気配を探り取ることも可能だ。

妖にそうした能力があるとも知らず奇襲をかけるなど、なんと愚かなことか。

（帝に奇襲か。軽くて極刑、最悪は族誅《ぞくちゅう》ってところかな）

炯明は正直、静雨がどうなろうとどうでもいい。なんなら、玲葉との距離が近い静雨を煩わしく思っていた節さえある。代わりの宦官などいくらでもいるし、極刑に処されようが気にも留めないだろう。

だが、玲葉は違う。彼女は少なからず静雨に心を砕いていた。味方の少ない後宮だからこそ、初めて玲葉を受け入れ、理解を示してくれた存在が特別なのだろう。

そんな相手が極刑になれば、ただでさえ疲弊している心身に追い打ちをかけてしまうことになりかねない。それに、優しい彼女はきっと自分を責めてしまう。

(帝としては、反乱分子をそのままにしておけないのも事実だしねえ)

事が起きてしまえば、もう後戻りはできない。

どれだけ頭に血がのぼっていようが、それは本人もしっかりと理解した上での行動だろう。ならば、その覚悟を受け止めてやるのも帝としての務めだろうか。

やれどうしたものか、と、首を捻り思案を巡らせたそのとき。

「！」

紫睡宮から何者かが飛び出してきた気配を感じて、炯明は動きを止めた。意識を集中させて探れば、その者はどんどんこちらへと向かってくる。

(まさか、玲葉か……？)

しかし彼女は、まだそこまで身体を動かせるほど回復していないはずだ。

先ほど様子を見に行ったときはよく眠っていたようだったし、もしあのあと目覚めたとしても行動の意味がわからない。さしもの炯明も混乱する。

振り返るか否か。逡巡したそのとき、

「……静雨！　静、雨……っ！」

ひどく苦しそうに吐き出された声。炯明は勢いよく振り返った。

玲葉に手を掴まれ、呆然としている静雨の姿が見えた。そんな静雨に、玲葉は縋りつくようにして倒れ込む。蒼白になった炯明は、その瞬間、走りだしていた。

「玲葉！」

静雨に支えられた玲葉は、意識を朦朧とさせていた。

断りもせずに静雨から奪い取り、自らの腕のなかに玲葉を抱き直す。触れた玲葉の身体は、恐ろしいほどに冷たくなっていた。

「っ……玲葉、目隠しはどうした？　まさか力を使ったのか⁉」

「ど、どうして……どうして小生が、主上にしようとしていることがわかって……」

静雨は脱力し、茫然自失しながら弱く首を横に振る。

「ま、さか、視た、のですか？　こんな、小生の、ことを……？」

震えた静雨の手には抜身の小刀が握られていた。どうやらこれで奇襲をかけようとしていたらしい。予想していたよりもはるかに小物で、むしろ面食らう。

（そんなもので刺されたところで、妖が死ぬわけもないというのに）

炯明は純血の白蛇だ。たとえ人の姿を取っていようと、人とはそもそも生命における理から異なる存在なのである。寿命も、生命力も、決して並び立つことはない。

――とりわけ白蛇は生命を司る妖。

その与奪を握るのは、如何なるときもこちら側だ。

「ご、めん、なさい。でも、なにかあってからでは、遅い、と思って……」

「……私は、そんなに頼りなく見えるかい？　あの程度の尾行にすら気づかないと？」

「い、え……わかって、いました……。視た、ので……陛下が気づいていること、も、静雨が失敗するところ、も」

いったいどういうことだと狼狽していると、玲葉の視線が静雨へと向く。

「だからこそ、静雨に、そういうことをさせたく、なくて」

「え……」

「……未来のため、に。思い留まって、ほしかったの」

静雨があらん限り目を見開いた。しかしその顔はすぐにくしゃりと歪む。まるで年端もいかぬ幼い子どものようにいやいやと振りながら、小刀を取り落とした。

「いい、もう。喋らないでくれ。部屋に戻ろう」

「……陛下、わ、たく、し」

「っ、頼むから！」

感じてしまうのだ。どうしようもなく。今、腕のなかにいる玲葉の命の灯火が消えようとしていることが、手に取るようにわかってしまう。

強い焦りだけを募らせながら、とにかく立ち上がろうとしたそのときだった。

「「おかしナ人間、見ィつけタ」」

不意に夜闇を割ったその声は、炯明の意識をすべて攫った。振り返った先に並び立つ冥世の導妖たちの姿を認めると同時、炯明はそこに希望と絶望を見出してしまう。

月鈴と夜鈴は、ひょこひょこと近づいてくると、間近で玲葉を見下ろした。

「死んじゃウ、死んじゃウ、危ないネ」

「無理したネー。もう限界なのヨー、紫后サマ」

「っ、君たち……なぜここに」

「呼ばれた気がしたかラ？」

双子はくすくすと鈴が鳴るように笑みを転がし、パチンと手を合わせた。

「紫后サマ、紫后サマ、まだ生きたイ？」

「死にたくないなラ、助けてあげるヨー。夜鈴たち、そのために来たノー」

「っ、助けられるのか!?」

炯明が食いつくと、導妖たちは不思議そうに顔を見合わせてから頷く。

「対価、対価、必要ヨ？　生きたいなラ、大切なもノ、捨てなくちゃネ」

「捨てられるなラ、助けられるヨー。その力ぜーんブ、夜鈴たちがもらうヨー」

玲葉がひどく朦朧とした様子ながら、ゆっくりと目を開けた。呼吸が浅い。すでに限界が近いのだろうと察して、炯明はより強く彼女を抱きしめる。

「……大切な、もの……って……」

「『ウン。紫后サマは──……人であることヲ、諦めテ？』」

は、と炯明は瞠目した。

それまで放心状態だった静雨も、これには反応せざるを得なかったのか、ひゅっと息を呑む。心なしか気温が下がった気がした。

「……どういうことか説明してくれるかな」

「怖いヨ、怖いヨ、睨まないデ」

「紫后サマの身体ハ、もう限界なのヨー。人の身体ハ、脆いからネー」

「『生きたいのなラ、妖ニ、なるしかないノ』」

月鈴と夜鈴は声を合わせて答えた。

炯明は、まさかと信じられない思いで彼女たちを凝視する。

「……可能、なのかい？　そんなことが」

「同じ生命ノ理になれバ、蛇サマの御力も使えるでしョー？」

「『月鈴と夜鈴ハ、紫后サマを人の理から外しテ、妖にすることしかできないノ』」

──しかしそうすれば助かるだろう。

そんな声がどこからか続いたような気がして、炯明はぐっと顔を歪めた。

「……わたくし、が、妖……に？　そうしたら、生きられ、るのですか……？」

「手遅レ、手遅レ、なるかもネ？」

「妖になるにも素質が必要なのヨー。身体ガ耐えられないかもネー？」

（ああ……どこまでもままならない）

人と妖は、本来交わることのない世界の者同士。時の流れ方も生命の在り方も、すべてが異なる。それゆえに問題となることも、禁忌も多い。

とりわけこういった魂が関わることは、下手に触れるだけでも痛い目を見る。

「……玲葉。私は——白蛇は、生命を司る妖だ。君がもし妖なら、君の核に働きかけて生命力を分け与えることができる」

「え……？」

「人にはできないんだ。そもそも与える加護に耐え得る、生命の器がない。強行すれば、むしろ力に呑まれて命を喰われてしまうから」

しかし、人を妖へ変えられるのなら——もし本当に、そのようなことが可能なのであれば、確かに助けることはできるかもしれない。

ただしそれは、相応の覚悟がいることだ。人の生を捨て〝妖として生きていけ〟と強制することになる。成功するかどうかもわからない賭けに乗り、不確かな未来を信じることができるか否か。加えて、もうひとつ重要なのは——。

「……生命力を与える、ということは、命を分け合うに等しい。つまり私が生きている限り君は生き続けるし、私が死ねば君も死ぬことになる」

「運命、共同体、ですか」

「物わかりがいいね、我が后は」

まさにその通りだ。魂から縁が結ばれてしまえば、二度と離れられない。それはややもすれば、宝玉の選定で結ばれた関係以上に深い繋がりとなるかもしれない。

(こんなこと、強制はできない。それでも、私側に迷いはない)

玲葉の冷えきった手を握る。

(この手は私にとって曙光だ。未来を照らしてくれる道標《みちしるべ》だ。きっと失えば、私は路頭に迷って、歩む道もわからなくなって、いつまでも君を探してしまう)

ずっと、唯一を探し続けていた。心の隙間を埋め満たしてくれるような唯一を。

きっとそれは、愛情に飢えていたからなのだろう。だが、同時に、恐ろしくもあったのかもしれない。愛して、愛されて——やがて喪うことが。

(……私はなんて臆病なのだろうな。欲しているのに手を伸ばせないだなんて)

再びひとりになったときに生まれる喪失感は恐ろしい。玲葉を遠ざけたのはきっと本能が察していたのだ。彼女はそうした唯一になり得る存在だと。

けれども、今、思い知った。喪いかけて、ようやくわかった。

一番恐ろしいのは、この手がもう二度と届かなくなってしまうことだと。

「……玲葉。君さえよければ、君と共に生きたい。生きてほしい」

「陛下……」

「喪いたくないんだ。私は君を愛してしまったから……もう、手放せないんだよ」

縋るように彼女の手を握り込む。すると玲葉は、どこかおかしそうに笑った。なぜ笑われたのかわからず眉尻を下げると、ひどく優しい眼差しが返ってくる。

「本当、に……仕方のない方、ですね。炯明様、は」

初めて呼ばれた名に、どくんと鼓動が強く胸を打つ。同時に悟った。

――もしかしたら彼女は、こうなる未来すらもわかっていたのかもしれないと。

死も、死の先にある未来も。残された炯明の生き方でさえ。

「……わたくし、も……生きたい、です。たとえ、人では、なくなっても」

「「本当ニ、いいノ？」」

「はい。人であるか、など、たいした問題では、ありません、から。わたくしは、これからも、陛下と生きて、いけるなら……どんな、形、だって……――」

尻すぼみに小さくなった声がやがてかき消えた。意識が朦朧としているのか、あるいはもう残っていないのか。虚《うつ》ろな瞳からは光が失われつつある。

「っ、早く！」

慌てて双子を促せば、冥世の導妖たちはにんまりと笑って片手を合わせた。

「でハでハ。未来視ノ、力を対価ニ」

「人から妖へ」

「『ごあんなーイ！』」

――刹那、目も開けていられないほどの眩い光が周辺を包み込んだ。

腕のなかの玲葉から、人の香りが消える。同時に生命の香りも消え失せ、光がやんだときには妖の器を持った抜け殻の身体だけがそこに残った。

間髪入れず、炯明は白蛇の力を行使した。体内で燻《くす》ぶる膨大な妖力の塊《かたまり》を己の魂に結びつける。深緋《こきひ》の瞳が鮮やかな光を帯びたと同時、玲葉に流し込んだ。

だが――、目覚めない。

「しゅ、主上……っ！　まさか、まさかそんなっ」

絶望を浮かべて狼狽える静雨を「うるさい」と一蹴してから、炯明は瞼を閉ざしたまま動かない玲葉を抱え直した。白皙の面にかかる髪を指先でそっと払う。

『陛下は求められることがお嫌いなようですから』

ふと、初対面でそう言い放った玲葉を思い出した。あのときは、あまりの不敬に相当腹が立ったものだが、一方でそれを見抜かれていることに空寒さを覚えていた。

求められることが嫌い。その通りだ。ただし、例外もある。

「……玲葉。私はね、君にならなにを求められてもいいんだ。命も、魂も、運命も、私のすべてを君に捧げる覚悟はできている。ありったけ、求めていいんだよ」

いつも誰かのために心を動かす優しい玲葉のことだ。どうせ気にしているのだろうと思い、眠り姫を撫でながら穏やかに言い聞かせる。

――たとえ、人でも妖でもいい。玲葉がそばで自分を愛し続けてくれる限りは、それを返していきたいのだ。何倍も、何十倍も。飽きるくらいに。

覚悟をしてもらわなければ。

妖の愛の深さは、その執着心は、人という生き物を凌駕するのだから。

「……愛してるよ、玲葉。早く戻っておいで」

そっと囁き、口づける。深く、深く。自分の命を分け与えるように、魂と結びつけた妖力を直接流し込んだ。――玲葉のなかに眠る魂と縁が、繋がる。

やがて、ぴくりと身体を揺らした玲葉がゆっくりと目を開けた。こちらに向いたその瞳の色が自分と同じものになっていて、思わず笑ってしまう。

「……烔明、様？」

「うん。おかえり、我が后」

こつんと額を合わせれば、玲葉は一瞬だけ驚いたように目を瞬かせる。

けれど、すぐに「はい」と柔く微笑んで頷いてみせたのだった。

北幕　桃睡蓮

「これまで育ててくださり、本当にありがとうございました。行って参ります」

育ての親である叔父が眠っている場所へ弔いを終え、霞蝶《かちょう》は振り返った。

「お待たせいたしました。月鈴様、夜鈴様」

冥世の導妖と呼ばれる者たちは、にこにこと笑みを浮かべて首を傾げる。

「お別レ、お別レ、もういいノ？」

「後宮は出られないのヨー。満足したノー？」

その問いかけに頷きながら、霞蝶はもう一度、叔父の墓石を見つめた。

少し前に流行り病で命を落とした叔父は、幼い頃に両親を喪った霞蝶の親代わりだった。穏やかな性格で、父というよりは母のような人だったが、それを踏まえてもよい親だったと霞蝶は思う。

「入宮を遅らせていただき、感謝いたします。もう思い残すことはございません」

霞蝶に宝玉印が現れたその日はちょうど、叔父が亡くなった日だった。

悲しんでいる暇もなく後宮へ連れ去られそうになり、慌てて泣きついて、どうにか今日まで時間をもらったのだ。これ以上、待たせるわけにはいかない。

「桃后《とうこう》サマ、桃后サマ。ひとつだケ、気をつけテ」

「龍サマネー、じつはご機嫌ななめなノー。気をつけテ」

「あら……そうなのです？」

「妃嬪みーんナ、泣いてるのヨ」」

ネー、と困ったような顔をする導妖たちに、霞蝶は「まあ」と口許を押さえた。

（泣いて……？　もしかして、暴力でも振るわれていらっしゃる？）

なんにせよ、これから入宮する身としてはあまり嬉しくない事前情報だ。とはいえ考えたところでどうにかなる問題でもないので、さらりと聞き流しておく。

「それはまた、陛下のご様子を窺ってから、改めて考えることにいたします」

微笑みながら答えると、導妖たちはきょとんとする。

しかしすぐ揃って満面の笑みを浮かべて、霞蝶の両側にくっついてきた。

「夜鈴、夜鈴、頼もしいネ？」

「月鈴、そうだネー。嬉しいネ！」

「「これなら白龍サマも、救われるかも、ネ？」」

――導妖たちが放った意味深な言葉の意味を知るのは、もう少しあとのこと。

少なくともその時点で、霞蝶はなにひとつ心配をしていなかった。

後宮入りしたその日、霞蝶は出迎えられるや否や、大勢の妃嬪に取り囲まれた。

先頭に貴妃、淑妃、徳妃、賢妃の上級妃が並び、その後ろに以下妃嬪が押しかけている。何事かと目を丸くしていると、涙ぐんだ妃嬪一行は口を揃えてこう言った。

「「大変お待ちしておりました、桃后様……！」」

（本当に、世のなかには思いもしないことがたくさんあるわねぇ……）

――話を聞くに、現在の後宮は、まったく機能していないのだという。

というのも、現龍帝の後宮における妃嬪は、その多くが先帝の後宮から引き継がれた妃嬪であり、いっさい手をつけられないまま放置されている状態なのだそうだ。それも誰ひとりとして帝のお手つきになっていないというから驚きである。

（先帝の妃嬪が、現帝の妃嬪として後宮入りし直す……。それ自体は、宝玉の選定制度がある冥世の後宮ではよくあることだと聞くけれど）

冥世では、当代を退いた帝は新王朝には関与しない場合がほとんどだ。なんでも、お役目を終えた時点で、冥世から幽世に戻ることが大半だからだという。

これには、〝たとえ人の血が混じっていようとも、妖の血を引く限りは幽世に住まうべきだ〟という妖界特有の概念が存在することも関係しているらしい。

その際、皇后ないし特定の妃嬪を連れていくことは可能だが、実際、後宮妃の多くは冥世に取り残されてしまう。そうした妃嬪を救う意味でも、帝の代替わりの際は次帝の妃として入宮し直すことが可能な制度が、いくらか設けられているわけだ。

宝玉により皇后が選ばれる以上、皇后以下の妃嬪はどうしても扱いが手薄になりがちだという現実問題もある。一度もお手つきにならないまま、帝が代替わりしてしまった、なんてこともざらにある世界だからこそ、妃嬪の扱いは慎重だ。

だからといって、いかがなものだろうと霞蝶は思う。

まったく機能していない後宮、というのは、なんのために存在するのかと。

（まさか、帝の職務放棄問題について考える日が来るなんて）

現龍帝に代替わりしたのは、約五年前。

この間、宝玉の選定は一向に行われず、皇后は空位のままだった。加えて帝は後宮に近づこうともしないため、寵妃も生まれない。

それどころか、なにかと理由をつけて妃嬪を出家させたり、追い出したり、実家へ帰したりと、とにかく後宮の縮小をはかっているらしい。

先帝時代、二千人規模だったそこは、現在、妃嬪や官女、宦官を合わせても五十人前後。残っているのは上級官吏の親を持つ妃や、なんらかの事情で家に帰ることができない妃や女官、後宮を出たらそもそも行く当てのない宮女がほとんどらしい。

そうして冥世最小規模に成り果てた北龍国後宮では、日々〝皇后〟が現れるのを待っていた。今か今かと首を長くして、毎日祈りながら待ち続けていた。

――と、霞蝶は妃嬪たちから涙ながらに説明された。

宝玉に選ばれた皇后ならば、凍った龍帝の御心を溶かせるのではないか。

そんな淡い期待を込めて。唯一の希望をそこに賭けていたという。

——しかし彼女たちの期待は、いとも呆気なく崩れ去ることになってしまった。

「僕は皇后なんていらない」

霞蝶が後宮入りしてから、数日後。いざ帝への御目通《おめどお》りの場にて挨拶の言葉を奏上した霞蝶に対し、開口一番、龍帝はそう宣ったのである。

(なるほど……それは泣かれるわけだわ)

霞蝶は先日泣きついてきた妃たちの言葉の意味を理解し、納得する。

龍帝——憂岑《ゆうしん》は、透き通るような銀髪に青い瞳を持った美青年だった。外見年齢的には二十歳前後だが、顔立ちのせいかどこか少年のような印象も受ける。

抑揚のない低い声と、毛虫を見るような冷徹な眼差し。確かに心が繊細な妃嬪にはつらいものだろうと思いながら、霞蝶は黙って憂岑の言葉を賜っていた。

「宝玉が選んだ皇后だろうがなんだろうが、僕には関係のないことだ。後宮にも行かない。不満があるなら実家に帰るなりなんなり好きにしろ」

「はあ……」

「不快に思えば殺す」

初対面、それも自分の妃、なんなら正室に向かってあんまりな言い様だ。

だが、そもそも帝という存在はそういうものなのだろう。彼が是と言えば是。否とすれば否。青い花々も帝が赤い花々だと言えば、それが摂理となる。勅命に逆らえば首が飛ぶし、機嫌次第で命が刈り取られることも珍しくはない。

(お客さんの声を聞いている限り、他国の妖帝もなかなか癖の強い方々ばかりのようだったけど……それもまた、世の流れなのかしら?)

後宮妃は、帝から寵愛されればされるほど実家への恩恵がある。ゆえに寵妃は、自然と宮中でも権力を持つ立場となっていく。

しかし帝がこれでは、そもそも後宮という場の意味をなさない。立場をなくした後宮妃たちが己を持て余すのも致し方ないことだろう。

(色々と予想外ではあったけれど、陛下に期待してもなにもはじまらないもの。待っていたところで陛下の御心が変わるとも思えないし)

なにも霞蝶は、帝の寵愛を求めて後宮にやってきたわけではない。

宝玉に選ばれたから仕方なくやってきたわけでもない。

霞蝶は霞蝶なりの〝幸せ〟を見つけるために、ここへ来たのだ。初対面で夫にこっぴどく振られたからといって、めげるわけにはいかないのである。

「では陛下。今後は私が後宮内のいっさいを取り仕切らせていただきたく存じます」

まさか霞蝶が、怯えもせず言葉を返してくるとは思っていなかったのだろう。

憂岑は無言のまま、怪訝そうに眉根を寄せた。

「もちろん、これまで通り陛下の関与は無用でございます。私のことも、今このときから存在をお忘れになっていただいて構いません」

「……へぇ」

感情が判断し難い相槌を受け流しながら、霞蝶はなおも続ける。

「代わりに、不敬を承知でひとつお願いがございます」

「……なんだ」

「内職と商いの許可をいただきたいのです」

見目や口調から初対面では穏やかそうと言われることの多い霞蝶だが、その根っこは商家の娘。じつは向上心の塊であったりする。

「私は商家の出なので、手先には自信がございます。けれど、技術というものは作り続けなければ劣るものです。それを防ぐためにも許可をいただいておきたく」

「……そんなもの、勝手にすればいい。内職に関しては口出しする必要もなし。商いは僕の代理として後宮に派遣している宦官に対応してもらえ」

「はい、陛下。ありがたき幸せでございます」

「僕は忙しいんだ。後宮の面倒を見ている暇なんてないから、そのつもりで」

「かしこまりました。陛下の御心のままに」

そうして、霞蝶と憂岑の初対面は幕を閉じた。帝と后とは思えない淡白さが満ちていたが、帰路につく霞蝶の心は、それはもうすっきりと晴れ渡っていた。

（さて、なにからはじめようかしら）

かくしてこの日から、霞蝶の北龍国後宮改革計画ははじまったのである。

霞蝶が後宮入りしてから、半年。あの日の宣言通り、龍帝である憂岑のお渡りや夜伽の命はいっさいない。それは霞蝶だけではなく、他の妃嬪も同様だ。

だが、霞蝶がここへやってきた頃の後宮の姿は、もはやどこにもなかった。

「霞蝶様！　ご覧になって！　この部分、とても上手に縫えたと思うの！」

「まあ、本当ですね。とてもお上手ですわ、寧《ねい》徳妃」

「ううむ、この部分はどうすればよいのだ……。何度教授いただいても忘れてしまう」

「高《こう》貴妃、何度も縫っていたら自然と身体が覚えますから。そう気を落とさないで」

妬みや嫉妬、愛憎渦巻く恐ろしい女の園——それが言わずと知れた後宮だ。

しかし現在、北龍国の後宮は平穏な空気に満ちていた。

優雅に茶会を催しているように見え、じつは御花園の中心では、霞蝶が認めた優秀な講師による針子の講習会が開かれている。

すでに技術を習得した者だと、自室に引きこもり新しい紋様を考えたりと忙しない。

後宮とは思えない様だが、以前よりは格段に生気が増していることも確かだろう。

霞蝶が住まう桃睡宮《とうすいきゅう》でも、毎日のように茶会と称した集まりがある。

出席しているのは、高貴妃、楚《そ》淑妃、寧徳妃、紀《き》賢妃。後宮では四妃と纏められる上級妃の面々だ。霞蝶は位にかかわらず妃嬪たちと仲よくやっていると自負しているけれど、とりわけ彼女たちとは親密な関係を築いていた。

「霞蝶様が後宮にいらっしゃってから、毎日が本当に潤いましたね」

「そ、そうですね。以前は、どうしたら陛下の気が引けるのかを考えてばかりでした……。あの頃はもう出家するしかないかと、日々鬱々としていて……」

音もたてず花茶を啜る紀賢妃に、楚淑妃は過去を昏い目で見ながら同意した。

四妃は一様に美しい。だが、性格はみな異なる。

最年長でいつ何時も荘厳たる高貴妃に対し、最年少の寧徳妃は無邪気で明るく可愛らしい。紀賢妃は聡明な人柄でいつも落ち着いている。楚淑妃は少々後ろ向きな性格だけれど、とても心優しい妃だ。普通は権力争いゆえの諍いが多い立場だが、長らく放置されてきたゆえの結託があるのか、四妃は固い絆《きずな》で結ばれている。

霞蝶としては、非常に平和で微笑ましい限りだった。

「ふふ。私はただ、針のいろいろな楽しみ方を広めただけですけれど」

この後宮に来てから霞蝶がまず行ったのは、叔父の家業を手伝っていた頃に習得した針の技術を惜しみなく妃嬪たちに教えることだった。

四妃、そして尚服の者から順に教え、習得した者から下級妃や女官に技術を継いでいく。御花園での講習会がその一端だが、そういった形式を取ることで、妃同士の交流が増えるだけでなく、やり甲斐も見出させる戦法だ。

それがことのほかうまくいったため、今度は向上心のある者のみ募集して、少々上級者向けの技術を伝授した。

すると、このあたりから針の奥深さにはまる者たちが出てきた。

技術を磨き、商品として十分な出来の作品を作りだす者も現れだしたために、霞蝶は帝に話を通していた商いに手を出すことを決めた。

当然、後宮を出られない妃たちは自ら売りに行くことは叶わないため、手配された代理の者に託す形にはなったが、後宮妃お手製の小物という看板だけでも市井では飛ぶように売れた。一時は生産が追いつかなくなるほどだった。

そうして半年。

今では、後宮妃のほとんどが針を嗜んでいる。趣味の範囲から仕事に熱をあげている者までさまざまだが、少なくとも後宮に活気がついたことは一目瞭然だろう。

本来の後宮の在り方とは異なるかもしれないが、帝があの調子では致し方ない。

「霞蝶様のおかげで後宮は息を吹き返したのだ。心より感謝しているとも」

そう言ったのは高貴妃だ。楚淑妃、寧徳妃、紀賢妃も同意するように頷く。

（うーん、これぱかりは四妃のお人柄に救われたのも大きいのだけれど……。何度そう言っても否定されてしまうから困ったものだわ）

帝のお手つきがない後宮は平和だ。総数が少ないとはいえ、悪目立ちするほど尖った妃嬪はいないように思う。おかげで後宮の主としてはとても楽だ。

最初こそ霞蝶を警戒していた者もいたものの、今では出歩いても嫌悪の目を向けられることはなくなった。むしろみな駆け寄ってきてくれるほどで、霞蝶はいつも胸が温かい。後宮妃は籠のなかの鳥。そう言われることもあるけれど、もう帰る家もなくなってしまった霞蝶にとって、ここは大事な居場所になっている。

（叔父様が知ったら、また好き勝手してと呆れられてしまいそうね）

ひとり小さく苦笑したそのとき、不意に「桃后様！」と幼い声が響いた。

振り返ると、まだ十歳前後の少年宦官が、わたわたと手足を動かしながらこちらへ駆けてくるのが見えた。彼は桃睡宮付き宦官のひとり、名を沐雲《もくうん》という。

「どうしたのです？」

桃睡宮付きの侍女や宦官は他にも数名いる。

けれど、とりわけ霞蝶は、末っ子の沐雲を可愛がってしまっていた。

「ご無礼をお許しくださいっ！　でも、大変ですっ！　大変なんでっ――――！」

よほど慌てていたのか、ようやく近くまでやってきた沐雲が盛大にずっこけた。顔面から地面へ滑り込んだ沐雲に、霞蝶だけでなく四妃も「あらあら」と揃って腰を上げる。沐雲は、四妃にもよく可愛がられているのだ。

「大丈夫？　怪我はしていない？」

「だ、大丈夫れすっ！　ずびませんっ！」

鼻をぶつけたのか、沐雲は涙目で顔を上げた。しかし、すぐにはっとしたように振り向いて「あの、あの」と焦りを見せる。口だけ開いて、声がついてきていない。どうしたのかと首を傾げたそのとき、沐雲は信じられないことを報告した。

「しゅ、しゅしゅしゅしゅっ、主上が、い、いらっしゃいました！」

「え？」

「主上が、後宮に、いらっしゃったんですぅっ！」

泣き叫ぶかのごとく放たれた言葉に、四妃は四様の動きを見せた。

顔面蒼白で「嘘だ嘘だっ」と頭を振る徳妃。そんな彼女を撫でながら、紀賢妃は茶器を落としかける。高貴妃はただただ無言で顔を覆った。楚淑妃はといえば、まるで悪魔の襲来かのように悲鳴をあげて卒倒しかけていた。

（……陛下が、後宮に？）

霞蝶は霞蝶で、そんな四妃を見ながらきょとんとしていた。

呑気だと言われても致し方ない。なにせ公務すらも来なくていいと突っぱねられているため、あの挨拶以来、一度も顔を合わせていない相手なのである。

端正な顔立ちをした美青年だった記憶はある。が、それだけだ。この国のもっともやんごとなき御方——それが自分の夫だとは、どうしても思えなかった。

◆

幾久しく後宮へ足を運んだ憂岑は、宮中を包み込む空気に驚きを隠せなかった。

(どこもかしこも、僕の知る後宮ではなくなっている……？　少なくとも以前は、こんな風に和やかな空気感はなかったはずなのに)

以前、といっても、憂岑が最後にここに来たのは一年ほど前。南蛇国と交易会談の際に後宮を見せてほしいと言われ、仕方なく足を運んだのが最後だ。

呼吸さえ躊躇うほどの張り詰めた空気に、負の感情が積み重なった視線。淀んだその場にいることがひどく嫌で、始終苛立っていた記憶しかない。

そのとき、後宮の様子を見た蛇帝——炯明は、やけに真剣に『うちの玲葉を連れてこなくてよかった』とぼやいていたが、あえてどういう意味かは聞かなかった。

なんにせよ、まだあれから一年だ。

たった一年で、こうまで変化が起きた。

話を聞くに、その要因は半年前に立后した桃后だというが――。

(確か名は……霞蝶、だったっけ。おかしなことを言ってくる娘がいる、くらいにしか思っていなかったけど)

憂岑はなるべく後宮に近づかぬために、現在、離宮暮らしをしている。

ゆえに後宮には、自分の代理として高官を派遣していた。

許可のいるものだけ確認し、他はすべて放任。なにか騒ぎが起きれば、それに事付けて下賜するか、あるいは実家へ帰すかを決めるくらいだ。

正直、持て余していたとも言える。

それほど徹底的に避けていた後宮へ足を運んだのは――否、運ばざるを得なかったのは、後宮妃たちによる商いのせいだった。

この商いの売上は、宮廷と制作者、仲介者と割り振られる。その割合は事前に定められており、年俸に加算する形で支払われていた。

だが、思いのほか宮廷への取り分が莫大なものとなっていたらしい。それを無視できなかった高官らに、どういうわけなのかと詰め寄られる羽目になった。

しかし、どうもなにも、後宮から距離を置いている憂岑は事情を知らない。

さすがにそうなれば帝として現状を把握しないわけにもいかなくなり、重い腰を上げてやってきたわけだ。

「主上。本日も大変冷ややかなご尊顔《そんがん》ですが、じつは宸襟《しんきん》荒ぶられておりますね？」

「…………」

「桃后様のご活躍は何度もご報告いたしましたのに。耳を貸さなかったのは主上なのですから、小官への罰など考えないでくださいまし」

「……喋るな、音操《おんそう》。馬鹿が移る」

「絶好調な辛辣《しんらつ》ぶり、大変結構なことでございます。鞭はご入用でしょうか？」

右後ろを歩く恐ろしいほど喧しいこの男――否、元男は、宦官の音操だ。

官職としては中常侍にあたる。基本的には帝の側近としてそばについているのが仕事だが、この通り近くにいると非常に鬱陶しいため、よく野に放つ。

もうひとり、左後ろを歩く余暉《よき》も同等の立場だ。余暉は音操とは真逆で、ほぼ口を開かない寡黙な宦官だった。元武官ゆえか、容貌魁偉《ようぼうかいい》で熊に似ている。顔だけ見ると佳人にしか見えない音操とはやはり真逆といえるだろう。

足して割ればちょうどいい按配《あんばい》になるのでは、と憂岑は常日頃から思っていた。

「余暉。この馬鹿をどっか捨ててきてくれる」

「……御意」

静かに頷いた余暉は、音操の首根っこを掴んでずるずると引きずっていった。

爽やかな笑みを浮かべながら「主上〜〜」と声をあげるあの宦官は、やはり一度本気で鞭打ちの刑かなにかに処したほうがいいのかもしれない。

「はあ……」

ようやくうるさい者がいなくなり、落ち着いて周囲を見回す。

後宮内はいつの間にか静まり返っていた。前触れを出さず、お忍びで入ったのは普段の空気感を知るためだったが、さすがに帝の来訪が知れ渡ったらしい。

（あんなに賑やかだったのに……。みな、巣に戻ったか）

怯えた妃嬪たちが尻尾を巻いて自宮に舞い戻ったことは想像に容易い。しかし、もはや誰も存在しないのでは、と思うほど人の気配がしなくなってしまった。

これまでの所業を振り返れば、歓迎されるわけもないことはわかっている。

だが、これでは実情を知りようがないな、と考えていたそのとき。

「――陛下」

ふわり、と。冷えきっていた空気が、一瞬にして春に包まれたようだった。

はっと振り返った憂岑は、思わず息を呑み、瞠目する。

（なに……）

数名の妃と侍女が、ずらりと列を成してこちらへ歩いてきていた。

その先頭に立つ者は、結った髪に皇后の象徴、桃睡蓮を象った簪を挿している。前髪の間からは宝玉印が見え隠れしており、すぐに彼女が霞蝶だとわかった。

彼女の後ろに並ぶ妃嬪たちは、先帝による選《よ》りすぐりの佳人ばかり。にもかかわらず、霞蝶の堂々とした面差しのせいか、不思議と彼女にしか目がいかない。

その存在感に、もとは庶民ではなかったか、と思わず己の記憶を疑うほど。

後宮入りして磨かれたのだろうか。所作は柔らかくも繊細で、かつ佇まいにも品がある。初対面のときよりも数段美しく見える霞蝶に、憂岑は内心戸惑った。

「皇帝陛下にご挨拶申し上げます」

憂岑が率いる視察組一行の前に立ち止まった霞蝶は、背後に続く妃ともども、深く拱手してみせた。するすると放たれる長ったらしい口上を聞き流しながら、憂岑は改めて霞蝶の後ろに控える妃たちを確認する。

（貴妃、淑妃、徳妃、賢妃……上級妃か。表向きの立場は皇后が上だけど、出自を鑑みれば権力が傾くのは貴妃のはず……）

しかし高貴妃をはじめ、他の妃もみな霞蝶の後ろに続くことを受け入れている様子だった。というよりも、自ら望んでそうしているように見える。

四人とも不自然なくらいに顔色が悪いことを考えると、ただただ桃后を盾にしているという可能性も、まあ無きにしも非ずだが。

「本日はどのようなご用件でしょうか」

しかし、当の桃后は、まったくといっていいほど緊張していない様子だ。不敬を避けるためか、視線は落としているものの、口許に浮かぶ柔和な笑みには無理がない。そういえば、初対面時も怯えた様子がなかったことを思い出した。

（世間知らずなのか、馬鹿なのか、自信家なのか、ただただ肝が据わっているのか）

呆れと感心が綯い交ぜになりながら、憂岑は淡々と尋ねる。

「……後宮の空気が僕の知るものじゃないんだけど。これ、やったの誰？」

「おそらくは私でございます、陛下」

「あんたは……」

「霞蝶、と申します。……もしや陛下は、私にこの後宮のいっさいを任せていただいたこともお忘れでしょうか？」

憂岑が霞蝶の存在を忘れていると思ったのか、彼女の声にやや訝しげな色が乗る。

「忘れてない。ただ、驚いただけ」

「驚いた……？」

「後宮も、妃嬪の雰囲気も、前に来たときとは全然違うから。すごく……綺麗で。どこもかしこも、僕の知っている後宮じゃない。驚きもするよ」

素直に思ったことを伝えれば、霞蝶はこちらが面食らうほどきょとんとした。

一瞬、素が出てしまったのだろう。

何度も目を瞬かせて見つめてくる霞蝶に、憂岑はどこか安心する。

「針の商いに関しても、市井で話題になっているらしい。前例のないことだったけど、思いのほか評判がいいから、これからも続けていいよ」

「ありがたき幸せでございます。みなも針を楽しんでくれているようですの——」

「そっ、そ、そうっ、そうなのですっ！」

霞蝶の声を遮り、突如として割って入ったのは背後に控えていた寧徳妃だ。

「霞蝶さ……ではなく、桃后様の教えてくださる針は、妃教育で学ぶ針とはまったく違うんです。とっても楽しいのですよ！　ねっ、高貴妃」

「……うむ。自らの手から世界でひとつしかないものが生まれるのは感動的だな」

「で、出来損ないでも、桃后様は丁寧に教えてくださるんですよ……！」

「いまや宮中の者はみなが桃后様を尊敬し、かつ敬愛しておりますからね」

寧徳妃に振られた高貴妃が同意し、そこに楚淑妃、紀賢妃が続く。

一方、まさか背後から援護が入るとは思っていなかったのか、霞蝶は「そんな、やめてくださいませ」と焦りを見せた。

「私の功績だけではございません。みなで共に理想を目指したまででございますから」

堂々としているかと思えば、こういうところは謙虚であるらしい。

なるほど、こういう庶子もいるのかと憂岑は新たな発見を得た。

（でも……いまいち、掴みきれない）

彼女を形作るものに、ふと興味が湧いた。

宝玉により桃后の座に選ばれた——その理由を今さら考えることになろうとは思わなかったが、むしろ触れてこなかった今までが異常だったのだろう。

（炯明にも、たびたび『向き合わないと後悔するよ』なんて言われるしな）

蛇帝の炯明は以前、後宮制度を最大限利用して妃を食い散らかしていた。

そうまで振り切れる様はいっそ尊敬していたくらいだが、そんな彼が立后から三年、今では紫后一筋になっている。いったいなにがあったのかは知らない。しかし、少なくとも炯明にとっての宝玉の選定は、幸福な運命であったらしい。

（……なんにせよ、か）

逡巡しながらも、憂岑は覚悟を決める。

「——桃后。今晩、桃睡宮へ行く」

「え……」

言ったそばから妙な心地に襲われた憂岑は、霞蝶を一度見つめてから踵を返した。

その後、「さすが霞蝶様！　陛下の御心まで溶かしてしまわれたわ！」という黄色い声が後宮を包んでいたことは、見ないふり、聞かないふりをしておいた。

◆

『今晩、桃睡宮へ行く』

思いもよらず、龍帝からお渡りを宣言をされてしまったその日の夜、霞蝶は寝殿にて憂岑を迎えた。さすがにこればかりは緊張を禁じ得ない霞蝶だったが、対して憂岑は室内に足を踏み入れるや否や、「ふうん」と間延びした声を落とした。

「やっぱりそういう準備するんだね」

固まった霞蝶の横をすり抜けると、憂岑は寝台から離れた長椅子に腰掛けた。そして興味深そうに部屋を見回しながら、ふっと小さく笑ってみせる。

「安心して。べつに、夜伽を求めるつもりはないから。今日は話をしに来ただけ」

「えっ……？　お、お話でございますか？」

「商いの件だよ。功績をあげれば、褒美がもらえると思ったのか。それともなにか他の目的があるのか。それを知りたい」

侍女に隅々まで磨き上げられた身体。香油で梳かれた髪。薄着の夜着。

そんな状態だというのに、まさか夜伽目的ではないお渡りだなんて肩透かしな話があるだろうか。さすがの霞蝶もすぐには思考と対応が追いつかない。

「褒美なんて、そのような……」

「なら、なんの目的があってあの商いをやろうと思った？　せっかく皇后という立場を手に入れたのだから、他にやれることも多くあるだろうに」

憂岑の声は単調で、真意を読み取りづらい。こちらを向く眼差しや表情にもこれといった温度はなく、ただただ美しいということしかわからなかった。

もしかして昼間の彼はべつの者だったのだろうか、と霞蝶は本気で考えてしまう。

（後宮に足を運んでいただいて嬉しかったのに……）

認めてくれたのかと、あのとき思った。少なくとも彼の表情からは、今のこの後宮の在り方を否定するような色は見受けられなかったから。

けれど、わざわざこうして、紛らわしい時間帯に会いに来てまで尋ねることがこれなのだから、きっと気のせいだったのだろう。

「……目的は、なにと言えるものではありません。ただ皇后として後宮入りした私ができることを考えた結果、といいましょうか」

ようやく思考が働きはじめ、霞蝶はゆっくりと言葉を紡ぐ。

「というと？」

「私は幼い頃に両親を亡くし、叔父のもとで育った身でございます。けれど、叔父が亡くなって……本当は私、家業を継ぐつもりだったのです。ですが、ちょうどその日——叔父が亡くなった日に、宝玉印が浮かんでしまって」

「……え」

「ご存じありませんでしたか？」

なぜか目を見張る憂岑に、霞蝶は首を傾ける。

知っていてもよさそうなものだが、思い返してみれば確かに、初対面の際にも後宮入りが遅れたことに対してなにも言われなかったかもしれない。

まあ、それほど興味がなかったということだろう。

「宝玉に選定された以上、家業を継ぐのは難しいでしょう。ですが、どうしても学んだ針の技術を後世に伝えていきたくて、今回の行動に移りました」

胸に潜めていた思いを言葉にし、少しだけ微笑みながら、霞蝶は続ける。

「初めて拝した際……陛下は私に帰れと仰いましたが、私には帰る場所がないのです」

そこまで口にした、そのときだった。長椅子から立ち上がった憂岑は、おもむろに霞蝶のそばへやってくると断りもなく霞蝶の頬に触れてくる。

「っ……!?」

「あんたはずっとそうやって演じているのか」

「え、演じ……」

「そのほうが、確かに生きやすいのかもしれないけど。でも、痛みに気づけないのはよくないよ。気づいていないだけで、心は蝕まれてるんだから」

霞蝶は呆然と憂岑を見つめた。微笑は剥がれ、仮面が喪失する。

（……どうして）

その意味がどういうことかわからないわけもない。ただ、まさか見抜かれるとは予想していなかった。だって霞蝶は、完ぺきに演じていたはずなのだ。

「今の後宮は美しかった。少なくとも、僕の知る血生臭くて汚い場所ではなかった」

なにを思い返しているのか、憂岑は過去を見つめる眼差しをしていた。

ひどく沈痛なもの。痛みを長らく耐え忍んできた者の瞳だと、霞蝶は息を呑む。

「……妃に興味はない。でも、あんたには、少しだけ興味が湧いた」

包むように頬に触れていた手が、ぽすんと頭に乗せられる。それは撫でるというよりも、兄が妹に『よくやってる』と褒めて労うような置き方だった。

それでも誰かに頭を撫でられるのはひどく久しぶりで、霞蝶は喉を震わせる。

「また来るよ。あんたに……霞蝶に会いに。今度は素の霞蝶を見せて」

結局、憂岑がなにを言いたいのかわからなかった。それでもうまくやれていると思っていたすべてを見抜かれていたことに、残された霞蝶は、ただ愕然《がくぜん》とした。

それからというもの、憂岑はふらっと後宮に現れるようになった。

霞蝶に会いに来るときと、ただふらふらと後宮を歩いているときがある。

妃に興味がない、というのは嘘ではないのだろう。

誰がなにをしていても咎めることはなく、見守っているだけ。最初は怯えていた妃嬪や女官も、そのうち憂岑が無害だと気づきだし、元の生活に戻りはじめた。

そんな憂岑を、霞蝶は不思議な気持ちで受け止めながら、日々を過ごしている。気にならないか、と言われたら、気にならないわけもないのだけれど。

「と、桃后様。す、す、睡蓮のお手入れ、おわ、お、終わりました」

「ありがとう、沐雲」

沐雲と桃睡宮の前庭に咲く桃睡蓮の手入れをしていたその日も、憂岑は午過《ひる》ぎにふらりとやってきていた。しかし、なにをするわけでもない。ひたすらこちらを観察しているだけ。決して暇な立場ではあるまいに、やはり行動の原理がわからない。

(……不思議な御方すぎて、私には手に負えないかもしれないわ)

沐雲はまだびくびくしていたため、ひとまず他宮へ差し入れを届けてほしいと用事を申し付けた。目立たぬところに侍女が控えているけれど、憂岑とふたりきりに近い状況となったところで、霞蝶は切り出す。

「……陛下は、睡蓮がお好きですか？」

話しかけてよいものかと迷いつつも尋ねると、憂岑はこくりと首肯した。

「好きか嫌いかと言われれば、好きかな」

「そうなのですね」

「……うちの国に限らず、だけど。なんで睡蓮が皇后の象徴なのか知ってる？」

まさか会話が続くとは思っていなかった霞蝶は、憂岑のほうから続けてくれたことに驚きながら首を横に振る。

「──遥か昔、この世界の創世にまで遡るけど。かの妖王はひとりの人間の娘をもらい受ける代わりに、人へ救いの手を差し伸べて、冥世を創った」

「は、はい。それは存じ上げております。幼い頃に絵巻で読みました」

「でもそれってさ、結構勝手だと思わない？　もらい受ける……まあ、ようするに幽世に嫁ぐって意味だけど。生贄になった娘の意思は完全に無視した取引だし」

それは確かに、と霞蝶も内心同意する。人の未来のためには致し方なかったのかもしれないが、やはり〝贄〟というのはずっと引っかかるものがあった。

「その生贄は妖王が一目惚れした娘らしい。あの頃はまだ妖と人の交わりは皆無だったから、そうでもしなくちゃ縁を繋げなかったんだろうね」

「……状況的に、娘側には選択はないも同然だったはずですよね？」

「ん。だから贄となった当初、その娘は一日中泣いていて手がつけられなかった。そこで困った妖王は、彼女が一番好きだという睡蓮の花を贈ったんだ。それを機に娘と妖王は少しずつ仲よくなって、縁をより深く繋いだとされている」

胸がじんとすると同時に、名伏し難い複雑な思いが渦巻く。

（とても感動的だけれど……。強制的に幽世へ嫁がされたその娘は、きっと家族とも離ればなれになってしまったのよね……）

話を聞く限り、生贄とはいっても大切にはされていたのだろう。それでも一日中泣いていたのなら、きっと望んだことではなかったはずだ。

「まあ、そんな裏話があって睡蓮は皇后の象徴になったわけ。正直、ずいぶん美化した話だと僕は思うけど」

「……難しい問題ですね。生贄か名誉かは、絵巻でも問いかけられていますし、一概にどうと言えるものではないと思いますが……」

思わず目を伏せると、憂岑はこちらを一瞥してから同意を示す。

「いや、実質、宝玉の選定も同じだよ。本人の意思を無視して行われるものだし、やっぱり〝生贄〟には変わりない。帝はまだしも、皇后はとくに気の毒だ」

生贄。それが自分にも当てはまるのかと、つい霞蝶は考えてしまった。

しかし霞蝶はむしろ、救われたとさえ思っている節がある。皇后という立場は運命を定めるけれど、定められた運命を悪いものとするかは己次第だ。

それも一種の選択。少なくとも霞蝶は、この運命を後ろ向きには捉えていない。

今ここに桃后としてある自分には、しっかりと誇りを持っている。

「……ですが、私は好きですよ、睡蓮。美しくて、可憐で。睡蓮を身につけるに相応しい皇后でありたいと思っています。桃后という冠を背負う覚悟もあるつもりです」

「……ふうん、そっか。なら、見せてあげる」

「え？」

「今夜、迎えに来るよ。桃睡宮の門前で待ってて」

意味深に告げた憂岑は、こちらに小さく微笑を向けてから去っていった。

思わずぽかんとしながら彼の後ろ姿を見送る。けれど、一拍遅れてやってきた慣れない心臓の早鳴りに、霞蝶はひとりおろおろしてしまった。

（陛下は、掴めない御方だわ……）

出逢った当初、『僕は皇后なんていらない』と開口一番に言われた手前、霞蝶は期待をしすぎないでいたというのに。

最近、彼と話すと胸の内がそわついてしまう。

――そうして、夜の帳が降りた頃。

言われた通り、桃睡宮の前で憂岑を待っていた霞蝶は、あんぐりとした。

なにせ現れた憂岑は、真っ白で壮麗な龍の姿をしていたのである。

「……大丈夫？」

「だ、大丈夫です。ただ想像もしていなかった空の旅でして……っ」

霞蝶は今、白龍の背中に乗って宵のなかを悠々と泳いでいた。

憂岑の本来の姿だという〝白龍〟。まるで玻璃《はり》のように透き通った鱗《うろこ》に覆われた体は、冴え冴えとした月明かりに反射して、より白く輝いている。

しかし龍の姿になっても憂岑は憂岑だった。澄んだ青の瞳も声も変わらない。それを受け止める自分の心持ちも。そのことに、霞蝶は少し安堵していた。

「僕の背中に乗った人間は、あんたがはじめてだよ」

「っ、お、畏れ多くて、さすがに吐きそうです」

「吐かないで。困る。──もうすぐ着くから」

龍の姿をした憂岑が霞蝶を乗せて向かった先は、なんと北龍国の国境を越えた冥世の中心部──。どの国にも属さない結境湖《けっきょうこ》と呼ばれている場所だった。

ゆっくりと地面に着地した憂岑は、霞蝶が降りるのを確認して人の姿へと戻る。

「っ……これは」

大きな湖を埋め尽くさんばかりに花を咲かせるのは、色とりどりの睡蓮だ。

赤、白、黄、紫──そして、桃。これほど鮮やかなのに決してぶつかり合うことなく調和しているそれらは、まるで絵画のような美しさを生み出している。

思わず見入っていると、霞蝶の横を通り過ぎた憂岑が、湖水にそっと手をつけた。

「陛下？」

「見てて」

次の瞬間、湖のなかに金色の糸が伸び、水面全体が淡く光を帯びた。

かと思えば、湖に浮かぶ桃睡蓮のみが呼応するように光を放ちだす。それはまるで宵のなかに幾多もの燈籠が浮かんでいるかのようだった。

「まあ……っ！　なんて綺麗……！」

「冥世の睡蓮は普通の睡蓮じゃないんだ。こうして妖力を流すと、縁のある――宝玉で結ばれた相手の色の睡蓮のみ反応して光る」

つまり、憂岑にとっては桃睡蓮だ。穏やかに目を細めてその光景を眺める憂岑はどこか嬉しそうにも窺えて、つい霞蝶は「陛下？」と呼びかける。

「……不思議なことにね。皇后が不在のときは、睡蓮も枯れるんだよ」

「そ、そうなのですか？　すべて？」

「うん、すべて。だから、あんたの立后前はここに桃睡蓮はなかったんだ。まあ、どの国も代替わりが被ったり、宝玉の選定がずれこんだりで、ここ数十年は色が揃うことはなかったんだけど。……やっと揃った」

湖に浮かぶ色の数を数えた霞蝶は、思わず首を捻る。

冥世は四国なのに、どう見てもひとつ色が多かったのだ。霞蝶の疑問を察したのか、憂岑は水から手を出して立ち上がりながら「ああ」と頷く。

「赤は、さっき話した妖王の生贄の娘の色だよ」

「えっ」

「贄として妖王に嫁いだあと、その娘は人妖になって……今もなお、存命なんだ。妖王を尻に敷く、それはもう強い后になってる」

「じ、人妖……？　今も？　め、冥世が創られてからもう何年――」

「数えちゃだめだ。聞かれたら呪われるよ」

なんて恐ろしいことを言うのだろう。

霞蝶は慌てて両手で口を押さえながら、おずおずと尋ねる。

「……人って、妖になれるのですか？」

「いや……それは僕もあまり詳しくはないけど、なれるって聞いた。炯明に」

「炯明、様？　って、確か、南蛇国の――」

記憶を辿り、そこまで口にしたとき、思いがけないことが起こった。突如として頭上から、「ごあんなーイ！」という無邪気な子どもの声が落ちてきたのだ。

「う、わっ！」

「きゃっ……！」

次いでふたつの悲鳴が響いたかと思えば、すぐ近くに何者かが落下してきた。

ほぼ同時、素早く動いた憂岑が霞蝶を守るように抱きしめてくる。

瞬きの間に起きた衝撃的な出来事の連続に、霞蝶は盛大に混乱を募らせた。

「あいたた……れ、玲葉、無事かい？」

「は、はい。炯明様が受け止めてくださったので……」

落ちた際に激しく尻もちをついた男――炯明と呼ばれた彼は、腕のなかに抱いていた娘の無事を確認して胸を撫でおろす。彼女が立ち上がると自分も立ち上がり、振り返りながら「あのねえ」と怒りを露わにした。

「もっと優しい運び方があるだろう？　玲葉が怪我をしたらどうしてくれるんだ」

「ごめんネ、ごめんネ、蛇サマ。でも無理だヨ。ネー、夜鈴」

「これガ一番手っ取り早いのヨー。ネー、月鈴」

「――月鈴様に、夜鈴様？」

炯明に隠れて見えなかったが、彼らの後ろには冥世の導妖たちの姿があった。思わず呼びかけると、ふたりはぴょこっと顔を出してそっくりな顔で笑ってみせる。

「桃后サマ、桃后サマ、お久しぶりネ。月鈴だヨ」

「お久しぶりネー、夜鈴だヨ。元気そうデなによりなのヨー」

後宮入りしてから一度も会っていなかった彼女たちとは、およそ半年ぶりの再会だった。相も変わらず可愛らしく、霞蝶はついほっこりする。

しかし、この状況はいったいどういうことなのだろう。

「……炯明、なんで」

憂岑が動揺した顔で炯明を見つめる。無意識なのか、霞蝶を抱きしめる腕の力が強まった。思わず霞蝶が身を硬くしたことにも気づいていないらしい。

「ああ、うん。ちょっと妖王のところに行った帰りなんだけどね。結境湖で君らが面白そうなことをしてるって妖后が言うから、ここまで飛ばしてもらったんだよ」

「……え」

「ああ、伝言。――『年齢のことを言ったら、確かに呪い殺すわね♡』だって」

「っ……覗き見とか趣味が悪い」

「気をつけたほうがいいよ。妖王も妖后もだいたい見ているから。下手なことを言えば本気で呪われるからね。いや、本当に」

真顔で答えた炯明に、憂岑は蒼白で頷く。

（……ええと、これは）

霞蝶は炯明と憂岑を交互に見て、それから玲葉を見た。彼女はこちらの視線に気がついたのか、聡明な印象を受ける微笑を浮かべて小さく頭を下げる。

美しい艶やかな黒髪。きりっと無駄のない目鼻立ちをした、清涼な美女だ。

佇まいからしても高貴な品があり落ち着いているせいか、そこに立っているだけで不思議と目が引き寄せられる女性だった。

「炯明様。先にご挨拶を」

「ん？　ああ、うん、そうだね。ごめんよ」

そして炯明にも臆することなく声をかける姿に、なるほど、と霞蝶は納得する。

（この御方が、紫后様なのね……）

南蛇国の帝――蛇帝、炯明。そして紫睡蓮を冠に抱く紫后、玲葉。

立后したのは三年前だと聞いている。けれども、並び立つふたりの様子は、もっと長い時を共に過ごしているかのような熟練の風格があった。

「改めて、私は南蛇国の帝、炯明だ。こちらは私の后の玲葉。で、君が噂の桃后……だろうけど、その前に。ねえ、憂岑。いつまで彼女を抱きしめているつもりだい？」

「え」

「たぶんそれ、忘れているだけだろう？　自分の行動を」

苦笑しつつ指摘され、憂岑は我に返ったように霞蝶を解放した。

「ご、ごめん。つい、体が勝手に」

「あ、い、いいえ。ありがとうございます」

まさか本当に忘れていたのか、わずかに頬を赤らめながら憂岑は目を逸らした。その初心な反応に巻き込まれて、霞蝶まで恥じらいが増してしまう。

微妙な距離間が生まれたことで、なんとも言えない空気が漂った。

「ごめんね。憂岑、昔からこういうところがあってさ。とにかく色々と不器用だから両極端で困ると思うけど、見捨てないでくれると嬉しいな」

「い、いえ、そんな、見捨てるだなんて」

むしろ見捨てられていたのはこちらのほうなので、とは続けられなかった。

気まずそうに目を泳がせた憂岑は、おそらく同じことを思っているだろうが、あえて触れない。北龍国としては正直、あまり褒められたことではないからだ。

（というよりも、とても言えないわ……。こんな仲睦《なかむつ》まじい夫婦を前に『私たち、ついこの前二度目の対面を果たしたばかりなんですよ』だなんて）

あれから距離が近づいているのは確かだ。しかし、立后してから半年以上も経つのにまさか初夜すら迎えていないなど誰も思わないだろう。後宮が後宮としての役割を果たしていない状況自体は、今もなお、そこまで変わらないのである。

「でもまあ、思いのほか仲がよさそうで安心したよ」

「……べつに、そんなんじゃないけど」

「少なくともこの場所へ彼女を連れてくるくらいには、気にかけるようになったってことだろう？　憂岑にしては大進歩だと私は思うよ」

炯明はしみじみと肩を竦めてみせると、腰を屈めて、先ほどの憂岑のように湖へ手

映しを沈めた。やがて光りだした紫睡蓮に、思わず目を奪われる。柔らかな春を映し

ただ凛とした強さだけではなく、どこか妖艶さをも纏う紫睡蓮。柔らかな春を映したような桃睡蓮の光とは、また異なる美しさを放っていた。

それを穏やかに眺めながら、玲葉が「先ほどのお話ですが」と口を開く。

「人は妖になれますよ、桃后様。わたくしはこう見えて人妖ですから。紫后に立后してから、とある事情で人から妖になった者です」

内緒ですよ、と言わんばかりに玲葉の長い人差し指が口許に添えられる。

「紫后様が……人妖……？」

「ええ、月鈴様と夜鈴様に妖へと変えていただきました。〝対価〟はありましたが」

その言葉に反応したのか、月鈴と夜鈴が霞蝶の前までやってきた。彼女たちはじいっと覗き込むように霞蝶を見つめると、揃って左右に首を傾げる。

「できるヨ、できるヨ、人妖へ。でモ、桃后サマは難しそウ。どう思ウ？　夜鈴」

「難しそうだネー。だってテ、桃后サマはそれを捨てられないもんネー。月鈴」

「捨てられない、でございますか？」

導妖たちは両手を合わせて頷いた。

「対価、対価、必要なのヨ。あなたガ一番、大切なものノ」

「でも桃后サマはネー、記憶だからラ。きっと捨てられないネー」

「「ざーんねン！」」

つまり人から妖になるためには、その者のもっとも大切なものを〝対価〟として支払わなければならない。――そういうことだろうか。

(私の一番大切なものは、記憶……。そうね。確かにそうかもしれないわ)

叔父との思い出がたくさん詰まった記憶は、霞蝶のなかにある〝宝箱〟だ。針の技術をはじめ、叔父が霞蝶に教えてくれたことはたくさんある。霞蝶を形成するすべてだと言ってもいい。それらを失うことは、霞蝶という人間を捨てるも同義。

この世のなによりも恐ろしい。

「……そうでございますね。私には少々、難しそうです」

眉尻を下げながらそう言うと、隣にいた憂岑がこちらを向く気配がした。

反射的に霞蝶も憂岑を見ると、彼が思いのほか複雑そうな表情をしていて驚く。あまり感情を露わにすることがない彼にしては、わかりやすい動揺が浮かんでいた。

「陛下？」

「っ……いや、なんでもない」

そんなに引っかかるところがあった会話だろうか。そう振り返ってみても、いまいちわからない。霞蝶は返答に困って頷くだけに留めるも、やはり微妙な空気だ。

そんな霞蝶と憂岑を見ていた玲葉が、なにかを考えるような仕草をしたあと、霞蝶とふたりきりで話したいと申し出てきた。

「后同士しかわからないこともきっとございますから。陛下方もどうぞ向こうでお話ししてきてくださいませ」

「ん、あぁ……それもそうか。じゃ、憂岑は私と仲睦まじく話そうか」

「っ、嫌だ。べつに仲睦まじくない」

「いいからいいから」

憂岑はあれよあれよと連れていかれてしまう。炯明はなかなかに強引だが、文句は言えど憂岑もそれを許していることからも、妖帝同士、親密ではあるのだろう。

「大丈夫でしょうか……」

「おふたりは古き友ですから大丈夫。わたくしたちもお話しいたしましょう」

玲葉は凛とした見た目のわりに、物腰が柔らかい。対等の立場ゆえか、あるいは誰の目もない場所だからか、霞蝶はようやく肩の力を抜いて頷けたのだった。

◆

「相変わらず拗《こじ》らせてるねぇ。憂岑は」

「余計なお世話」

「いやいや。やらかした私が言うのもなんだけれど、あれじゃあ桃后が可哀想だよ」

「……なにかやらかしたの？」

「あぁうん、それは聞かないでくれると嬉しいね。一生の汚点なんだ。私の」

体《てい》よく追い出された帝ふたりは、妻たちが満足するまで、ひとまず湖畔を歩いていた。正直、憂岑としては今すぐ帰りたいが、こうなったら致し方ない。私的な関わりのある炯明はともかく、紫后に失礼を働くわけにはいかないのだ。

「話を戻すけれど。どうしてそう、微妙に距離を取っているんだい。君らは」

「べつに、そういうわけじゃ」

「自分から近づいている時点で、憂岑的には彼女を受け入れているんだろう？　女は嫌いだ、なんて言っていた頃の君じゃ考えられなかったことじゃないか」

図星を指されて言い返せなくなり、憂岑は口を噤む。

「過去、君が後宮でつらい思いをしていることは知っているけれどもね。大事なのは、今と未来だよ。後宮という場所も后という立場も外して考えたときに、君のなかで彼女がどんな存在なのかを考えたほうがいい」

「……そんなの、考えてる。むしろ、考えてるからこそ、厄介なんだ」

押し殺すように小声で答えた憂岑は、足を止めて振り返る。

玲葉となにかを話している霞蝶は、いつもよりも肩の力が抜けて穏やかな顔をしていた。それはどう見ても、皇后の模範を演じている彼女ではない。

「僕にとって彼女は――霞蝶は、気になる存在ではある。それは認めるよ。霞蝶がなにをしているのか気になるし、共にいるときは心が穏やかになるから。僕だけの感情で突き進められるのなら、ずっとそばにいたい」

「気になるというか、それはもう受け入れているような気がするのだけれど？」

「でも、霞蝶は……僕に興味を持たないから」

自分で口にしていて、ぐさりとなにかが胸に刺さったような気がした。空気が重くなったことに気がついたのか、炯明が慌てて「どうして」と先を促してくる。

「だって僕は『僕に害をもたらさない奴』って宝玉に願ったから。それはつまり僕に興味を抱かない奴ってこと……だと、思うし」

「なんでまたそんな酔狂《すいきょう》な願いを」

「誰でもいい、って願おうとしたら、妖王に呼び出されて怒られたんだよ」

「……そりゃあ、そうだろうねえ」

害をもたらさない――そうして選ばれたのが霞蝶ならば、納得なのだ。彼女は利こそ生んでくれるが、憂岑に害をもたらすことはいっさいじない。

なにせ立后から半年も放置していたにもかかわらず、それに対して言及することも詰ることもなかった。憂岑が突然後宮に出入りしはじめた今も、とくになにも言わずに受け入れてくれている。

「僕に興味がない相手に……、どう近づいたらいいのかわからない」

「ああ、うん。その気持ちはよくわかるね」

「……誰にでも近づいていく炯明が？」

「玲葉は違ったんだよ」

どこか苦々しく言いのけて、炯明は遥か遠くを見つめた。

「だけれどね、本気で喪うかもしれない瀬戸際に立たされたら、いろいろなことがどうでもよくなった。体裁も、面目も、矜持でさえ。喪わずにいられるのなら他のすべてを捨ててもいいって、本気でそう思ったんだよ。愛ってすごいだろう？」

「愛……」

「そう、愛だよ。種類はどうあれ、愛する相手を喪うつらさは憂岑だって嫌というほど知っているはずだ」

――知っている。だからこそ憂岑は、後宮という場所が嫌いなのだ。

「……霞蝶は、喪いたくない」

「その気持ちがあるなら、もう答えは決まっているようなものじゃないかい」

憂岑はもう一度、霞蝶のほうを見る。ちょうど彼女もこちらを見たところで、図らずも視線が交わった。互いに逸らさず、見つめ合う。

霞蝶はどこか戸惑っているようだった。

　しかしやがて照れたようにはにかんで、こちらに手を振ってくれた。

◆

『未来のことを考えたとき、隣にいてほしいと思うかどうか。隣にいたいと思うかどうか。未来は現在の選択が積み重なったものですから、たくさん悩まれてもいいと思いますよ。義務、と考えてしまったら悲しいですもの』

　憂岑と結境湖へ出かけた日から、霞蝶はよく考えるようになった。

　自分にとっての、憂岑という存在を。

「うんしょっと。桃后様ぁ、こちらどこに置いておいたらいいですか～?」

　寝台に腰掛けて針を持っていた霞蝶は、その声に意識を引き戻される。いつの間にか手が止まっていたらしい。

　声のほうを見ると、沐雲が小さい身体で大きな籠を抱えていた。あのなかには妃嬪たちから届けられた商品認定待ちの作品が入っている。後宮から市井へ売りに出す商品は、すべて霞蝶の検閲が入ってからという決まりになっているのだ。

「卓子の上に置いておいてくれるかしら。これを作り終わったら見るわね」

「はぁい。あとふたつも持ってきますね！」

沐雲は追加で二往復し、運び終わると、やりきった様子で霞蝶のもとへやってくる。

「みなさん、頑張っておられますね！　こんなにたくさん、すごいです」

「それにしても少し張り切りすぎじゃないかしら……」

「桃后様も、ですよ？　ずーっと働きっぱなしだし、もうちょっとお休みください」

霞蝶が針作業から離れられないのは、むしろなにかに集中していたほうが気が紛れるからだ。手元を動かしていないと、どんどん思考が深みに嵌って抜けられなくなってしまう。けれど正直、今はその針にすら集中できていない。

「ねえ、沐雲。ひとつ訊きたいのだけど……大切な人はいる？」

「？　はい。桃后様です」

なぜそんな当たり前のことを言わんばかりに、沐雲は目を丸くする。

なんと愛らしい反応か。霞蝶は思わず沐雲の頭を撫でながら、頬を緩める。

「ふふ、ありがとう。でも、そうではなくてね……なんて言ったらいいのかしら」

「大好きな人ですか？」

「あっ、そう。その感じ。大好きで、いなくなってほしくなくて……できればずっと一緒にいたいって思うような相手」

まさか、沐雲のほうから導かれてしまった。愛らしさ満点なだけではなく、じつは賢く頭が回るだなんて、なんと将来有望な存在だろうか。

「いますよ！　ボク、西虎国に大好きな叔父上がいるんです」

「叔父上？」

「はい。ボクと同じ宦官なんです。あっ、もちろん、ボクよりずっとずっとえらい方ですけど。叔父上は……格好よくて、憧れで、大好きで！」

沐雲はその相手を思い出しているのか、にこにこと笑いながら答えてくれる。

「でも、だからこそ、心配にはなります」

「心配？」

「そばにいるわけじゃないから。叔父上が強いのはわかっていても、なにかあったらって思うと心配になっちゃいます」

「……そうよね。じゃあ沐雲は、新しい大切を作るのは、怖くはない？」

沐雲は、不思議そうな顔をする。

「新しい大切、ですか？　確かに怖いと思うこともありますけど、大切って、いつの間にかできちゃうものなので……ボクはあんまり考えたことないかもしれません」

「いつの間にか……」

「はい。もちろん、大切であればあるほど、いなくなってしまったら悲しくて、寂しくて、心が痛みます。ただ離れるだけでも、つらいです。だけど、それでもボクは大切な人を作るのをやめたくはないですね」

はっきりと言いきった沐雲の純な目には迷いがない。

「それは、どうして?」

「だって、大切がたくさんあるって、すごく幸せですもん。あればあるほど、心がぽかぽかあったかくなるんですよ」

そのとき、すとん、と腑に落ちた。

(ああ……そう。そういうことなのね)

叔父を亡くした〝痛み〟を、霞蝶はずっと表に出さないようにしてきた。けれど、本当はずっと痛かったのだ。痛くて、悲しくて、寂しくて。それを後宮という場所で埋めていた。叔父から継いだ技術をみなに教えることで、いつも叔父がそばにいてくれているかのような……そんな錯覚で自分を支えていたといってもいい。

だけれど……——否、だからこそ。

(もう、大切を作るのは恐ろしかった)

またひとりになるのは怖いから、もう家族はいらないとすら思っていた。だからこそ憂岑に拒絶されたとき、霞蝶は悲しむどころかむしろ安堵した。

それでも〝大切〟は生まれてしまう。関われば関わるほど、相手の心に触れれば触れるほど、逃れようもなく〝大切〟になっていく。

この後宮も、後宮の妃たちも……憂岑も。

——その触れが回ったのは、突然のことだった。

「陛下が襲われた……!?」

ここ数日、憂岑は後宮に顔を出していなかった。しばらく忙しくなるとは事前に言われていたけれど、その最中《さなか》での出来事で、宮中は騒然とする。

「音操様、陛下は大丈夫なのですかっ？」

「いったいなにがあったのです？　詳しく説明を求めます、余暉様」

徳妃と賢妃が音操と余暉に詰め寄るなか、立ち尽くす霞蝶に貴妃と淑妃が寄り添ってくれる。他の妃嬪たちもみな、霞蝶を心配してくれた。報告を受けた霞蝶が思いのほか動転し、いつものように振る舞えていなかったからだろう。

「へ、いかは……ご無事、なのですよね？」

どうにか絞り出した声すら震えていた。音操は頷く。

「幸いにも一命は取り留めました。傷自体はそんなに深いわけではないのですが、出先でのことで毒の対処が遅れたようで……。ひとまず絶対安静です」

毒、という言葉にたちまち妃嬪のざわつきが増す。後宮という閉ざされた園での毒殺騒ぎは一般的にもよく聞く話だ。だが、少なくともこの後宮ではそういった話がないために衝撃が強い。まさか、よりによって帝が毒牙にかかるだなんて。

「……陛下への面会は？」

「禁じられております。申し訳ございません」

「そう、ですか」

「続報があり次第、ご報告に参りますので。みな様は変わらずお過ごしくださいませ」

音操と余暉が去ったあとも、後宮内は騒然としたままだった。

霞蝶が後宮入りした当時と状況が変わっていなければ、もしかするとこの一件に歓喜した者もいたかもしれない。だが、憂岑が後宮に足を運ぶようになってから、妃嬪の帝への印象は確かに変わっている。たとえお渡りや夜伽の命がなくとも、少しずつ帝と妃の距離は近づいていたのだ。誰も喜ぶような様子はない。

「へ、陛下は大丈夫なんですかね？　心配です……っ」

「うむ。大事がないといいが……」

「で、出先でと仰っていましたが、侍衛はいったいなにをしていたのでしょう？」

「外廷の不祥事ならば、安易にわたくしたちには漏らさないでしょうね。陛下のお怪我についてもできれば伏せておきたかったのでは」

四妃の会話を遠くに聞きながら、霞蝶は胸の前で両手を合わせて握り込む。

（憂岑様の、お命が……）

ここ数日顔を合わせていなかったから、余計にだろうか。

今すぐにでも会いに行きたい。そう思ってしまう。せめて一目でもいい。意識がなくとも、胸が動き、呼吸をしていてくれれば。その体が柔らかく、温かければ。それを確認できれば、少しは安心できるから。

「桃后様」

握り込みすぎて白くなった手を、いつの間にかそばに控えていた沐雲が包んだ。

「大丈夫です、桃后様」

「っ……沐雲」

「桃后様がそう思い詰めてしまったら、主上が心配しちゃいますよ？　主上はいつも、桃后様のことを気にかけていらっしゃるんですから」

「え……？」

沐雲はいつも通りに笑いながら、一本ずつ霞蝶の指を解していく。

「本当ですよ？　主上がボクに話しかけてくださるときは、だいたい桃后様のことで訊きたいことがあるときですから。いつも気にされています」

沐雲に続いて、四妃も穏やかな面差しで頷く。

「霞蝶様がなにをなさっていたのか、なにがお好きなのか、明日はなにをするのか……。霞蝶様のことしか考えていらっしゃいませんよ、陛下は」

紀賢妃の言葉に、寧徳妃がうんうんと頷く。

「もうほんと、嫉妬する暇もないくらいです。でも、霞蝶様が寵妃ならいいかなって思うというか。むしろそれ以外認められないというかっ」

寧徳妃の横で、淑妃が頬に手を当てた。

「こ、これが他国だったら問題でしょうけど……。権力争い、寵愛争いをしなければならない妃たちが、こんな揃って桃后様推しだなんて」

「北龍国は北龍国のままでよいのだ。そもそも我らは先帝の妃。一新されていない以上、現王朝の妃は霞蝶様のみとも考えられるゆえな」

高貴妃の言葉に、他の三妃がそれぞれ同意を示した。不遇な状況だというのに、彼女たちに悲観した様子はない。それだけが霞蝶には救いだった。

「なんにせよ、現帝のご寵愛は間違いなく霞蝶様のもの。ご回復されたら、きっと夜のほうも——ごほん。あぁ沐雲、なにも聞かなかったことにせよ」

「あの高貴妃……ボク、そんなに子どもではないので大丈夫ですよぉ……」

きっと霞蝶を励ますためだろう。いつもと同じ温もりに泣きたくなった。もしかしたら、沐雲も四妃も、霞蝶の抱える孤独に気がついているのかもしれない。

（そう、よね。きっと大丈夫よね）

自分に言い聞かせ、霞蝶は一度、深く呼吸をする。

後宮内が騒然とする状況で、主たる霞蝶がいつまでもこんな状態ではよくない。

完ぺきにいつも通りとまではいかなくとも、四妃のように〝在るべき姿〟で振る舞わなければ。それこそが皇后の務めなのだから。


「……桃后様、桃后様。まだ起きていらっしゃいますか？　沐雲です」

憂岑が襲われたと報告が入ってから二夜が経った頃のことだった。寝つけず窓から宵の海を眺めていた霞蝶は、扉の外からかけられた声に一瞬、心臓が竦んだ。

「沐雲？　どうしたの、こんな時間に」

霞蝶が急ぎ扉を開けると、沐雲がシー、と口許に立てた指を当てた。

「音操様がお呼びです。女官たちを起こしてはいけないから、静かに、との仰せで」

音操の名を聞いて、霞蝶はまさか憂岑になにかあったのかと息を呑む。

霞蝶は沐雲と共に寝殿を出る。夜着のままだが致し方ない。沐雲が咄嗟に持ってきてくれた披帛を纏いながら門を出ると、そこで音操が待っていた。

本来、こんな夜半に帝以外の者が皇后の寝殿を訪れるなど絶対にあってはならないことだが、すでに話をつけているらしい。門衛は霞蝶に無言で拱手した。

「夜分に申し訳ございません。桃后様」

「いえ。どうされましたか？　陛下の件でしょうか？」

「ええ。面会は禁じられているのに、主上が桃后様に会いたいと仰られまして」

「陛下が……？」

「はい。公にするわけにはいかないのですが、蛇妖宮《だようきゅう》までご同行願えますか」

霞蝶は迷うことなく頷いてみせる。音操は安堵を滲ませながら微笑んで、沐雲へ「あとは頼む」と伝えた。沐雲はやる気に満ち溢れた顔で了承する。

「いってらっしゃいませ、桃后様。お帰りをお待ちしておりますっ」

「ありがとう、沐雲」

「帰りは余暉に送らせるから心配しないで。――では参りましょうか、桃后様。見つからぬよう徒歩かつ遠回りにはなりますが、どうかご容赦を」

沐雲に見送られながら、霞蝶は音操と共に桃睡宮をあとにする。

夜の後宮は、なにかよからぬものが跋扈していそうな独特な雰囲気があった。等間隔に配置された篝火の灯りが届かない裏道を抜けながら、霞蝶は思いを馳せる。

（――私も会いたい。陛下……憂岑様に）

不安で押し潰されそうだった。けれど今は、とにかく足を進めるしかない。

蛇妖宮は蛇帝のための故宮である。だが普段、憂岑は蛇妖宮を使用しておらず、後宮の外に建てられた離宮にて生活を送っていた。しかし今回、療養のために彼が身を置いているのは、離宮ではなく蛇妖宮なのだという。

蛇妖宮のほうが警備が万全であるかららしい。御身の状態が芳しくないときを狙って奇襲をかけられたらたまったものではない、と音操と余暉が説得したそうだ。

「宝玉による帝の選定ゆえ泰平の世ではありますが、どんな世でも不届き者は存在するのです。佞臣《ねいしん》はいつどこで手を翻してくるかわからない。ゆえに主上は、必要最低限の者しかそばに置きたがりません。今回はそれがむしろ仇となった形でした」

蛇妖宮へ向かう最中、霞蝶は音操からさまざまな話を聞いた。人払いされた廊下を早足で歩みながら、周囲を気にしつつ音操に尋ねる。

「陛下はなぜこのような事態に……？」

後宮妃嬪の前では言えなくとも、この状況ならば教えてもらえるのでは、と踏んだのだ。その読み通り、音操は霞蝶を横目で見ると「ううん」と唸った。

「言ったら主上に絞め殺されそうなのですけれども、これはむしろ、あえて、言いましょう。お忍びで、桃后様の叔父上に会いに行かれていたんですよ」

「……え？　叔父様、に？　私の？」

「はい、桃后様の亡くなられた叔父上です。主上は先日それを知られたらしく、周囲が止めても行くとまあ聞かなくて。勝手に」

「っ、勝手に!?　ではまさか、その先で襲われたのですか……!?」

「ええ。変装はしていたそうですが、溢れ出る高貴さが目についたのでしょうね」

予想もしていなかった背景に、霞蝶は愕然として言葉を失ってしまう。

(どうして、陛下が叔父様の……)

なにか目的があったのだろうか。墓参りだとしても、叔父の墓は帝が足を運ぶような場所にはない。庶民のための、公共墓地の一端だ。

「賊とはいえ、本来なら陛下が屈することはない相手です。ただ多勢に無勢、というものだったそうで、手が回らなかった護衛の者を庇った際に傷を負ったのだとか」

「庇った……」

「お優しい方ですから、すぐそういうことをなさるんですよ。不快に思えば殺すなどと宣いながら、罪人にさえ情けをかけようとしますからね。せめて小官か余暉が共にいればよかったのですが、同行させてもらえなかったもので」

音操はよほど不服だったのだろう。明らかに不満を抱え込んでいた。

(愛されているのね、陛下は……)

変なところで素直ではないから、わかりにくいけれど。

霞蝶とて、もう気づいているのだ。

憂岑が本当は誰よりも温かい心を持った御方だということも。それゆえに勘違いされやすいのだということも。なにか心に傷を抱えているのだ、ということも。

気づいているからこそ、霞蝶もまた近づききれずに二の足を踏んでいる。

「桃后様。主上をどうかお願いします。いろいろと不器用なところはあっても、北龍国を背負っていくに相応しい御方なんです」

「はい……。承知しております」

寝所へ着くと、音操はそこで待機していた余暉に霞蝶を引き継いだ。相変わらず精悍な顔つきで威圧を覚えるが、彼はこれでいて穏やかな性質だと霞蝶は知っている。

「……お待ちしておりました、桃后様。こちらへ」

「あとは頼みますね、桃后様。よければ小官が余計なことをしでかした罪で処されないように、ちょっとだけ口添えしていただけると助かります」

本気か本気でないのかわからないことを投げてくる音操に送り出され、霞蝶は緊張しながら部屋へと足を踏み入れる。ふわり、と控えめな香が鼻腔を掠めた。

「っ、陛下」

覚悟はしていたつもりだった。だが、天蓋付きの寝台に青白い顔で横たわる憂岑の姿を視界に捉えた瞬間、霞蝶ははしたなくも駆け出していた。

寝台に縋りつくようにそばへ寄る。

「か、霞蝶……？　なんで、ここに」

起きていたらしい。憂岑は混乱極まる表情で目を見張る。

「音操殿と余暉殿が連れてきてくださいました。私に会いたいと仰せだと」

「っ……あいつら」

くしゃりと表情を歪めた憂岑は、腕で顔を覆ってしまった。杖刑か鞭打ちかと物騒な呟きが聞こえてきて、霞蝶は本気で減刑を上奏したほうがいいかと迷う。

「あの、もしかしてご迷惑でしたか？」

「いや……そんなことない。あんたに……霞蝶に会いたかったのは本当だよ。でも、こんな情けない姿は見せたくなかった。格好悪すぎるし」

「情けないなんて、そんなこと思いません」

もっと重体なのでは、と想像していたこともあって、こうして言葉を交わせることに安堵してしまう。それでもこれだけ顔色が悪いのだから、やはり状態はよくないのだろう。よく見れば呼吸も少し浅い。不安が再び胸に押し寄せる。

「……陛下。私の叔父様に会いに行かれたと聞きました」

「音操か。絶対音操だろ」

「はい。でも、どうか叱らないであげてください。私が訊いたことですから」

一瞬、音操へ明確な殺意が向けられたような気がしたけれど、さすがに気のせいだと思いたい。杖刑や鞭打ちで済まなかったらどうしよう、と冷や汗が流れる。

一応、申し訳程度に音操を庇いつつ、霞蝶は憂岑の手をそっと握った。

「っ……霞蝶？」

「どうして、叔父様のもとへ？」

霞蝶はなにも、その先で賊に襲われたことに憂いているのではないのだ。そもそもなぜ、憂岑が叔父のもとへ行こうと思ったのか。その理由が知りたいのである。

「……どうして、と言われるとまともな返答ができないんだけど……。嘘偽りなく答えるなら、霞蝶のことをもっと知りたかったから、かな」

「え……？」

「霞蝶にとって、叔父上はとても大切な存在だったのだと知ったから。霞蝶を知りたいと思うのなら、まずは叔父上に挨拶へ行くべきだと思って」

誤魔化すのは諦めたのか、憂岑は身体を横向きに変えて霞蝶に向き合う。

「僕はさ、霞蝶。心の底から後宮が嫌いなんだ。あの場所で姉上が殺されたから」

「っ、姉上……？　それ、は」

「毒殺だよ。姉上は父上……先帝に可愛がられていたから。寵愛を自分だけのものとしようとした愚かな妃が殺した。まだ幼い公主をだよ」

憂岑はどこか吐き捨てるように言い落とし、昏い瞳を左右に揺らす。

「妬み嫉み僻み――負の感情が蔓延る穢《けが》れた地。陰謀ひしめく淀んだ地。後宮はそういう印象しかなかった。誰も信じられなかった。僕が誰かを寵愛した暁には、また同じことが繰り返されるかもしれないって思うと、近づきたくもなくて」

ああだから——、と霞蝶は静かに納得する。

初対面の際、あれほどはっきり拒絶されたのはそういうことだったのだ。

心優しいからこそなのだろう。嫌いだと、信じられないと拒絶してはいるけれど、その裏側にはこれ以上報われない犠牲を出さないようにという願いがある。

「……陛下は……憂岑様は、お優しすぎます」

後宮における妃嬪の諍いなど、普通のことなのだ。身を守るも、戦うも、すべては天子からの寵愛を求めて。あの女の園は華やかな仮面を被っただけのもっとも苛烈な戦場なのである。喰い、喰われ、数を減らしていく。一種の蠱毒。

帝が気にしていては成り立たない。それどころか、妃嬪の蹴落とし合いを余興として楽しめるくらいでなければ、きっとだめなのに。

「優しいんじゃない。ただ、覚悟がないだけだ」

「覚悟……？」

「喪う覚悟が。あの痛みを抱える覚悟が、ずっとなかった」

憂岑が霞蝶と繋いだ手をわずかに強く握り返した。触れ合った部分から伝わってくる冷たさが恐ろしくて、少しでも温めようともう片方の手で包み込む。

「でも、死にかけて思ったよ。霞蝶を置いていきたくないって。まだ逝《い》けない、って」

「っ……憂岑様」

「僕は、霞蝶が大切なんだ。あんたのことをもっと知りたい。そばにいたい。……許されるのなら、愛したいとも思ってる」

包んだ手とは反対の手が伸び、霞蝶の頬に触れた。形を確かめるように指先が動く。

思わず頬を赤らめた霞蝶に、憂岑はふっと微笑を零した。

「霞蝶。僕は、あんたを愛してもいい？」

「そんなこと……天子たる帝が気にされる必要などありません」

「うん、そうかもしれないけど。でも、あんたの許可がほしいんだ。傷つけたくないから。皇后の義務で受け入れさせるのも、やっぱり嫌だしさ」

ずるい御方だと、霞蝶は思う。問答無用で寵愛してしまえるものを、わざわざこちらの心を慮るようなことを言って揺さぶってくるのだから。

こんな風に慈しまれて受け入れられない者など、はたして存在するのだろうか。

「……憂岑様。本当は、私もずっと恐ろしかったのです。大切を作ることが。いつか喪うと考えたら怖かった。だからこそ……演じていました。強く気高き后を」

「うん」

「ですが、沐雲に言われたんです。大切は、幸せそのものなのだと。あればあるだけ心が温かくなるのだと。……私、確かにそうだと思いました。だって、心から大切だったからこそ、叔父と過ごした日々は宝物になったのですから」

冥世の導妖たちに言われた、霞蝶の一番大切なもの——記憶。

記憶こそ宝物だった。今は亡き相手に触れられる。喪ったものに追い縋ることができる。どれだけ滑稽でも、記憶があれば孤独にも耐えられる。

けれどこれから先、そんな宝物のひとつになるかもしれない種を、はじめから拒絶してしまうのはとても悲しいことだ。過去は変わらない。宝物の数も。けれど未来にはあまたの可能性がある。受け入れていれば、きっと宝物も増え続ける。

されどそれは、なにも過去の宝物を捨てなければならないわけではない。

霞蝶はあのとき、ようやくそう気づいたのだ。

「たとえいつか喪うときがきたとしても……それまで生まれた幸せからずっと目を背け続けるのは、やっぱり寂しいですよね。憂岑様」

「そうだね。僕も今は、そう思うよ」

「はい。だからこそ、育てていきたいと思うのです。大事に、大切に。いつかきっと宝物になる幸せを。できれば……憂岑様と一緒に」

憂岑はわずかに頬を赤らめ、眉尻を下げた。

「僕はもしかしたら、愛しすぎてしまうかもしれないけど。いいの？」

「まあ。それこそ、帝が気にする必要のないことではございませんか？」

「うん……そう、かな。そうかもしれない」

憂岑は気が抜けたように笑い、うつらうつらと微睡みはじめた。きっとまだ身体が怠いのだろう。それでも霞蝶の手を放そうとはせず、しっかりと握ったままだ。

「すぐに、よくなるから。待ってて、霞蝶」

「はい。お待ちしております」

安心したように瞼を落とした憂岑に、霞蝶は微笑みながら口づけを落とす。

「……おやすみなさい、憂岑様」

その様を背後で見ていた余暉が無言のまま涙を拭っていたことは、誰も知らない。


「──睡宝祭《すいぎょくさい》、ですか？」

憂岑の体調が完全に快復し、しばらく経った頃。

桃睡宮にやってきた憂岑から切り出されたのは、結境湖でのとある催しについてだった。なんでもそれは、冥世創世の頃から存在する妖王主催の伝統儀式らしい。

「睡宝祭の開催条件は、五年以内に冥世四国すべての帝と后が揃うこと。つまり、開催地である結境湖に妖后の赤を除いた四色の睡蓮が咲いたときだね。それぞれの国から宝玉の選定を受けし帝と后が集まって、冥世の平和を祈る儀式だよ」

「あっ……なるほど。私たちで揃ったから、というわけですね？」

「うん。期間的にはぎりぎりだったかな。南蛇が四年前。東鬼は三年前、西虎は一年前。そして我が北龍の順番。うちみたいに帝が代替わりしても長らく皇后の選定が行われなかったりするから、最後に儀式が催されたのはもう数十年前らしいよ」

丁寧に説明してくれる憂岑は今、霞蝶を膝上に抱えて背後から抱きしめている。

最近の憂岑はなにかの壁を越えたのか、とにかく触れ合いたがるのだ。一度こうなるとなかなか離してもらえないため、霞蝶も甘んじて受け入れていた。

こうして触れ合っていると、憂岑が生きていることが実感できて安心するというのもある。毒に体を蝕まれていたときは、どこもかしこも冷たくて不安だった。ようやく体温が感じられるようになってきた頃は、霞蝶のほうが憂岑に触れたがっていたくらいなので、今はむしろやり返されているのかもしれないけれど。

「憂岑様は炯明様以外の妖帝方と面識があるのですか？」

「……まあ、一応。あるっちゃある」

ふと疑問に思ったことを尋ねれば、なにやら煮え切らない返事だ。

「僕はほら、皇后の選定が遅かっただけで、帝になってからはわりと長いからね。他国の代替わりも見てきたし、炯明以外の現妖帝たちとはそれなりに……因縁がある」

「い、因縁？」

思いがけない言葉が飛び出して、霞蝶は思わず振り返った。間近に迫った憂岑の相貌は変わらず端正なものだが、その表情には苦々しいものが浮かんでいる。

「東と西は……黒なんだよ」

「黒？」

「うん。妖には厳密に言うと黒妖族と白妖族がいてさ。明確になにが違うってわけではないけど、その本質部分には差があって……どうにも黒と白はわかり合えないんだよね。幽世でも二分してるし、たまに戦も起こる」

なんとも不穏な話だ。こう見えてとても平和主義な憂岑がこんなにも苦い顔をするくらいなのだから、きっと相容れなさは相当なものなのだろう。

「冥世では四国に分かれてるし、特別争う必要もないから関与しないけどね。それでも黒妖の……黒鬼と黒虎は、本能が拒絶するっていうか」

「そ、そうなのですか……」

先行きが不安すぎる、と霞蝶は頬を引き攣らせた。

儀式では四国の帝と后が集まるというのに、大丈夫なのだろうか。あの美しく幻想的な湖で戦火が巻き起こるようなことには、どうかならないでほしい。

(でも……そう考えると、后はどうなのかしら)

妖は種族間で二分されているというけれど、后はみな一様に人間の娘だ。霞蝶が面識があるのは南蛇国の玲葉だけだが、少なくとも彼女は聡明で心優しい后だった。

東や西の后だって、悪い后だとは限らない。

可能ならば、この運命を背負った者として仲よくなりたいと霞蝶は思う。

「黒はどいつもこいつも好戦的だから……。霞蝶を守らなくちゃいけないな」

憂岑は唸りながらより霞蝶を引き寄せる。絶対に離すまいという強い意志を感じて、思わずくすりと笑ってしまった。

「大丈夫ですよ、憂岑様」

「ん……？」

「みな、同じ宝玉印を額に抱く者です。守り方は異なるかもしれませんが、見つめるものは変わりません。だから、きっと大丈夫です」

帝と后。この冥世を織り成す宝玉を支えるほどの縁を持つ者たちだ。そこに想いがないはずもない。妖だろうが、人だろうが、誰かをそれほどまでに強く想える心がある者ならば、きっとわかり合える。霞蝶はそう信じたい。

「もしどうしてもだめだったとしても、私たちは私たちらしくいればいいのだと思います。南蛇国を背負う者として、誇り高く堂々としていましょう？」

「霞蝶……」

「ひとりではないのですから。なにも怖いことなんてありませんよ。憂岑様」

憂岑の手に、自分の手を重ねる。

するとそれは自然と絡み合い、より強く繋がった。

「……うん。そうだね。本当にそうだ。僕たちはひとりじゃない」

「はい、憂岑様」

「――愛する我が后は、僕が守るよ」

優しく口づけられる。胸に溢れんばかりの幸福が満ちるのを感じながら、霞蝶もそれに応えた。深く、深く、どこまでも。永遠の縁はいつもそばにある。

この愛おしいという気持ちこそ、なにより皇后としての自信をくれるのだ。

◆

冥世の中央――どこの国にも属さない結境湖にて、睡宝祭は開催された。

東西南北に設えられた桟橋には、各国の帝と后が控えている。

美しく着飾った后は、帝から受け取った宝玉を携えて、ひとり湖の中心に佇む水上殿まで小舟で向かう。送り出す帝は、后に宝玉を託したあと、東西南北それぞれの立ち位置で結境湖に妖力を流す。自国の睡蓮を光らせるためだ。

色とりどりに輝く睡蓮の光に導かれし四国の后が、誰ひとり欠けることなく中央の水上殿に辿り着けば、冥世の未来は安寧を辿るのだという。

(交わるのは、中央に集まる后のみ、か)

複雑な気持ちを拭いきれないまま挑んだ憂岑は、正直、虚を衝かれていた。

『憂岑様。きっと心配するようなことにはなりませんから、大丈夫ですよ』

霞蝶に北龍国の宝玉を託した際、ひとり送り出すのを渋っていた憂岑に、彼女は微笑みながらそう言った。

そして見せてくれたのは、友好の証に作ったという吊るし飾りだ。

さすが、我が後宮が誇る針子の師。五色の花弁が形作る雅な睡蓮の刺繍は、見事なものだった。霞蝶はそれを他国の后に贈り、仲よくなりたいのだと言っていた。

(そんなにうまくいくわけがない、なんて思っていた僕は馬鹿だな。むしろ、あの淀みきった後宮を蘇らせた霞蝶にできないわけがないのに)

赤、白、黄、紫、桃。すべての睡蓮が光を帯び、水上を幻想で覆う。

水上殿に集まった四国の后は、中央で待つ妖后に宝玉を託し、安寧を祈る。

そうして無事に祈り終えた后たちは、みな役目を終えて安心したのだろう。穏やかな空気のなか談笑しはじめる。その中心にいるのは、やはり霞蝶だった。

睡宝祭を無事に終えた憂岑たちは、妖王に呼び出されて幽世に足を運んでいた。

宮城でも限られた者しか踏み入ることが許されない、玉座の間――大妖殿。霞蝶と共に少し遅れて到着すると、そこにはすでに他国の帝と后が集っていた。

玉座には妖王が君臨し、その傍らには妖后・美羽蘭が控えている。

しかし厳粛に畏まる場ではないのか、みなそれぞれ歓談しているようだった。

「北龍国ノおふたりサマ、ごあんなーイ！」

ここまで案内してくれた月鈴と夜鈴の声が響き、みながこちらを振り返る。一瞬だけしんと静まり返ったが、すぐに西虎国の黄后の声が沈黙を破った。

「霞蝶様！　こちらへどうぞ！」

見れば、妖王の玉座の目の前――西虎国夫妻が控える隣が空いていた。よりによって正面なんて、と憂岑は渋るけれど、霞蝶に手を引かれてしまえば抗えない。

「これはいったいなんの集いなのでしょう……？」

空いた位置に収まった霞蝶が尋ねる。

すると、それに答えたのは反対側に控えていた東鬼国の白后だった。

「なんでも、妖王様から今後の冥世に関わる大切なご相談があるそうです。四国の帝と后が揃わなければできないお話だそうで」

「わたくしたちもまだなにも聞いていないので、安心してくださいね」

続いたのは南蛇国の紫后だ。その言葉に、后たちは一様に頷いてみせる。

「そうなのですね。よかった」

水上殿での様子を見ている限り心配はしていなかったが、憂岑の予想以上に后たちは打ち解けているらしい。

面食らってぽかんとしていると、ふと東鬼国の帝——宵嵐と目が合う。思わず睥睨して構えてしまったが、宵嵐は敵対することなく苦笑した。

「我らが后がこうも平和にやっているんだ。この微笑ましい関係に横やりを入れてしまうのはあまりに無粋だとは思わんか？　龍帝よ」

「っ……それは、そうだけど」

「まー、争う必要もないしな。おれは珠夕にしか興味ないし、珠夕が楽しそうならそれが一番だ。むしろ嫌がるようなことはしたくないから、大人しくしてるぞ」

言うや否や、勢いよく黄后に抱きついていった虎帝・紫空。完全に意識を持っていかれて立ち尽くしていると、背後から蛇帝の炯明に肩を叩かれた。

「妖王の前だしね。どちらにしても喧嘩したら消されるよ、憂岑」

小声で「妖后に」と付け足されて、ぞわりとしながら正面を見る。妖王よりもよほど恐ろしい美羽蘭は、こちらをにこにこと微笑みながら見ていた。

「『一同サマ、ごちゅうもーク！　お話シ、お話シ、はじまるヨー？』」

そのとき、月鈴と夜鈴の声が響く。それはいわゆる合図だった。

「霞蝶、こっちに」

「はい、憂岑様」

それぞれの国で集まり、一様に妖王に向かって跪礼する。妖王は間が静まり返ったのを確認すると、組んでいた足を解いて立ち上がった。

「冥世の宝玉に導かれし者たちよ、よく集まってくれた。今日はそなたらにひとつ提案をしようと思い、このような場を設けさせてもらった」

いったいなんの話がはじまるというのか。

こんな風に四国の帝と后を同じ場に集めることなど、これまで一度もなかった。それは黒妖族と白妖族を隔てるままならない壁を、妖王も把握しているからだろう。もし后がこの場にいなければ、間違いなく諍いが起きていたはずだ。

そこまで考えて、ふと気づく。

(むしろ、后がいるから……誰も自分本位に動かないのか)

先ほど紫空が言っていた言葉は正鵠《せいこく》を射ている。

傷つけたくない存在がそばにいる。

愛してやまない后が傷つくことはしたくない。

たったそれだけ。それだけのことで、誰も牙を剥かなかった。

「まずひとつ、みなに問おう。今、隣にいる者は最愛か？」

――なにを当たり前のことを。

いっそ怪訝にすら思う問いかけに、思わず憂岑は顔を上げた。

すると、ほぼ同時に他の帝たちも同じ動きをする。みな感じたことは同じだったようで、むしろそんな当然のことを訊かれたことに不快感を滲ませていた。

「ふざけたことを訊く。雪麗が最愛でなければ、いったい誰が俺の運命だとでも？」

「妖王も知ってるよな？　おれは珠夕しか愛せないし、愛さないって」

「そもそも私と玲葉は魂が繋がっているからね。最愛もなにもすべて捧げているよ」

宵嵐、紫空、炯明。三国の帝の声が重なった。

后たちは、みな恥ずかしそうな反応をしながら続く。

「わたしには宵嵐様しかおりませんので……。誰よりもお慕いしています」

「あの、ずっと一緒にいるって約束したんです。さ、最愛は、紫空様だけですっ」

「人であることを捨ててまで選んだ御方ですから。最愛以外の何物でもないかと」

雪麗、珠夕、玲葉。三国の后もまた、一途な愛を表明する。

妖王と妖后の視線が、憂岑と霞蝶に集中した。

「おぬしらはどうだ。北龍国の者たちよ」

どうもこうも、と憂岑は無意識に隣の霞蝶の手を取り、強く握る。

「最愛だよ。言うまでもない。僕にとっての霞蝶は、未来そのものだ」

「――……私もです、妖王様。憂岑様は私にとって唯一無二の御方ですから」

霞蝶もまた、憂岑の手を握り返してくれた。

妖王は天上から四国をじっと見下ろすように視線を順に流す。

愛に嘘偽りがないか。縁の強さはいかほどか。その吟味するような眼差しに息を呑んで耐え忍んでいると、やがて妖王は満足そうに頷いた。

「うむ。よいだろう。ならば改めて、おぬしたちに提案する」

玉座に舞い戻り、再び高いところに君臨しながら、妖王は口端を上げる。

そして、告げた。

「――……その愛に賭けて、後宮制度を廃止してみないか」

了

あとがき

こんにちは、琴織ゆきです。

この度は、数多ある書籍から本書をお手にとってくださり、誠にありがとうございます。本書を通じてあなた様とのご縁が生まれたこと、大変嬉しく思います。

今回は、二〇二二年一一月に刊行された『春夏秋冬あやかし郷の生贄花嫁』に引き続き、連作短編集第二弾となります。こうして第二弾の刊行が叶ったのも、ひとえに皆様の温かい応援のおかげです。本当にありがとうございます！

さて、あやかしファンタジー作品では珍しい連作短編集ですが、なんと今回はそれに加えて〝後宮舞台〟という、また一段と風変わりな一冊となりました。

登場キャラクターが多数となる構成上、第一弾では〝推し〟を報告してくださる読者様が多く、とても嬉しかったです。なので今回も、読んでくださった皆様に〝推し幕〟や〝推しキャラ〟ができたらいいな、という心持ちで、そわそわ物語を紡いでまいりました。せっかくですので、現時点での推し報告を共有させてください。

・担当編集の井貝様『推しキャラ：月鈴・夜鈴／推し幕：西（黄睡蓮）』
・編集協力の妹尾様『推しキャラ：炯明／霞蝶／美羽蘭』

・装画担当の桜花舞様『推しキャラ：宵嵐／雪麗』
すごい！　被ってない！　と、ついはしゃいでしまう結果でした。笑
わたしは著者なのでこの場での推し報告は控えますが、同じ〝帝と后〟という立場でも、その二人でなければ紡ぎだせないものがあるというのは尊いなぁ、としみじみ感じております。同じ世界線ながら、こうして多様に織りなされる物語を紡ぐことができるのは、この連作短編集の最大の魅力かもしれませんね。

本書を読んでくださった読者様の御心に、そっと寄り添えるようなキャラがいればいいなと願いつつ……。皆様の推し報告、どしどしお待ちしております！

最後になりますが、担当編集の井貝様、編集協力の妹尾様、スターツ出版文庫編集部並びにスターツ出版の皆様、第一弾、前作、今作と素晴らしい装画を描いてくださったイラストレーターの桜花舞様。校正様、デザイナー様、書店様、印刷所の方々、本書の刊行にあたりお力添えいただいた、すべての皆様。

なにより本書をお手に取ってくださった読者様へ、心よりお礼申し上げます。

読後、どうかあなた様の御心に、わずかでも温もりが届いていますように。

それでは、またどこかでお会いできる日を心待ちにしております。

琴織ゆき

この物語はフィクションです。実在の人物、団体等とは一切関係がありません。

琴織ゆき先生へのファンレターのあて先
〒104-0031　東京都中央区京橋1-3-1　八重洲口大栄ビル7F
スターツ出版（株）書籍編集部 気付
琴織ゆき先生

東西南北あやかし後宮の生贄妃

2024年3月28日　初版第1刷発行

著　者　琴織ゆき　©Yuki Cotoori 2024

発 行 人　菊地修一
デザイン　フォーマット　西村弘美
　　　　　カバー　北國ヤヨイ(ucai)
発 行 所　スターツ出版株式会社
　　　　　〒104-0031
　　　　　東京都中央区京橋1-3-1　八重洲口大栄ビル7F
　　　　　TEL　03-6202-0386（出版マーケティンググループ）
　　　　　TEL　050-5538-5679（書店様向けご注文専用ダイヤル）
　　　　　URL　https://starts-pub.jp/
印 刷 所　大日本印刷株式会社

Printed in Japan

ISBN　978-4-8137-1564-1　C0193

スターツ出版文庫　好評発売中!!

『卒業　君との別れ、新たな旅立ち』

いつもいい子を演じてしまい、そんな自分を好きになれないさくら。(『卒業日カレンダー』川奈あさ)“ある秘密”を抱え､それを隠しながら生きる美波。(『未完成な世界で今日も』遊野煌)、ずっと押し込めてきた恋心を伝えられずにきた世莉（『桜の樹の下の幽霊』時枝リク)、付き合って一年半になる彼女から、突然「ひとを殺してきた」という手紙をもらった大知（『彼女はもう誰も殺せない』櫻いいよ)。出会いと別れの季節、それぞれの抱える想いからも“卒業”し、新しい一歩を踏み出す姿に心救われる一冊

ISBN978-4-8137-1548-1／定価682円（本体620円+税10%）

『君がくれた「好き」を永遠に抱きしめて』　miNato《みなと》・著

幼い頃に白血病を患った高校一年のひまり。もう家族を悲しませないように、無理に笑顔で過ごしていた。ある日､同じ通学バスに乗る晴斗と仲良くなり、病気のことを話すと「俺の前では無理するな」と抱きしめてくれた。ふたりは同じ時間を過ごすうちに、惹かれあっていく。しかし、白血病が再発しひまりの余命がわずかだと分かり――。それでも「ずっとそばにいる。どんなことがあっても、俺はお前が好きだ」と想いをぶつける晴斗と最後まで笑顔で一緒にいることを決めて――。一生に一度、全力の恋に涙の感動作。

ISBN978-4-8137-1549-8／定価737円（本体670円+税10%）

『無能令嬢の契約結婚～未来に捧げる約束～』　香月文香《こうづきあやか》・著

異能が尊ばれる至間国に、異能が使えない「無能」として生まれ、虐げられてきた櫻子。最強の異能使いの冷徹軍人・静馬に嫁ぎ、溺愛される日々。そんな中、櫻子の前に静馬の元婚約者と名乗る伯爵家の令嬢・沙羅が現れる。彼女は「静馬の妾になりに来たのよ」と、櫻子に宣戦布告⁉“封印”の強い異能を持つ美貌の沙羅は、無能で奥手の櫻子とは真逆で、女性の魅力に溢れている。初めて嫉妬という感情を覚えた櫻子は､ある大胆な行動に出るが…。愛を知らぬ夫婦に生まれた甘く幸せな変化とは――？

ISBN978-4-8137-1550-4／定価737円（本体670円+税10%）

『偽りの少女はあやかしの生贄花嫁』　巻村螢《まきむらけい》・著

祓魔を生業とする村には『新たなあやかしの王が立つ時、村から娘を生贄として捧げなければならない』という掟があった。そこに生まれた菊は純粋な村の血をひいておらず叔父母や従姉のレイカから忌み子と虐げられる毎日。ある日、新たな王が立ち生贄にレイカが選ばれたが、菊と入れ替わろうと画策され、身代わりの生贄となった菊。死を覚悟し嫁入りしたが、待っていたのは凜々しい目の美しい青年だった。「俺は、お前だから愛するんだ」待っていたのは､胸が締め付けられるような甘くて幸せな、初めて知る愛だった。

ISBN978-4-8137-1551-1／定価704円（本体640円+税10%）

スターツ出版文庫　好評発売中!!

『拝啓、私の恋した幽霊』　夏越《なごし》リイユ・著

幽霊が見える女子高生・叶生。ある夜、いきなり遭遇した幽霊・ユウに声をかけられる。彼は生前の記憶がないらしく、叶生は記憶を取り戻す手伝いをすることに。ユウはいつも心優しく、最初は彼を警戒していた叶生も、少しずつ惹かれていき…。決して結ばれないことはわかっているのに、気づくと恋をしていた。しかし、ある日を境にユウは突然叶生の前から姿を消してしまう。ユウには叶生ともう会えない“ある理由”があった。ユウの正体はまさかの人物で——。衝撃のラスト、温かい奇跡にきっと涙する。

ISBN978-4-8137-1534-4／定価726円（本体660円+税10%）

『愛を知らぬ令嬢と天狐様の政略結婚』　クレハ・著

幼き頃に母を亡くした名家の娘・真白。ある日突然、父に政略結婚が決まったことを告げられる。相手は伝説のあやかし・天狐を宿す名家・華宮の当主。過去嫁いだ娘は皆、即日逃げ出しているらしく、冷酷無慈悲な化け物であると囁かれていた。しかし、嫁入りした真白の前に現れたのは人外の美しさを持つ男、青葉。最初こそ真白を冷たく突き放すが、純粋無垢で真っすぐな真白に徐々に心を許していき…。いつも笑顔だが本当は母を亡くした悲しみを抱える真白、特別な存在であるが故に孤高の青葉。ふたりは“愛”で心の隙間を埋めていく。

ISBN978-4-8137-1536-8／定価671円（本体610円+税10%）

『黒龍の生贄は白き花嫁』　望月《もちづき》くらげ・著

色彩国では「彩の一族」に生まれた者が春夏秋冬の色を持ち、四季を司る。しかし一族で唯一色を持たない雪華は、無能の少女だった。出来損ないと虐げられてきた雪華が生かされてきたのは、すべてを黒に染める最強の能力を持つ黒龍、黒耀の贄となるため。16歳になった雪華は贄として崖に飛び込んだ——はずが、気づけばそこは美しい花々が咲き誇る龍の住まう国だった。「白き姫。今日からお前は黒龍である俺の花嫁だ」この世のものと思えぬ美しい姿の黒耀に、死ぬはずの運命だった色なしの雪華は“白き姫”と溺愛されて…⁉

ISBN978-4-8137-1538-2／定価682円（本体620円+税10%）

『偽りの男装少女は後宮の寵妃となる』　松藤《まつふじ》かるり・著

羊飼いの娘・瓔良は“ある異能”で後宮のピンチを救うため、宦官として潜入することを命じられる。男装し、やってきた後宮で仕えるのは冷酷無慈悲と噂の皇帝・風駕。しかし、何故か風駕は宦官である瓔良だけに過保護な優しさを見せ…。まるで女性かのように扱い好意を露わにした。彼に惹かれていく瓔良。自分は同性として慕われているだけにすぎない、と自身に言い聞かせるが、風駕の溺愛は止まらず…。まさか男装がバレている⁉「お前が愛しくてたまらない」中華風ラブファンタジー。

ISBN978-4-8137-1537-5／定価715円（本体650円+税10%）

書店店頭にご希望の本がない場合は、書店にてご注文いただけます。